Carter Roy
Der Bund der Wächter
Schattenmaske

Band 3

Aus dem amerikanischen Englisch
von Leo Strohm

Ravensburger Buchverlag

Bibliografische Information der Deutschen Nationalbibliothek:
Die Deutsche Nationalbibliothek verzeichnet diese Publikation
in der Deutschen Nationalbibliografie.
Detaillierte bibliografische Daten sind im Internet
auf *www.dnb.d-nb.de* abrufbar.

1 2 3 4 5   E D C B A

© 2017 Ravensburger Buchverlag Otto Maier GmbH
Postfach 1860, 88188 Ravensburg

Die Originalausgabe erschien 2017
unter dem Titel *The Blazing Bridge*
bei Two Lions, New York.
Published by Arrangement
with INKHOUSE MEDIA GROUP CORP.,
New York, USA

Umschlaggestaltung: unter Verwendung
einer Typografie von Klaus Niedermeier,
einer Illustration von Stefanie Kampmann
und einem Bild von Fotolia / animaflora
Vignette im Innenteil von Colourbox.de
Redaktion: Ulrike Schuldes

Dieses Werk wurde vermittelt durch die Literarische Agentur
Thomas Schlück GmbH, 30827 Garbsen.

Alle Rechte dieser Ausgabe vorbehalten durch
Ravensburger Buchverlag Otto Maier GmbH

Printed in Germany
ISBN 978-3-473-36954-6

www.ravensburger.de

Für Beth,
einen Zaubertrick mit Hut,
und für Georgie,
die allerletzte Zeile des Buches

Prolog
Ich will euch ja nicht langweilen, aber ...

In diesem Sommer bin ich ständig an der Wand eines brennenden Hauses hochgeklettert.

Na gut, nicht wirklich – es war bloß ein immer wiederkehrender Traum. Mein Gehirn hat mir andauernd ein fürchterliches, monatealtes Erlebnis vorgegaukelt. (Schönen Dank auch, liebes Gehirn.)

Und so sah das dann aus:

Rauchschwaden wirbeln um mich herum und dazu Schneeflocken. Meine Hände, Brust und Zehen verbrennen fast auf den glühend heißen Backsteinen, während meine Fersen und mein Rücken eiskalt sind.

Ich schaue nach oben – die Dachkante ist unendlich weit entfernt. Ich weiß, dass ich es niemals schaffen werde. Darum sehe ich nach unten.

Großer Fehler.

Ich bin so wahnsinnig weit oben, dass die Fahrzeuge unten auf der Straße wie Spielzeugautos aussehen. Der verschneite Vorgarten unseres Hauses ist ungefähr so groß wie eine Briefmarke. Und alles wird von prasselnden Flammen in einen unheimlichen, orangefarbenen Schimmer getaucht.

Ich werde von Todesangst gepackt. Mir stockt der Atem, meine Finger verkrampfen sich, mein rechter Fuß rutscht ab und …

Ich klammere mich an die Wand und kann den Absturz gerade noch verhindern.

Dann klettere ich weiter nach oben, weil ich sowieso keine andere Wahl habe.

Ich habe das Gefühl, als würde ich Stunden dafür brauchen.

Und jetzt kommt das Verblüffende: Ich schaffe es tatsächlich! Meine Finger spüren keine Mauer, sondern nichts mehr, weil ich nämlich die Dachkante erreicht habe.

Da packt jemand meinen Arm.

Das ist mein Dad. Er ist frisch rasiert und trägt einen Nadelstreifenanzug, als wäre er auf dem Weg zu einer wichtigen Sitzung und hätte nur einen kleinen Abstecher hierher gemacht – trotz all dem Schnee und der Asche und dem Rauch.

Er hält mich fest und ich strecke ihm auch die andere Hand entgegen, damit er mich vollends nach oben ziehen kann.

Dann sagt er: „Mein Werk hier ist vollbracht, Evelyn."

Es klingt wie eine Pointe, aber eigentlich gehört er nicht zu den Vätern, die Witze machen.

Dann lässt er los.

Und ich stürze, einfach so, in den sicheren Tod. Er sieht mir nach. Sein Gesicht ragt über die Dachkante. Die Hausfassade brennt lichterloh, und wir schauen uns in die Augen, bis ich mit einem Schlag, der meinen gesamten Körper durchzuckt, aufwache.

In Wirklichkeit war mein Dad nicht auf dem Dach gewesen, um mich in Empfang zu nehmen. Aber er hat unser Haus angezündet. Wieso? Ich habe schon viele Erklärungen dafür gehört, aber keine, die auch nur annähernd einen Sinn ergibt.

Dieser Traum hat mich den ganzen Sommer über verfolgt, aber ich habe es für mich behalten. Sonst wäre Dawkins oder meine Mom womöglich auf die Idee gekommen, dass ich noch nicht reif genug bin, um mich den Wächtern des Lichts anzuschließen. Ich wollte das Rätsel dieses Traums alleine lösen.

Du hast irgendwas übersehen, du Idiot, sagte ich mir immer wieder.

Aber was?

Flug in stürmischer Nacht

In einem Punkt hat mein Traum aber tatsächlich den Nagel auf den Kopf getroffen. Seit diesem Erlebnis habe ich nämlich eine höllische Höhenangst.

Normalerweise spielt das ja auch keine große Rolle. Ich meine, wie oft kommt es im Alltag schon vor, dass man kurz davor ist, in den sicheren Tod zu stürzen? Nicht richtig oft.

Deshalb war ich auf dem Hubschrauberflug, der uns von Agatha Glass' Anwesen wegbrachte, auch kein bisschen nervös. Ich saß zwischen meinen Freunden Sammy und Greta auf der Lederrückbank und trug einen Helm auf dem Kopf, während die vier Dobermänner der Apokalypse zu meinen Füßen lagen. Da fiel es mir nicht besonders schwer, zu vergessen, dass wir in einer lärmigen, kleinen Glaskugel Tausende Meter über dem Erdboden durch den Abendhimmel sausten.

Wir hatten den Hubschrauber genommen und die anderen

Wächter des Lichts zurückgelassen, weil das der schnellste Weg war, um nach Brooklyn zu gelangen. Dort wohnte Gretas Mutter, und wir mussten sie davon überzeugen, dass sie mit uns kommen sollte, bevor mein Vater und seine bösen Kumpane bei ihr auftauchten.

Mein Dad ist ein hohes Tier in einer üblen Verbrecherorganisation namens Sinistra Negra. Die hat sich vorgenommen, das Ende der Welt herbeizuführen. Dazu will sie sechsunddreißig besonders „reine" Wesen, die die Welt eigentlich im Gleichgewicht halten, aufstöbern und töten. Und die Reine, die ganz oben auf ihrer Liste steht, ist zufälligerweise meine beste Freundin Greta.

Greta weiß nicht, dass sie ein reines Wesen ist – und ich darf es ihr auch nicht sagen. Das war eine der allerersten Lektionen, die Dawkins mir eingeimpft hat: Sobald die Reinen nämlich wissen, dass sie rein sind, ändert das ihr innerstes Wesen. Falls Greta die Wahrheit erfahren würde, dann würde sie genau diese besondere Eigenschaft, die sie zu einer Reinen macht, verlieren. Und das wäre der Anfang vom Ende der Welt.

Mein Dad kannte die Wahrheit über Greta, aber er hatte im Moment keine Chance, sie in die Finger zu bekommen. Deshalb nahmen wir an, dass er versuchen würde, sich ihre Mom zu schnappen.

Es sei denn, wir waren schneller.

Im Augenblick flogen wir über ein kleines Städtchen im Norden von New Jersey und hatten unser Ziel fast erreicht, als Agatha den Hubschrauber plötzlich nach vorne abkippen ließ.

Wir sausten im Sturzflug Richtung Erdboden. Die Welt jenseits der Glaskuppel über unserer Kabine stand schief, und kantige Wohnblocks kamen uns wie die Häuschen einer Modelleisenbahn entgegengerast.

„Wir fliegen jetzt unterhalb des Radars. So bekommt niemand mit, dass wir auf dem Weg nach New York sind", erklärte Agatha. „Man kann nie vorsichtig genug sein."

Ich rief laut: „Ahhhhh!", und bemühte mich mit aller Kraft, einigermaßen normal zu atmen. „Wieso ist es eigentlich so dunkel?", wollte ich wissen.

„Weil du dir die Augen zuhältst." Greta zog mir die Hände weg, die ich vor das Visier geschlagen hatte. Der riesige Helm verdeckte ihr Gesicht. „Iiihh, wie eklig. Du bist ja ganz nass geschwitzt."

„Weil wir so hoch oben sind", erwiderte ich und starrte die Rückenlehnen von Agatha und Dawkins an.

„Aber vorher waren wir doch noch höher", sagte Greta.

„Hast du mir nicht mal so eine verrückte Geschichte erzählt, dass du an einer brennenden Hauswand hochgeklettert bist oder so was?" Sammys Stimme klang ziemlich skeptisch.

„Das war was ganz anderes", murmelte ich und rieb mir die Narbe auf meiner Handfläche. „Aber das hier …"

Wir zischten ungefähr dreißig Meter über den Hausdächern durch die Luft. Agathas vier Dobermänner lagen auf dem Boden vor mir, blinzelten mich an und legten den Kopf schief.

„Ihr braucht gar nicht so zu glotzen", sagte ich zu ihnen. „Mir wird ganz bestimmt nicht schlecht!"

„Das kaufen sie dir nicht ab, Ronan." Dawkins hatte sich zu mir umgedreht und reichte mir eine weiße Papiertüte. „Genauso wenig wie ich." Jack Dawkins könnt ihr euch ungefähr so vorstellen wie den nervigen Bruder eures besten Freundes – ein magerer Hipster, der ständig so tut, als wäre er unglaublich erfahren und weltgewandt, obwohl er aussieht wie ein Teenager. Na ja, andererseits muss man zugeben, dass Dawkins tatsächlich unglaublich erfahren und weltgewandt ist, weil er nämlich fast zweihundert Jahre auf dem Buckel hat. „Diese Höhenangst, die du so plötzlich entwickelt hast, ist vielleicht eine Nachwirkung der Nahtoderfahrung, die Sammy gerade erwähnt hat. Traumatische Erlebnisse hinterlassen ihre Spuren in unserem emotionalen Gedächtnis, verstehst du?"

„Aber das hatte ich noch nie", entgegnete ich. „Fliegen hat mir noch nie was ausgemacht."

„Vielleicht hat deine Psyche ja jetzt erst einen Knacks gekriegt … wie ein zu voll gepackter Vollkorn-Cracker." Er leckte sich die Lippen. „Hat noch jemand von euch das Gefühl, dass vor dem Abflug eigentlich ein Abendessen angesagt gewesen wäre?" Dawkins hat immer Hunger. Wirklich immer.

„Meine Psyche ist nicht wie ein Vollkorn-Cracker", beharrte ich.

„Ist ja auch egal. Jedenfalls kann es sein, dass diese Angst wieder verschwindet, wenn du dich ihr bewusst stellst", beendete Dawkins seine Ausführungen.

„Kann schon sein", sagte ich.

Der Hubschrauber wurde jetzt ziemlich durchgeschüttelt.

„Nur eine kleine Turbulenz … 'tschuldigung!", rief Agatha nach hinten. Sie ist auch schon total alt, genau wie Dawkins, aber sie sieht wahnsinnig jung aus. Sie ist eine zweihundert Jahre alte Frau, die im Körper einer Neunjährigen steckt. Sie saß in einem Kindersitz auf dem Platz des Piloten, und wenn ich ganz ehrlich sein soll: Ich fühlte mich dadurch nicht unbedingt sicherer. „Keine Angst, wir sind im Nu wieder auf dem Boden."

„Und genau davor habe ich Angst", murmelte ich leise.

„Ganz ruhig, Ronan", flüsterte Greta mir zu und trocknete mir mit dem Ärmel ihres grünen Kapuzenpullovers das Gesicht.

„Geht schon." Ich zwang mich zu einem Grinsen, was mir alles andere als leichtfiel. „In zwanzig Minuten oder so sind wir zu Hause. Verrückt, was?"

„Verrückt, da hast du recht." Gretas Lächeln erstarb. „Wie soll ich das alles meiner Mom erklären?"

Gute Frage. Irgendwie musste Greta ihrer Mutter klarmachen, dass Gretas Vater während ihrer Ehe eine zweite, geheime Identität gehabt hatte. Er war, genau wie meine Mom, ein Mitglied der Wächter des Lichts. Das ist ein altehrwürdiger Orden aus furchtlosen Rittern (und Ritterinnen), die die sechsunddreißig Reinen vor ihren Verfolgern beschützen.

Aber ob Ms Sustermann ihr auch nur ein Wort glauben würde? Ich hätte meiner Mom vielleicht auch nicht geglaubt, hätte ich nicht mit eigenen Augen gesehen, wie sie einen riesigen, zehn Meter weiten Satz durch die Luft gemacht und dabei mit einem Schwert Pistolenkugeln abgewehrt hatte. Wenn man so was mal gesehen hat, dann glaubt man wirklich alles.

„Ja, klar, das wird sicher nicht einfach", stimmte ich ihr zu.

„Trotzdem ist es ein schönes Gefühl, nach Hause zu kommen."

„Aber du hast ja nicht einmal mehr ein Zuhause." Greta runzelte die Stirn. „Es ist ja bloß noch ein Trümmerhaufen."

Natürlich war mir in einem Teil meines Bewusstseins klar, dass unser verkohltes, niedergebranntes Haus nicht mehr stand. Aber etwas zu *wissen* und etwas zu *fühlen* sind zwei völlig unterschiedliche Dinge. Mein Magen verkrampfte sich, als mir bewusst wurde, dass mein altes Leben schon längst nur noch Vergangenheit war.

Doch dieser Augenblick ging schnell vorüber, und ich war bloß froh, dass ich das alles hinter mir hatte.

Vor anderthalb Jahren, als ich noch am First Place gewohnt hatte, da war ich nichts weiter als ein gestresster, überlasteter Schüler mit einem ständig abwesenden Vater und einer viel zu nervösen Mutter gewesen – also mit einer ganz normalen Familie, wie jede andere in unserem Viertel in Brooklyn auch. Aber das alles hatte sich in dem Moment in Feuer und Rauch aufgelöst, als mein Vater unser Haus angezündet hatte.

Ich hielt den Atem an.

„Was ist denn jetzt schon wieder los?", wollte Greta wissen.

„Es ist bloß …" Ich streckte den Finger aus. „Das da."

Wir flogen jetzt über Wasser, während sich vor uns die leuchtenden Wolkenkratzer von New York aus der Dunkelheit lösten.

„Wow!", sagte Sammy und beugte sich nach vorne. „Krass."

Sogar ich musste zugeben, dass das ein ziemlich beeindruckender Anblick war. Die düsteren Hochhäuser waren mit zahllosen Lichtpunkten übersät, während die Straßen durch Autoscheinwerfer und Straßenlaternen in einen goldenen Schimmer getaucht wurden. Die Stadt hatte mir gefehlt. Ich hatte vergessen, wie schön sie ist.

Da Agatha in Brooklyn nirgendwo landen konnte, hatte Dawkins ein Helipad in Manhattan ausfindig gemacht, wo uns ein anderer Wächter des Lichts in Empfang nehmen würde. Der sollte uns dann, nach Dawkins' Worten, „mit Bleifuß und Todesverachtung" zu Gretas Haus kutschieren.

Mit einem Mal klatschten Regentropfen auf die Glaskuppel und die vier Dobermänner fingen an zu knurren.

„Bloß ein bisschen Regen", sagte Dawkins und kraulte einen der Hunde hinter den Ohren.

Krieg, Hungersnot, Pest und Debra stemmten sich gegen ihre Sicherheitsgurte.

„Vielleicht sind sie ja enttäuscht. Vielleicht haben sie gedacht, dass die Freiheitsstatue viel größer ist", meinte Sammy. Vor dem linken Fenster war das vertraute, grünlich weiß schimmernde Denkmal zu sehen.

„Aus der Nähe wirkt sie längst nicht so klein", erwiderte Greta. „Und hier auf dieser Seite seht ihr die Brooklyn Bridge."

Sammy drehte sich um. „Und wieso sieht die so orange aus?"

Ich riskierte ebenfalls einen Blick. Er hatte recht. Ein Drittel der Brücke leuchtete in hellem Orange, als hätte man sie in ein riesiges Zelt eingepackt. „Das ist wirklich seltsam", sagte ich. Allerdings war alles durch den prasselnden Regen nur verschwommen zu erkennen.

Agatha stemmte sich gegen den Steuerknüppel, während der Hubschrauber sich erst aufbäumte und dann zehn Meter nach unten sackte.

Greta hielt sich den Bauch. „Jetzt wird sogar mir langsam schlecht."

„Gut, dass wir gleich da sind." Der Hubschrauber schwankte von einer Seite auf die andere, und Agatha musste alle Kraft aufbieten, um die Steuerung im Griff zu behalten. „Der Landeplatz ist gleich dort neben dem West Side Highway."

„Wenn wir noch ein bisschen tiefer fliegen, trifft uns das Unwetter vielleicht nicht ganz so schlimm", sagte Dawkins.

Doch auch dicht über dem schäumenden Wasser des Hudson River ließ der Regen nicht nach. Im Gegenteil, er wurde eher noch heftiger.

Und dann wurde das Innere der Kabine schlagartig in grelles Licht getaucht.

„Ein Gewitter?", sagte Agatha, als ein zweiter Blitzschlag durch die Luft knisterte.

Ich blinzelte ein schwaches, violettes Nachbild von meiner Netzhaut.

„Das war knapp!", sagte Greta.

„Viel zu knapp", schaltete sich Dawkins ein. „Und was das Schlimmste ist: Es war die falsche Richtung."

„Die falsche Richtung?", wiederholte Agatha, während sie noch ein wenig tiefer ging.

„Für gewöhnlich kommen Blitze aus den Wolken und schlagen im Boden ein. Aber diese Blitze kommen von da unten."

„Die Sinistra Negra", sagte Greta.

„Unser ganz persönliches Empfangskomitee", meinte Dawkins. „Obwohl ich keinen Schimmer habe, woher die wissen, dass wir kommen." Sein Blick huschte zu Agatha.

„Ich hab niemandem was gesagt", protestierte sie. „Ich war doch die ganze Zeit bei euch!"

„Ich glaube dir", erwiderte er. „Aber ich misstraue den Umständen. Ist das deine übliche Route?"

„Ja."

Ich hätte nicht gedacht, dass eine so kleine Person überhaupt noch schrumpfen konnte, aber Agatha schien fast im Pilotensitz zu verschwinden. „Vielleicht hat uns ja jemand beobachtet, als wir losgeflogen sind."

„Richtig", sagte Dawkins. „Das ist gut denkbar, wegen Ronans Dad. Uns steht ein heißer Empfang bevor, Leute."

„Wahrscheinlich haben sie auch den Sturm gemacht", sagte ich. Und ich erinnerte mich daran, wie eine Hand der Sinistra Negra es einmal geschafft hatte, einen Fluss rückwärts fließen zu lassen. Wenn sie zu so etwas imstande waren, dann war ein Gewittersturm vermutlich kein großes Kunststück für sie. „Ein paar von ihnen können in die Natur eingreifen."

„Das stimmt – wenn genügend von ihnen zusammenarbeiten. Wenn wir Glück haben, sind es nur fünf Agenten und eine Hand. Aber wenn es mehr sind, werden wir höchstwahrscheinlich bald sehr, sehr nass." Dawkins legte ein paar Schalter auf dem Armaturenbrett um. „Agatha, hättest du etwas dagegen einzuwenden, wenn ich das Kommando übernehme?"

„Fliegen ist schwieriger, als es aussieht", erwiderte Agatha. „Ich habe schon vor einem halben Jahrhundert in Vietnam einen Bell UH-1 gesteuert. Vertrau mir, ich komme mit diesem Vögelchen schon klar." Jetzt schoss uns aus der Dunkelheit des vor uns liegenden Ufers ein violetter Lichtblitz entgegen und Dawkins riss den Hubschrauber nach links. Der Tesla-Strahl jagte laut knisternd knapp über den Rotor hinweg und hinterließ einen lavendelfarbenen Schatten auf meinen Augenlidern.

„Die Rotorblätter", stieß ich atemlos hervor. „Das, was ihr mit dem Schwert anstellen könnt ... funktioniert das auch mit etwas Größerem?" Ich hatte es erst zweimal gesehen – einmal, als meine Mom ein Schwert verzaubert und anschließend zwei mit Pistolen bewaffnete Agenten der Sinistra Negra angegriffen hatte, und das zweite Mal bei Dawkins, mit einem Taschenmesser.

Dawkins lachte. „Vorzügliche Idee!" Er flüsterte einen kurzen, melodiösen Zauberspruch in einer Sprache, die ich nicht kannte, und ließ dabei die Finger seiner linken Hand durch die Luft tanzen. Als er wieder damit aufhörte, waren die Rotorblätter über unseren Köpfen in ein blassblaues Leuchten getaucht. „Jetzt haben wir einen Schutzschild!", sagte Dawkins. „Jedoch, oh Not und Pein, er funktioniert nur, wenn wir in einem bestimmten Winkel fliegen. Verzeih mir, Ronan."

„Wieso de...?", wollte ich sagen, als Dawkins den Hubschrauber so steil nach vorne kippen ließ, dass wir alle nur noch in unseren Gurten baumelten – einschließlich der Hunde. Ihre Krallen scharrten über das Blech der Trennwand.

Jetzt konnte ich durch die Glaskuppel nichts anderes mehr erkennen als die Schaumkronen auf dem Hudson. Wir flogen im 45-Grad-Winkel darauf zu, sodass die Kabine hinter den schimmernden Rotoren versteckt war.

„Ich glaube, jetzt wird mir auch noch schlecht", sagte Sammy und ließ seine Arme wie Windräder durch die Luft kreisen.

Ich hob den Blick und sah ein Stück weiter unten eine betonierte Fläche. Darauf waren fünf Gestalten zu erkennen, die in einer Reihe standen. Viele kleine, weiße Lichter verliehen ihnen eine Art Heiligenschein – das war das Landefeuer des Helipads. Direkt dahinter verlief der viel befahrene West Side Highway.

„Du fliegst ja direkt auf sie zu!", sagte ich.

„Unsere Waffe ist viel gefährlicher als ihre, Ronan … mal sehen, was sie dazu sagen." Ein Tesla-Strahl prallte mit voller Wucht auf die Rotoren. Lavendelfarbene Lichtbögen spritzten nach allen Seiten weg.

„Wir stürzen gleich ab!", schrie Agatha.

„Tun wir nicht", erwiderte Dawkins. „Vertraut mir."

Dann gab er Vollgas, und der Hubschrauber raste mit dem Rotor voraus dem Erdboden entgegen. „Festhalten!", brüllte Dawkins.

Alle vier Dobermänner fingen an zu jaulen.

Greta und Sammy kreischten aus voller Kehle.

Ich hätte gerne mit eingestimmt, aber ich hatte genug damit zu tun, mich zu übergeben.

Ein Blitz namens Diz

Was als Nächstes passierte, konnte ich nicht sehen. Ich war viel zu beschäftigt damit, die Papiertüte zu füllen, die Dawkins mir gegeben hatte. Aber ich konnte es hören und spüren.

Dawkins musste im letzten Augenblick den Steuerknüppel herumgerissen haben, sodass der Hubschrauber schlagartig nach hinten kippte. Innerhalb von Sekundenbruchteilen hingen wir nicht mehr in unseren Sicherheitsgurten, sondern wurden mit voller Wucht gegen die Rückwand gedrückt. Durch die Windschutzscheibe bekam ich für einen kurzen Moment den nagelneuen Freedom Tower zu sehen.

Der Motor stotterte noch einmal, dann verstummte er.

Wir stürzten ab.

Und dann krachten wir auf den Boden.

Beim Aufprall wurden wir alle heftig durchgeschüttelt – die blauen Flecken, die ich den Sicherheitsgurten zu verdanken hatte, würden noch Wochen lang zu sehen sein –, aber was mich am allermeisten schockierte, war der unfassbare Lärm. Wenn drei Tonnen Glas und Metall aus fünfzehn Metern Höhe auf eine Betonfläche prallen, dann macht das jede Menge Krach. Sämtliche Fenster zersplitterten, die Streben einer der beiden Kufen stießen durch das Armaturenbrett und verfehlten Agatha nur um wenige Zentimeter, und die Kabinenwände wurden zusammengepresst wie bei einem Akkordeon.

Warmer Regen fiel durch die zerstörte Glaskuppel herein.

Dann war alles still, nur einer der Hunde stieß ein leises Winseln aus.

Und dann schrie Agatha: „Du hast meinen Hubschrauber kaputt gemacht!"

„Tut mir leid", erwiderte Dawkins. „Ich würde ja gerne sagen, dass ich dir den Schaden ersetze, aber wir wissen beide, dass mir das nötige Kleingeld dafür fehlt."

Greta setzte ihren Helm ab. „Wieso stehen wir eigentlich so schief?"

„Weil zwei Sinistra-Negra-Agenten unsere Landung ein wenig abgefedert haben", sagte Dawkins und glitt zwischen den beiden Pilotensitzen hindurch. Er schnallte die Hunde ab und schob die linke Kabinentür auf. Die Kabine schaukelte vor und zurück. „Aber offensichtlich reicht ihnen das immer noch nicht." Dawkins hielt inne und zog eine Machete aus einer Sporttasche auf dem Kabinenboden. „Seht ihr den Bunker dahinten?" Er zeigte auf ein rechteckiges Gebäude aus Beton am Flussufer. Es war ungefähr so groß wie eine Doppelgarage. „Da lauft ihr hin. Ich kümmere mich derweil zusammen mit den Hunden um das Empfangskomitee." Von einem hellen, metallischen Sirren begleitet, zog er die Klinge aus der Scheide.

„Mir nach", sagte Agatha. Sie sprang durch die geöffnete Schiebetür, dicht gefolgt von Greta und Sammy.

Ich wollte ihnen gerade hinterher, als Dawkins mir ein Schwert in die Hand drückte. „Lass endlich den Beutel fallen und nimm lieber das da."

Ich blickte auf meine Hände – und stellte fest, dass ich immer noch die Spucktüte festhielt. Also warf ich sie auf den Boden, schnappte mir das Schwert und sprang auf den Asphalt.

Innerhalb kürzester Zeit waren wir alle bis auf die Haut durchnässt.

„Genug herumgetrödelt", sagte Dawkins und zeigte mit seiner Klinge auf den Bunker. „*Los jetzt!*"

Greta, Sammy und Agatha verschwanden platschend in der Dunkelheit, während Dawkins mich mit einer Hand zurückhielt. „Du nicht, Ronan. Dich brauche ich hier."

Nun gut, ich hatte mir gerade erst die Seele aus dem Leib gereihert und einen Hubschrauberabsturz überlebt. Außerdem war ich so nass, dass das Wasser schon in meinen Schuhen stand, aber das alles spielte in diesem Moment überhaupt keine Rolle mehr. „Was hast du vor?", wollte ich wissen.

„Wir haben zwei Agenten zerquetscht, aber drei oder vier laufen immer noch irgendwo rum. Ich werde mal versuchen, mich bemerkbar zu machen, damit die Hunde was zu tun bekommen. Aber sobald alle beschäftigt sind, schleichst du dich an und erledigst den Agenten, der ganz in deiner Nähe ist." Er stieß einen leisen Pfiff aus, und schon war er zusammen mit den Hunden um die Vorderseite der zerschmetterten Kabine gehuscht.

Ich entschied mich für die andere Seite und schlich vorsichtig um das Heck des Hubschraubers herum, bis ich drei Agenten im Regen stehen sah, zwei Frauen und einen Mann. Die eine Frau hatte lange schwarze Haare und hielt ein Tesla-Gewehr in der Hand. Die andere war rothaarig und mit einem Säbel bewaffnet. Der Mann hatte eine Glatze und den Kopf in den Nacken gelegt. Dabei bewegte er die Hände wie ein Dirigent. Vermutlich lenkte er das Gewitter.

„Warum werft ihr nicht einfach eure Waffen weg?", sagte Dawkins und ging direkt auf das Grüppchen zu. „Dann muss ich auch niemandem wehtun."

Die Frau mit den schwarzen Haaren ließ ein kehliges Knurren hören und richtete ihr Gewehr auf Dawkins.

„So was hatte ich schon befürchtet", sagte Dawkins, während er in die Hocke ging.

Dann verschwand er.

Ich hatte keine Ahnung gehabt, dass er das konnte! Ich habe mal gesehen, wie meine Mom beim Laufen gewaltige Sprünge machen konnte, aber sich einfach in Luft auflösen?

Der Tesla-Strahl knisterte dort, wo Dawkins eben noch gestanden hatte, durch die Luft. Begleitet vom lauten Zischen verdampfter Regentropfen. Dann schwang die Frau ihr Gewehr herum und zielte auf mich.

Sie hatte mich gesehen!

In diesem Augenblick kam Dawkins vom Himmel herabgestürzt. Er hatte die Beine angezogen wie bei einer Arschbombe vom Zehnmeterbrett und landete genau auf dem Glatzkopf, der das Gewitter dirigierte.

Erst jetzt wurde mir klar, dass Dawkins *gesprungen* war, dass er sich einfach in die Dunkelheit und den Regen hinaufkatapultiert hatte.

Der Glatzkopf wurde sofort ohnmächtig. Und schlagartig, als hätte jemand einen Schalter umgelegt, hörte auch das Gewitter auf.

Dawkins sprang auf und riss seine Machete nach oben, gerade noch rechtzeitig, um den Hieb der rothaarigen Agentin abzublocken, die mit ihrem Säbel auf ihn losging.

Die schwarzhaarige Frau mit dem Gewehr beobachtete das Ganze. Sie schien keine Eile zu haben, ihrer Kollegin zu Hilfe zu kommen. Stattdessen legte sie wieder das Gewehr an und zielte.

Auf mich!

Ich kann nicht so hoch springen wie Dawkins … ich bin ja noch nicht mal ein Wächter des Lichts und habe die Fähigkeiten nicht, die Dawkins oder meine Mom besitzen. Darum warf ich mich einfach zu Boden und legte mir schützend die Hände über den Kopf.

Aber es fiel kein Schuss.

Stattdessen ertönte plötzlich von allen Seiten wildes Geknurre und wütendes Schreien.

Die Hunde.

Vier schwarz-braune Schatten fielen über die Agentin her, zerrten sie zu Boden, kletterten über sie hinweg und schnappten nach ihren Armen und Beinen. Es sah aus wie ein Ringkampf. Jedes Mal wenn die Agentin einen Arm oder ein Bein aus den Fängen eines der Hunde befreien konnte, stürzte sich ein anderes Tier darauf und packte es wieder. Sie wehrte sich ununterbrochen, schlug um sich, bäumte sich auf und hörte auch dann nicht auf, als die Dobermänner sie in die dunklen Schatten am Rand des Landeplatzes gezogen hatten.

Die Schreie der Frau übertönten das Geräusch meines Schwertes, als ich es aus der Scheide zog. Geduckt machte ich mich auf den Weg, um Dawkins zu helfen.

Er und die Agentin mit dem Schwert standen einander gegenüber. Sie trug ein wahnsinniges Grinsen im Gesicht.

„Ihr könnt niemals entkommen", stieß sie hämisch hervor. „Ihr habt alle aufgeschreckt! Die Sinistra Negra ist bereits überall in New York."

„Also, *bitte!*", entgegnete Dawkins spöttisch. Dann trieb er sie mit ein paar geschmeidigen Angriffsstößen ein Stück zurück, in Richtung Hubschrauber. Zu mir. „Das ist doch gelogen. Ihr habt keinesfalls genügend Leute, um die ganze Stadt abzudecken."

„Das ist die Wahrheit", erwiderte sie und ließ ihre Waffe sinken. „Hunderte von Teams. Mehr als genug, um mit einem einzigen Aufseher der Wächter und einer Handvoll Kinder fertig zu werden."

Als sie beinahe in meiner Reichweite war, hob ich mein Schwert und machte mich zum Angriff bereit.

Dawkins sprang auf sie zu.

Die rothaarige Frau lachte laut und wich ihm aus. Während er an ihr vorbeistolperte, wirbelte sie herum und traf ihn mit der stumpfen Seite ihrer Klinge am Kopf.

Er landete mit dem Gesicht voraus auf dem Boden, alle viere von sich gestreckt, während seine Machete über den nassen Asphalt schlitterte.

„Und mit den Kindern werde ich genauso leicht fertig wie mit dir." Die Frau baute sich vor ihm auf, packte ihr Schwert mit beiden Händen und hob es hoch über ihren Kopf. Dann drehte sie sich kurz zu mir um und zwinkerte mir zu. „Du bist der Nächste, Kleiner."

Der Abstand zwischen uns betrug knapp zehn Meter. Das war niemals zu schaffen. Ich konnte nicht verhindern, dass sie ihre Klinge in Dawkins' Rücken rammte.

Aber irgendetwas musste ich doch unternehmen!

„Nein!", brüllte ich und rannte los.

Doch ich hatte erst wenige Schritte gemacht, als ein durchdringendes Hupen ertönte und ich wie angewurzelt stehen blieb. Begleitet von einem schrillen, metallischen Kreischen, schoss jetzt ein kleines, kastenförmiges gelbes Taxi auf den Bürgersteig. Es war das verrückteste Taxi, das ich je gesehen hatte, mit hell leuchtenden Plasmabildschirmen an den Türen, auf der Motorhaube und sogar, wie eine Art High-Tech-Rückenflosse, auf dem Dach.

Außerdem war es völlig außer Kontrolle geraten.

Es schleuderte über den regennassen Beton und drehte sich mit quietschenden Reifen einmal, zweimal um die eigene Achse. Wasserfontänen spritzten in alle Richtungen, als es sechs, sieben Meter rechts von mir vorbeischlitterte. Nach der dritten Umdrehung blieb der Wagen abrupt stehen. Die Frau mit dem Schwert stand jetzt mit immer noch hocherhobener Klinge im Scheinwerferlicht.

Das Taxi raste genau auf sie zu.

Die Schwertkämpferin sprang mit einem großen Satz nach hinten, doch der Taxifahrer hatte schon damit gerechnet. Als das Taxi nämlich zwischen der Sinistra-Negra-Agentin und Dawkins hindurchschoss, machte der Fahrer kurz die Tür auf und holte die Schwertkämpferin damit unsanft von den Beinen. Sie prallte gegen die Stoßstange und fiel zu Boden.

„Was ist denn passiert?", wollte Dawkins wissen, während er sich wieder aufrappelte.

„Ein durchgeknallter Taxifahrer", sagte ich und reichte ihm die Hand.

Das Taxi war jetzt am hinteren Ende des Hubschrauber-Landeplatzes angelangt. Der Fahrer ließ das Heck um hundertachtzig Grad herumschleudern, sodass die Scheinwerfer wieder in unsere Richtung zeigten. Genau diesen Trick hatte meine Mutter mir am Anfang des Sommers auch vorgeführt. Jetzt rollte das Taxi langsam auf uns zu.

Dawkins zerrte an der Jacke der bewusstlosen Schwertkämpferin und zog sie ihr über die Hände. Anschließend verknotete er die Ärmel so, dass sie die Arme nicht mehr bewegen konnte. „Unser Wagen ist da. Gerade noch rechtzeitig."

„Der durchgeknallte Taxifahrer da? *Der* soll uns fahren?", fragte ich ungläubig.

„*Die*", sagte die Taxifahrerin, während sie die Tür öffnete. Sie war ziemlich groß, aber durch die Berge von pinkfarbenem Haar, das sich auf ihrem Kopf türmte, wirkte sie noch größer. „Und an deiner Stelle wäre ich ein kleines bisschen höflicher, schließlich hat dieser ‚verrückte Taxifahrer' dir gerade eben das Leben gerettet." Sie zog ihr Kleid zurecht, richtete ihre klobige silberne Halskette und holte einen Schirm hervor. Er war genau wie ihr Kleid mit riesigen Blumen bedruckt. Ich war mir wegen ihrer Sonnenbrille nicht ganz sicher, aber ich hatte das Gefühl, als würde sie mich ausführlich mustern. Dann schob sie sich mit zufriedener Miene die Sonnenbrille auf die Stirn. „Du bist okay", sagte sie. „Aber du solltest mich nicht so anstarren. Es gibt auch Mädchen, die sich dadurch verunsichern lassen."

„Ähm, ja", sagte ich. „Ich, also … ich hab nur Ihre Haare angeschaut."

Ihre roten Lippen verzogen sich zu einem breiten Grinsen. „Gefällt es dir? Man nennt das einen Bienenkorb." Sie zeigte auf den bewusstlosen Glatzkopf. „Das wäre Nummer eins und die Frau ist Nummer zwei. Wo sind die anderen?"

„Zwei liegen unter dem abgestürzten Hubschrauber dort …"

„Lass mich raten", sagte die Taxifahrerin, legte den Kopf schief und sah Dawkins an. „*Du* warst der Pilot."

„Ja, aber ich habe damit zwei Agenten erledigt, deshalb war

das ein strategischer Absturz." Dawkins steckte die Finger in den Mund und pfiff. „Da war noch eine Agentin mit einem Gewehr, aber die haben die Hunde weggeschleppt."

Die Dobermänner kamen langsam näher und zerrten die Agentin auf dem Bürgersteig entlang. Jeder von ihnen hatte ein Handgelenk oder ein Hosenbein oder, im Fall von Pestilenz, ein Stück Jackett im Maul.

Wir gingen ihnen entgegen. Die Taxifahrerin bückte sich und fesselte die Hände der Frau mit schmalen Kabelbindern, die sie aus ihrem Taxi geholt hatte, auf den Rücken. „Plastikfesseln", sagte sie, als sie meinen starren Blick bemerkte. „Benutzt die Polizei neuerdings auch."

Dawkins beugte sich vor und kraulte die Hunde hinter den Ohren. Ihre wedelnden Schwänze schlugen gegen seine Beine. „Gute Arbeit, ihr Furchtbaren Vier."

„Mit der da wären es also insgesamt fünf", sagte die Taxifahrerin, während sie aufstand. „Aber wo ist ihre Hand?" Sie schob die Sonnenbrille wieder herunter und drehte sich langsam im Kreis. Dabei fiel mir etwas auf, was ich zuvor nicht bemerkt hatte: Ein Brillenglas war deutlich dicker als das andere.

Ich kam ein Stück näher, um es besser sehen zu können. „Ist das ein Wahrheitsglas?", flüsterte ich. „In Ihre Sonnenbrille eingebaut?"

„Funktioniert fast wie ein Nachtsichtgerät", erwiderte sie leise, und dann sagte sie zu Dawkins: „Da sind nirgendwo andere Sinistra-Negra-Leute zu sehen."

„Oh, aber das wird sich bald ändern!", rief unsere Gefangene laut. Die regennassen, langen schwarzen Haare hingen ihr quer über das Gesicht, sodass ich ihre Augen nicht sehen konnte, aber der bösartige Wahnsinn in ihrer Stimme war klar und deutlich zu vernehmen. „Ich bin Legion, und ich werde euch vernichten!"

„Du bist ja süß", erwiderte Dawkins, während Greta, Sammy und Agatha von hinten angerannt kamen. Sie waren völlig außer Atem.

„Alles okay?", erkundigte sich Greta.

Sammy sagte: „Wir haben dich gesehen, Jack … du bist ja fast zwanzig Meter hoch in die Luft gesprungen!"

In diesem Augenblick hielt eine lang gestreckte schwarze Limousine auf dem Seitenstreifen des West Side Highway an. Ein Mann mit Kappe stieg aus und winkte ihnen zu.

Agatha winkte zurück. „Mein Chauffeur. Da ihr hier alles unter Kontrolle habt, ergreife ich nun endlich die Flucht und …"

„Ihr werdet uns niemals entkommen!" Die Sinistra-Negra-Agentin konnte uns durch den dichten Vorhang aus nassen Haaren zwar nicht sehen, aber sehr wohl hören. Und auch das Reden schien ihr offensichtlich keine Mühe zu bereiten. „Das habe ich diesem miserablen Fechter da auch schon gesagt – die Sinistra Negra wird schon in Kürze hier sein, in großer Zahl."

„Dann sollten wir uns auch langsam auf den Weg machen, Jack", meinte die Taxifahrerin.

„Einen Augenblick noch." Dawkins ging neben der Frau in die Hocke und schob ihr die Haare aus dem Gesicht. Sie schnappte mit den Zähnen nach seinen Fingern. „Erstens", sagte er, „bin ich ein exzellenter Fechter. Und zweitens ... habe ich gar nicht mit dir gekämpft. Woher weißt du also, was die andere Agentin zu mir gesagt hat? Bist *du* etwa die Hand?"

„Ja! Nein!", erwiderte die Frau und wand sich auf dem Boden hin und her. „Ich bin es, die ihr sucht, und ich bin es nicht." Sie drehte den Kopf so weit nach hinten, dass sie den Hubschrauber sehen konnte. „Warum fragst du nicht die da?"

Die unter den Kufen des Hubschraubers eingeklemmten Agenten stießen wüste Beschimpfungen aus. „Ich bin Legion!" – „Ich bin hier! Ich bin dort! Ich bin an jedem Ort!"

„Das ist doch sinnlos, Jack", sagte die Taxifahrerin. „Du hast gehört, was sie gesagt hat ... dass noch mehr Agenten auf dem Weg hierher sind. Das ist doch bloß Verzögerungstaktik."

Aber Dawkins hatte noch eine letzte Frage. „Hat Haupt Strongheart euch gewarnt? Hat er euch verraten, dass wir auf dem Weg hierher sind?"

Ich zuckte zusammen. Ja, genau, mein Dad ist ein mieser Schurke, und ich trage seinen Namen. An manche Dinge gewöhnt man sich eben nie.

„Strongheart?" Die Agentin brach in quiekendes Hexengelächter aus. „Dieser feige Versager? Dieser schmählich Verstoßene? Dieser einfältige Scharlatan? Dieser ..."

„Wir haben's kapiert", fiel Dawkins ihr ins Wort. „Du kannst ihn nicht leiden."

„Strongheart hat nichts mehr zu sagen! Er ist erledigt! Gescheitert! Am Ende! So gut wie tot!"

„Das reicht." Dawkins erhob sich. „Also gut, alle miteinander. Wir verschwinden, sofort."

„Wer ist das eigentlich?", erkundigte sich Agatha, während sie mit einer Kopfbewegung auf das Taxi wies. Die Fahrerin hatte sich den Schirm unter den Arm geklemmt, betrachtete sich im Spiegelbild der Windschutzscheibe und legte gerade neuen Lippenstift auf.

„Ihr richtiger Name lautet Darlene, aber der Letzte, der sie so genannt hat ..." Dawkins schauderte. „Wir sagen einfach Diz zu ihr."

Agatha lächelte. „Wir sehen uns dann beim Treffpunkt." Und damit lief sie mit schnellen Schritten zu ihrer schwarzen Limousine.

„Der Zähler tickt, Kinder!" Diz ließ den Lippenstift in eine winzige pinkfarbene Handtasche fallen. „Es wird Zeit, abzuhauen!"

Der Glatzkopf hinter ihr setzte sich auf und rief: „Haut ab, haut nur ab, so schnell ihr könnt." Dann lachte er, rauer und tiefer als die schwarzhaarige Frau, aber irgendwie hörte es sich trotzdem genau gleich an.

„Ruhe", sagte Diz und ließ ihren Schirm herumwirbeln. Mit einem lauten *Tschak!* traf der Messingknauf den Kopf des Mannes, und er sackte erneut zu Boden.

„Es kann doch nicht sein, dass *alle* diese Agenten die Hand sind", sinnierte Dawkins, während er sich auf den Beifahrersitz schwang. „Ich glaube eher, dass keiner von ihnen die Hand ist und dass sie sich irgendwo versteckt hat und zuschaut."

„Anschnallen!", sagte Diz und beobachtete uns im Rückspiegel.

Kaum hatten Greta, Sammy und ich die Gurte einrasten lassen, da trat sie aufs Gaspedal. Der Wagen schoss über den Asphalt Richtung Schnellstraße. Erst im allerletzten Moment riss sie das Lenkrad scharf nach rechts.

Reifen quietschten, das Heck schleuderte herum, das Taxi rutschte seitlich weg … und landete genau in einer Lücke zwischen zwei dahinrauschenden Autos. Jetzt waren wir ein Teil des Verkehrsstroms, der sich in Richtung Süden wälzte.

„Hast du keine Angst, dass du mit deinem … äh, hervorragenden Fahrstil irgendwie auffällst?", meldete Greta sich zu Wort.

„Bist du schon mal in New York Taxi gefahren?" Diz lachte. „Da ist das doch völlig normal." Sie betrachtete Greta im Rückspiegel. Wie schaffte sie das? Wie konnte sie das Taxi überhaupt auf der Straße halten, wenn sie durch ihr Wahrheitsglas eine Reine in den Blick nahm? Jedes Mal wenn ich Greta durch mein eigenes Wahrheitsglas anschaue, werde ich praktisch blind.

Da fiel mir jemand ein. „Vielleicht ist die Hand so jemand wie Patch Steiner", sagte ich zu Dawkins. Sammy und Greta neben mir wirkten sofort angespannt, als sie den Namen der fetten, blinden Hand hörten, der wir erst vor wenigen Tagen begegnet waren. Dieser Patch Steiner hatte die Fähigkeit, jeder x-beliebigen Person die Sinneswahrnehmungen – Augenlicht, Gehör, Gleichgewichtssinn – zu stehlen. Die Vorstellung, es wieder mit so jemandem zu tun zu bekommen, war alles andere als erfreulich. Einer hatte uns schon genügend Schwierigkeiten gemacht. „Aber diese Hand hier nimmt nicht bloß das Augenlicht oder sonst was, sondern gleich den ganzen Körper in Besitz."

„Kann sie etwa jeden gehirnamputierten Unruhestifter befallen?", überlegte Dawkins laut. „Oder nur Sinistra-Negra-Agenten?"

„Von uns hat sie jedenfalls keinen erwischt, oder?", bemerkte Diz. „Sie hat immer nur zwischen den fünf Agenten hin und her gewechselt."

„Hm, das stimmt", erwiderte Dawkins. Dann legte er die Finger auf drei silberne Knöpfe, die sich nebeneinander am Armaturenbrett befanden, in etwa dort, wo bei anderen Autos das Radio war. „Was haben wir denn hier für hübsche, neue Sächelchen?"

Diz gab ihm einen Klaps auf die Hand. „Finger weg! In einer üblen Großstadt wie New York Taxifahrerin zu sein, ist kein Zuckerschlecken. Darum habe ich mir ein paar zusätzliche Sicherheitsvorrichtungen einbauen lassen." Sie grinste, und ich sah die roten Lippenstiftspuren an ihren Schneidezähnen.

„Schleudersitze?", sagte Dawkins und klatschte aufgeregt in die Hände. „Flammenwerfer? Bitte, bitte sag, dass das Flammenwerfer sind."

„Ach was", erwiderte Diz. „Jetzt mach dich doch nicht lächerlich."

„Hast du deshalb ein Wahrheitsglas in deine Sonnenbrille eingebaut?", wollte ich wissen.

Sie tippte mit der Fingerspitze auf ihre Brillengläser. „Nein. Aber damit kann ich die Bewegungen der Sinistra Negra verfolgen."

Das Glas der Wahrheit erfasste tatsächlich nicht nur das strahlende Leuchten einer reinen Seele, das wusste ich aus eigener Erfahrung. Es erkannte auch die Agenten der Sinistra Negra. Durch das Glas erschienen sie wie Umrisse, wie schimmernde Schatten. Sie hatten das gewisse Etwas, was sie zu Menschen machte und eigentlich tief in ihrem Inneren verborgen lag, aufgegeben, und das Wahrheitsglas offenbarte, dass sie nur noch als leere Hüllen von etwas einst Gewesenem durch die Welt liefen.

„Sind in letzter Zeit neue Agenten-Teams in der Stadt aufgetaucht?", fragte Dawkins.

„Massenhaft", erwiderte Diz. „Ganz übel, Jack. Es hat schon gegen Ende des Frühjahrs angefangen, aber mittlerweile sind sie überall. Sie mischen sich unter die normalen Menschen, werden Geschäftsleute oder Polizeibeamte, Studenten oder Obdachlose, einfach alles."

„Dann hat die Hand also doch nicht gelogen." Dawkins trommelte mit den Fingern auf das Armaturenbrett. „Sie hat nämlich gesagt, dass über hundert Teams in der Nähe sind."

„Aber wieso? Was wollen die denn hier?" Das war Sammy.

Greta klammerte sich an Dawkins' Rückenlehne. „Sind die etwa wegen uns da? Wollen die verhindern, dass wir meine Mom retten?"

„Wenn das Ganze schon im Frühjahr angefangen hat, dann

hat es damit nichts zu tun." Dawkins schüttelte den Kopf. „Nein, hier geht es um etwas anderes. Etwas Größeres."

Gegen Ende des Frühjahrs. Damals hatte die Sinistra Negra eine Reine namens Flavia entführt. Und mein Dad hatte auch seine Tarnung endgültig aufgegeben und uns verlassen. Das sagte ich den anderen. „Aber was hat das alles mit uns zu tun?"

„Ich habe nicht die leiseste Ahnung", erwiderte Dawkins. „Und genau das macht mir eine Heidenangst."

Zu Hause ist da, wo der Schmerz wohnt

Sammy war der Erste, der das veränderte Licht bemerkte. „Was ist denn da los?", fragte er.

Das Wageninnere wurde von einem sanften orangefarbenen Schimmer erfasst, und als wir nach draußen sahen, war die Nacht verschwunden und der Himmel hatte eine orangerote Färbung angenommen.

„Das ist dieser Künstler", sagte Diz, während sie mit einer Handbewegung nach draußen wies. „Krisco. Er wickelt die Brooklyn Bridge in Seide ein."

„Aber wieso?", wollte ich wissen. Die Seide zog sich in festen, karottenfarbenen Bahnen von unterhalb der Eisenbahnschienen bis nach oben zu den Drahtseilen. Sogar die steinernen Brückenpfeiler waren vollkommen umwickelt. Das Einzige, was frei geblieben war, war die dreispurige Fahrbahn. Ich konnte weder die Stadt noch den East River noch die Gegenfahrbahn sehen –

nichts als Orange und noch mehr Orange, so weit das Auge reichte.

„Muss es denn unbedingt einen Grund geben?", fragte Diz zurück. „Ich finde, es sieht irgendwie cool aus."

„Was ist mit dem Teil, der an Manhattan anschließt?", fragte ich weiter. „Die Seite war doch ganz normal. Gehört die etwa nicht zu dem Kunstprojekt?"

„Es ist ja noch nicht fertig", antwortete Diz. „Ich schätze mal, es dauert eine Weile, bis man eine ganze Brücke eingepackt hat."

„Und man braucht dazu eine Menge Seide", sagte ich.

„Wieso ist das Kunst, wenn man was einpackt?", wollte Sammy wissen.

Solche Fragen lassen normalerweise sofort Gretas besserwisserische Streberseite zum Leben erwachen, aber vermutlich war sie mit den Gedanken gerade bei ihrer Mom. Sie starrte einfach nur zum Fenster hinaus.

Sammy schüttelte den Kopf. „Ich meine, sogar *ich* könnte irgendwelche Sachen einpacken – und zwar besser als der da. Schaut euch doch mal an, was da hinter uns alles rumbaumelt."

Ich drehte mich um. An den unfertigen Rändern des Kunstprojektes flatterten lose Seidenbahnen im Wind.

Kunst oder nicht Kunst, ich war jedenfalls froh, dass wir auf der Brooklyn Bridge waren. Sogar mit kürbisfarbener Seide umwickelt, war sie ein unverwechselbares Bauwerk. Sie sah aus wie das Tor zu meiner alten Heimat, wie ein riesiger Wegweiser, der mir mitteilen sollte, dass ich endlich wieder zu Hause war.

Dawkins hatte während der Fahrt über die Brücke kein Wort gesagt. Jetzt, als wir an ihrem Ende angelangt waren, murmelte er: „Wir haben etwas Wichtiges übersehen."

„Du meinst die Kunst?" Ich drehte mich um. „Gibt es da noch mehr?"

„Nein, nein, vergiss die orangene Seide. Die ist nicht wichtig. Ich möchte wissen, was los ist. Ich will dieses Puzzle lösen. Was will die Sinistra Negra hier? Warum haben sie so viele Leute hierher geschickt? Zuerst müssen wir die einzelnen Teile erkennen. Ronan, weißt du noch, im Frühling, als Ms Hand und ihre Leute dich und deine Mutter verfolgt haben? Da gab es nicht nur sie, sondern mehrere Teams."

„Das stimmt." Ich musste an jenen seltsamen Tag in Stanhope denken, als meine Mutter mich von der Schule abgeholt hatte, den Tag, an dem mein Leben vollkommen auf den Kopf gestellt wurde. „Ich würde sagen, dass da drei oder vier verschiedene Teams hinter uns her waren."

„Sehr viel mehr jedenfalls, als man brauchen würde, um einen dreizehnjährigen Jungen einzufangen. Aber vielleicht war die Sinistra Negra damals ja sowieso schon in der Gegend. Das wäre ein erstes Puzzleteilchen: Sie waren aus einem anderen Grund schon hier."

„Und Ms Hand hat eine Menge Waffen transportiert", sagte Greta, die plötzlich wieder aus ihrer Trance erwacht war. „Jede Menge Gewehre, mit Tesla-Modifikationen." Während unserer Flucht hatten Greta und ich eine ganze Kiste mit diesen Waffen in einem Fluss versenkt.

„Das wäre dann das zweite Teilchen", sagte Dawkins und hob zwei Finger. „Sie haben jemanden mit Ausrüstung beliefert. Vermutlich hier in dieser Stadt. Zu welchem Zweck?"

Diz lenkte das Taxi jetzt in meine alte Straße. Wir fuhren an der Stelle vorbei, wo unser Haus gestanden hatte, aber da war nichts zu sehen – nur Schatten und ein Stückchen Sternenhimmel, eingerahmt von den beiden Häusern links und rechts davon.

„Und dann hat Strongheart ..." Dawkins warf mir einen schnellen Blick zu. „... entschuldige, Ronan. Und dann hat Strongheart tatsächlich die reine Seele, die er eingefangen hatte, auf das Anwesen von Agatha Glass gebracht. Aber warum? So etwas macht man doch nicht mit einer wertvollen Eroberung. Das ist doch dumm. Nennen wir diese Aktion also das dritte Teil des Puzzles."

Ich musste an meinen immer wiederkehrenden Albtraum denken. War er womöglich auch ein Teil dieses Puzzles?

Greta seufzte. „Und was ist mit der Tatsache, dass die Sinistra Negra gewusst hat, dass wir kommen würden? Sie haben uns ja am Heliport in Empfang genommen. Also müssen sie auch wissen, dass wir zu meiner Mom wollen."

Dawkins sah sie an. „Das wäre normalerweise auch meine Schlussfolgerung gewesen, Greta, aber ein Satz, den diese Agenten gesagt haben, macht mir Hoffnung."

„Das über meinen Vater", sagte ich.

„Ganz genau. Das klingt doch so, als hätte Mr Strongheart sich bei seinen alten Kumpels ziemlich unbeliebt gemacht."

„Was bedeuten könnte", setzte ich seinen Satz fort, „dass die Sinistra Negra nicht weiß, dass Greta zu den Wächtern gehört, und dass sie deshalb auch gar nichts von ihrer Mom wollen."

„Ich glaube, es wird Zeit, dass ich sie anrufe", sagte Greta jetzt. „Du hast gesagt, das darf ich, sobald wir in ihrer Nähe sind, und jetzt ist es wirklich nicht mehr weit."

„Das Risiko können wir nach diesem Empfang beim Heliport aber nicht mehr eingehen. Falls die Sinistra Negra uns eine Falle stellen will, dann haben sie garantiert ihr Telefon angezapft", erwiderte Dawkins. „Es ist wirklich das Sicherste, wenn wir einfach bei ihr auftauchen und sie mitnehmen."

„Es geht um meine *Mom*, Jack", wandte Greta mit heiserer Stimme ein. „Sie ist nicht wie Ronans Mom und auch nicht wie mein Dad. Sie ist ein ganz normaler Mensch."

Dawkins streckte den Arm nach hinten und legte Greta die Hand auf die Schulter. „Es wird ihr nichts Schlimmes zustoßen, Greta. Ich gebe dir mein Wort." Dann drehte er sich wieder nach vorne und flüsterte Diz zu: „*Beeilung!*"

. . .

Diz bog eine Straße vor der, in der Greta wohnte, ab und musterte durch ihre Sonnenbrille die Bürgersteige, um sicherzugehen, dass keine Agenten in der Gegend herumlungerten. Wir rollten an zwei Masten mit grün-weißen Laternenkugeln vorbei – ein sehr vertrauter Anblick. Sie waren das Kennzeichen für eine Treppe zu einer U-Bahn-Station.

Nachdem Diz ungefähr fünf Minuten lang immer wieder im Kreis gefahren war, bog sie schließlich in Gretas alte Straße ein. „Hier ist wirklich keine Menschenseele zu sehen", sagte sie und stellte das Taxi neben einer Reihe parkender Autos ab. „Darum hocken wir hier auch wie auf dem Präsentierteller, also beeilt euch gefälligst. Ich gebe euch von hier aus Deckung."

„Da wären wir also, Greta", sagte Dawkins. „Zu Hause ist es doch am schönsten."

Ich betrachtete Gretas Haus. Damals, als ich noch in Brooklyn gelebt hatte, waren sie und ich noch gar nicht befreundet gewesen, aber ein anderer Junge, den ich über eine Online-Spieleplattform namens ILZ kennengelernt hatte, wohnte gleich um die Ecke. Darum bin ich auf dem Weg zu ihm gelegentlich hier vorbeigekommen. Das Haus der Sustermanns war aus braunem Sandstein genau wie unseres auch, aber ihres sah irgendwie glücklicher aus. Ihre Mom oder ihr Dad hatten einen kleinen, bunten Vorgarten angelegt. In einer Ecke gab es eine Bank und einen Springbrunnen, und auf den Fensterbänken standen Blumenkästen. Überall waren liebevoll arrangierte Kleinigkeiten aufgestellt, die zeigten, dass die Menschen, die hier wohnten, ein echtes Zuhause besaßen. Wie zum Beispiel das helle Licht, das jetzt auf der Veranda brannte.

Als ich es anstarrte, erlosch es, sodass die Vorderfront des Hauses schlagartig in Dunkelheit getaucht wurde.

„Das kam ... unerwartet", sagte Dawkins und legte die rechte Hand an den Griff seiner Machete.

„In der Tat." Diz musterte das Haus und den Vorgarten aufmerksam. „Aber ich kann nichts Ungewöhnliches feststellen. Vielleicht will sie einfach früh schlafen gehen?"

„Was meinst du, Greta?" Er drehte sich um und hatte wieder sein typisches, strahlendes Lächeln im Gesicht. „Kann es sein, dass deine Mom schon um neun ... hey, hey, was soll denn das?"

Niemand von uns hatte bemerkt, dass Greta lautlos angefangen hatte zu weinen. Diz reichte ihr eine Handvoll Papiertaschentücher und Greta trocknete sich die Wangen und schnäuzte sich. „Ich bin nicht traurig", sagte sie. „Echt nicht. Ich bin bloß ... ich habe meine Mom so sehr vermisst." Sie hickste und musste lachen. „Irgendwie habe ich gedacht, dass ich sie vielleicht nie wiedersehen würde."

„Na ja, wenn du nur hier rumsitzt und flennst, wird das auch nichts werden." Dawkins machte seine Tür auf. „Also reiß dich am Riemen. Jetzt ist Heimkehr angesagt."

. . .

Gretas Haus war längst nicht mehr so schön wie früher.

Es sah fast so aus, als wäre es unbewohnt. Im trüben Licht der Straßenlaterne konnte ich verdorrte, tote Pflanzen erkennen. Der Springbrunnen funktionierte zwar noch und machte einen ziemlichen Lärm, aber auch er sah eher scheußlich aus, eine grüne Brühe voller Moos, die außerdem noch überlief. Wahrscheinlich war der Abfluss verstopft oder irgend so was.

Greta runzelte die Stirn. „Das sieht meiner Mom gar nicht ähnlich. Sie muss sehr deprimiert sein."

„Vielleicht hatte sie einfach viel zu tun", erwiderte Dawkins leise. „Also, bei mir zum Beispiel hat noch nie eine Pflanze länger als eine Stunde oder so überlebt."

Wir gingen hinter Greta den Weg entlang, der vom Gartentor an der Kellertreppe vorbei bis zur Eingangstreppe mit der jetzt dunklen Haustür führte.

Sammy und ich stellten uns seitlich daneben und versteckten uns hinter Dawkins, während Greta vor die Tür trat. Ihr Finger schwebte über der Klingel. „Fühlt sich irgendwie seltsam an, bei meinem eigenen Haus zu klingeln."

„Hast du keinen Schlüssel?", fragte Sammy.

„Doch", erwiderte Greta. „Ich meine, ich hatte mal einen, aber den habe ich in Wilson Peak gelassen, zusammen mit meinen anderen Sachen."

„Da liegt er jetzt wahrscheinlich in einem riesigen Haufen Asche unter den verbrannten Bäumen", sagte Sammy.

„Wahrscheinlich."

„Mist", sagte ich. Der Sommer in der Geisterstadt Wilson Peak, wo ich mit Sammy und Greta zum Wächter des Lichts ausgebildet worden war, hatte mir zwar überhaupt keinen Spaß gemacht, aber trotzdem tat es mir irgendwie leid, dass die Sinistra Negra den ganzen Ort abgefackelt hatte.

Ich lauschte dem Plätschern des Springbrunnens hinter unserem Rücken und wurde mit einem Mal misstrauisch. Wie dämlich von uns, alle gemeinsam die Treppe hinaufzugehen. Es wäre klüger gewesen, wenn Sammy und ich bei Diz im Taxi geblieben wären. Außerdem hätte ich eine Waffe mitbringen müssen. Hier auf dieser Eingangstreppe, drei Meter über dem Boden, saßen wir jedenfalls in der Falle.

Greta klingelte. Ein hübsches Glockenspiel ertönte, aber es blieb dunkel und die Tür geschlossen.

„Lass mich mal sehen." Sanft schob Dawkins Greta beiseite, drückte das Gesicht an die Glasscheibe in der Haustür und spähte ins Innere. „Ich kann nichts erkennen, keine Spur von deiner Mutter und auch kein Hinweis auf irgendeinen Kampf. Aber trotzdem, sicher ist sicher." Er zog seine Machete.

Wir ließen Dawkins nicht aus den Augen und bemerkten die Bewegung in unserem Rücken erst, als es zu spät war.

Eine Gestalt in einem schwarzen Kapuzenpulli kam die Treppe heraufgehuscht, stieß Dawkins gegen die Haustür, rammte ihm eine Pistole gegen den Hinterkopf und knurrte: „Eine Bewegung und du bist ein toter Mann."

„Mom?", sagte Greta. „Mom, ich bin's! Das sind meine Freunde!"

Die Gestalt trat einen Schritt zurück, hielt Dawkins aber weiterhin mit der Pistole in Schach. Mit der anderen Hand streifte sie ihre Kapuze ab. Das Gesicht, das darunter zum Vorschein kam, kannte ich – es war Gretas Mutter. Allerdings sah sie ganz anders aus, als ich sie in Erinnerung hatte. Sie hatte die langen blonden Haare abgeschnitten, sodass sie ihr nur noch bis zum Kinn reichten, und sie hatte stark abgenommen. Sie war schon immer ungefähr genauso groß gewesen wie ihre Tochter, aber jetzt war sie auch genauso dünn. Auf der dunklen Veranda sahen sie beinahe aus wie Schwestern.

„Greta?", flüsterte sie und starrte ihre Tochter entgeistert an. Dann warf sie mir, Sammy, Dawkins und der Machete, die er in der Hand hielt, einen hastigen Blick zu. „Du bist doch im Zeugenschutzprogramm. Was machst du denn *hier?*"

Mehr brachte sie nicht hervor, bevor Greta sie mit einer stürmischen Umarmung erdrückte.

Ihre Mom erwiderte die Umarmung, während Sammy, Dawkins und ich ein wenig verlegen daneben standen. Ich wandte mich ab und warf einen Blick über den kleinen Zaun auf die Straße, wo Diz' Taxi im Leerlauf vor sich hin schnurrte. Über die Bildschirme lief gerade ein Werbespot für *M – das Musical*. Aber bis auf das Taxi waren keine anderen Autos, keine Fußgänger, keine Sinistra-Negra-Agenten und nichts von meinem Dad zu sehen. Wir hatten uns völlig umsonst Sorgen gemacht.

Greta ließ ein leises Schluchzen hören. „Du hast mir so sehr gefehlt."

„Ach, Greta", murmelte ihre Mutter an ihrer Schulter. Dann richtete sie sich auf und betrachtete ihre Tochter mit einer Armeslänge Abstand. „Ich bin so froh, dass du nach Hause gekommen bist, aber ist das denn nicht zu gefährlich? Haben sie die Verbrecher, die hinter dir und deinem Dad her waren, eingesperrt?"

Wir hatten so lange überlegt, wie wir Ms Sustermann die Sache mit den Wächtern des Lichts erklären sollten, dass wir die Geschichte, die Gretas Dad ihr erzählt hatte, darüber völlig vergessen hatten – nämlich dass er und Greta ins Zeugenschutzprogramm des FBI aufgenommen worden seien, weil eine Gangsterbande ihnen nach dem Leben trachtete. Kein Wunder, dass sie im Dunkeln umherschlich und harmlose Besucher mit einer Pistole bedrohte.

„Deshalb sind wir ja hier", sagte Greta und runzelte die Stirn. „Es ist nicht so leicht zu erklären."

„Aber bestimmt eine gute Geschichte", erwiderte Ms Sustermann und zeigte mit der Pistole auf die Haustür. „Die kannst du mir drinnen erzählen."

„Bitte wedeln Sie nicht immer mit diesem Ding herum", sagte Dawkins und drückte die Mündung der Pistole vorsichtig nach unten.

„Ach, das …?" Ms Sustermann ließ sie auf die schmutzige Fußmatte fallen. „Das ist doch bloß ein Briefbeschwerer." Sie suchte nach ihrem Schlüssel. „Ich mag keine Schusswaffen, aber angesichts der Tatsache, dass Gaspar und Greta im Zeugenschutz sind … und dann dieses Taxi, das seit Ewigkeiten mit laufendem Motor draußen auf der Straße steht … Ich dachte einfach, dass ich mich irgendwie verteidigen muss." Sie sah Dawkins mit hochgezogener Augenbraue an. „Was haben Sie eigentlich mit diesem Schwert da vor?"

„Nun ja, hauptsächlich zustechen und aufschlitzen", erwiderte er, reckte seine Machete in die Luft und steckte sie wieder in die Scheide.

„Gegen eine Pistole können Sie damit aber nicht viel ausrichten", sagte Ms Sustermann.

„Sie würden sich wundern." Dawkins zeigte ein strahlendes

Lächeln. „Es ist mir eine große Freude, Sie endlich persönlich kennenzulernen, Ms Sustermann. Mein Name ist Jack Dawkins, und wir sind in einer äußerst dringlichen Angelegenheit zu Ihnen gekommen. Sie müssen unverzüglich …"

„Hallo, Ronan", unterbrach ihn Ms Sustermann und sah mich stirnrunzelnd an. „Ich bin überrascht, dich zu sehen. Du bist vermutlich auch im Zeugenschutzprogramm, oder?"

„Äh, nein", gestand ich.

„Niemand von uns ist im Zeugenschutzprogramm", fügte Greta hinzu.

„Dann hat dein Vater mich also angelogen."

„So kann man das nicht sagen", entgegnete Greta. „Es ist ziemlich kompliziert."

„Das kann ich mir vorstellen", sagte ihre Mom.

„Bitte, Ms Sustermann." Dawkins stellte sich direkt vor sie. „Wie gesagt, ich arbeite mit Ihrem Mann, Gaspar, zusammen. Er hat uns hierher geschickt, um sie zu ihm und zu Ihrer Tochter zu bringen. Hier in Brooklyn sind Sie nicht länger in Sicherheit."

Ms Sustermann schloss die Haustür auf. „Das können Sie mir alles bei einer Tasse Kaffee erzählen."

„Leider Gottes", sagte Dawkins und nahm sie am Ellbogen, „haben wir dafür keine Zeit. Wir können Ihre Sachen später abholen, wenn es nicht mehr so gefährlich ist."

Ms Sustermann wies auf die nächtliche Straße. „Seht ihr da etwa irgendwelche Gefahren? Ich nicht … abgesehen von dem Taxi, mit dem ihr hergekommen seid."

„Die eigentliche Gefahr ist die, die man nicht sehen kann", erwiderte Dawkins.

Greta griff nach der Hand ihrer Mutter. „Jack sagt die Wahrheit. Er ist mein Freund und er ist Dads Freund, und du musst ihm vertrauen."

„Wir müssen wirklich unverzüglich los", betonte Dawkins noch einmal.

Ms Sustermann starrte ihm in die Augen. Dann lächelte sie Greta an und sagte: „Okay." Sie öffnete die Haustür, schnappte sich ihre Handtasche und gab ein paar Kussgeräusche von sich. Eine grau-weiße Katze löste sich aus den Schatten. Sie hatte ein klobiges, mit Juwelen besetztes Halsband um, das eigentlich gar nicht zu Ms Sustermanns Stil passte – aber ehrlich gesagt, Menschen mit Katzen habe ich sowieso noch nie richtig verstanden.

„Komm mit, Grendel", sagte Ms Sustermann, nahm die Katze auf den Arm und legte sie sich über die Schulter. „Wir machen einen Ausflug."

„Hallo, Grendel", sagte Greta und kraulte ihm die Backen. Er schnurrte. „Ich hab dich vermisst, kleiner Mann!"

Der Kater drückte seinen Kopf in ihre Hand.

„Müssen wir den mitnehmen?", maulte Dawkins, während er das Halsband eingehend untersuchte.

„Du hast schließlich die Dobermänner", erwiderte Greta. „Warum sollen wir nicht Grendel haben?"

„Stimmt auch wieder." Dawkins nickte. „Wir dürfen keine Familienmitglieder zurücklassen, nicht einmal Tiere. Schnappt euch den Transportkäfig und dann nichts wie los."

„Oh, Grendel setzt sich nicht in einen Käfig", sagte Ms Sustermann. „Er ist ein Freigeist."

„Natürlich." Dawkins seufzte. „Bitte! Wir haben es *wirklich* eilig."

Greta und ihre Mom gingen die Treppe hinunter, dann kamen ich und Sammy. Dawkins bildete den Schluss, die eine Hand auf dem Heft seiner Machete.

Als wir das Gartentor schlossen, jagte Diz unversehens mit Vollgas davon.

„Da habt ihr eure Gefahr", sagte Ms Sustermann und schnalzte missbilligend mit der Zunge. „New Yorker Taxifahrer."

„Wo will sie denn hin?", erkundigte sich Sammy.

„Ach, du meine Güte", sagte Dawkins und zog uns hinter einen am Straßenrand geparkten Van. „Sie muss irgendeine Gefahr gewittert haben." Das Taxi hatte jetzt das Ende der Straße erreicht. Es bremste, Reifen quietschten und dann stellte es sich quer und blockierte die Fahrbahn.

Doch nichts geschah. Das Taxi stand einfach nur da, während Werbespots über die Bildschirme an seiner Seite und auf dem Dach liefen.

„Sieht nicht so aus, als ob jemand …", fing ich an, als hinter dem Taxi zwei schwarze Geländewagen zum Stehen kamen. Ich brauchte nicht durch das Wahrheitsglas zu schauen, um zu wissen, wer dort am Steuer saß.

Dawkins zog die Machete aus der Scheide. „Die Sinistra Negra."

Das Tor zwischen zwei Welten

Mit einem ohrenbetäubenden *Wuuuumpf* verschwand Diz' Taxi in einer gleißend hellen Explosion.

Das Licht war so grell, dass ich auf den Hintern fiel und ein paar Sekunden lang nichts mehr sehen konnte. Ich blinzelte mehrfach, dann ging es wieder. „Hat sie …? Ist sie …?"

„Ist da gerade ihr Taxi explodiert?", wollte Sammy wissen.

„Auf keinen Fall", erwiderte Dawkins. „Diz hat mit diesem Kamikaze-Zeug nichts am Hut. Nein, das war eine kalkulierte Überlastung der Bildschirme – garantiert eins dieser Sicherheitssysteme, die sie installiert hat."

„Aber wieso sollte ein Taxi so was machen?" Ms Sustermann reckte den Hals, um besser sehen zu können.

Dawkins zog sie wieder in Deckung. „Dieser Lichtblitz und der Knall, das war der Versuch, unsere Feinde außer Gefecht zu setzen und uns ein bisschen mehr Zeit für die Flucht zu verschaffen." Er nahm unsere Hände und verschränkte sie ineinander. „Ihr haltet euch immer schön hinter den parkenden Autos. Wenn wir es schaffen, ungesehen zu verschwinden, dann glauben sie vielleicht, dass wir noch im Haus sind." Tief geduckt führte er uns den Bürgersteig entlang, weg vom Haus.

„Dic U-Bahn", sagte Greta. „Die ist nur einen Block entfernt. Das schaffen wir locker."

Plötzlich hob Dawkins beide Arme. Wir blieben hinter einem Pick-up stehen.

„Noch zwei Fahrzeuge. Eines dort an der Ecke …" Er deutete auf einen dunkelroten Geländewagen, der im absoluten Halteverbot direkt vor einem Hydranten stand. Im Inneren sah man schemenhafte Gestalten. „Und dann noch eins, ein Stück weiter die Straße runter." Ebenfalls ein Geländewagen, ebenfalls mit drei Gestalten darin. „Ich fürchte, wir sind umzingelt. Es könnte sein, dass wir zum Kampf gezwungen sind."

„Oder auch nicht", sagte ich, als ich das Haus zu unserer Linken erkannt hatte. „Mir nach! Und benehmt euch anständig."

ArmaGideon öffnete uns höchstpersönlich die Kellertür. Dort hatte er seine Spielekonsolen aufgebaut, und ich hatte mir überlegt, dass er, wie üblich, dort sein würde. Er war ziemlich breit gebaut, aber nicht so, dass er irgendwie bedrohlich gewirkt hätte. Er war einfach nur ein bisschen übergewichtig. Er trug ein bunt bedrucktes T-Shirt und Shorts und hatte ein paar Geldscheine in der Hand.

„DorkLord?", sagte er. „Ich meine, Ronan? Ronan Strongheart?" Ich musste fast lachen, als ich seinen Gesichtsausdruck sah – die weit aufgerissenen Augen, den offenen Mund, genau wie im Film. Dass es so was im echten Leben gibt, glaubt man immer erst, wenn man es selbst erlebt. „Du bist einfach spurlos verschwunden, Alter – nicht bloß aus dem Spiel, sondern auch aus der Schule, aus der ganzen Gegend. Mit einem Mal warst du einfach weg!"

„ArmaGideon!", rief ich. „Wie schön, dich zu sehen!" In der fünften und sechsten Klasse habe ich zusammen mit Gideon riesige Zombiehorden vernichtet, wir sind tausendmal Weltmeister geworden und haben einmal pro Woche das Universum vor außerirdischen Übeltätern gerettet.

„Nur Gideon", sagte er. „Ich dachte, du wärst der Pizzabote."

„Schön wär's", ließ sich Dawkins hinter mir vernehmen. „Also *ich* könnte jetzt problemlos ein, zwei Pizzas verdrücken."

Ich trat durch die geöffnete Tür und die anderen kamen schnell hinterher. „Ach so ... Greta kennst du ja schon, oder? Das da sind Sammy und Gretas Mom, und der Typ mit der Machete heißt Jack."

Es war dunkel im Keller. Die einzige Lichtquelle war ein riesiger, eineinhalb Meter breiter Flachbildfernseher. Darauf waren irgendwelche lebenden Toten mitten im Angriff erstarrt.

„Wow!", sagte Gideon, während er Greta anstarrte. „Ich kann gar nicht glauben, dass das schlaueste Mädchen der ganzen Schule hier in meinem Spielezimmer steht."

„Bild dir ja nichts darauf ein", murmelte Greta.

Dann blieb Gideons Blick an der Machete in Dawkins' Hand

hängen. Er drückte die Tür ins Schloss. „Cool." Schließlich registrierte er auch die Katze, die immer noch auf Ms Sustermanns Schulter lag. „Also gut, Strongheart, spuck's endlich aus. Was ist hier los?"

„Tut mir echt leid, dass wir dich so überfallen", sprudelte ich hervor, während meine Gedanken sich überschlugen, „aber du bist der Einzige, der uns helfen kann. Wir spielen gerade ein Rollenspiel. Es heißt die Wächter des Lichts und es ist wahnsinnig realistisch."

Gideon ballte die Faust. „Ja! Du hast es geschafft!" Er war schon lange scharf darauf, bei einem dieser Alternate Reality Games mitzumachen, die eng mit der Realität verwoben waren. Wir hatten immer wieder darüber gesprochen, dass wir ein Team gründen und einsteigen wollten – aber wir hatten es nie geschafft. Hauptsächlich weil wir viel zu jung und viel zu pleite dafür gewesen waren. „Also deswegen hat der Typ da die Schwertattrappe in der Hand." Er streckte die Hand danach aus.

Dawkins nahm seine Machete weg und sagte: „Tut mir leid, aber das ist ... äh ..."

„Das war die Belohnung, weil wir eine Zusatzaufgabe richtig gelöst haben", sagte ich. „Die Regeln besagen, dass nur derjenige, der die Aufgabe gelöst hat, die Machete halten darf. Das gilt auch für die Katze von Ms Sustermann."

„Die Katze war auch eine Belohnung?"

„Es ist ein ziemlich eigenartiges Rollenspiel", fuhr ich fort. „Jedenfalls müssen wir jetzt irgendwie hier wegkommen. Ein paar Gegner – die wirklich ziemlich übel drauf sind – haben an beiden Straßenenden Fallen aufgestellt. Die haben Gewehre, die Lichtstrahlen abfeuern können, und wir haben zur Verteidigung bloß dieses lächerliche Schwert und die Katze."

„Ihr seid so was von erledigt!" Gideon stieß einen lauten Seufzer aus.

„Ich dachte, du könntest uns diesmal vielleicht helfen, dann kannst du beim nächsten Mal Ms Sustermanns Rolle übernehmen."

„Also, auf jeden Fall", meinte Ms Sustermann und streichelte Grendel. „So etwas liegt mir nämlich überhaupt nicht. Ich spiele viel lieber Monopoly."

Gideon nickte. „Du kannst dich auf mich verlassen, Strongheart."

„Ich habe nichts anderes erwartet." Dann legte ich ihm die Hand auf die Schulter. „Ist das Tor noch geöffnet?"

„Das Tor zwischen den Welten? Es wird niemals geschlossen werden!", erwiderte er und stieß die geballte Faust in die Luft. „Aber ihr müsst euch beeilen. Gleich kommt meine Pizza."

Am hinteren Ende von Gideons Garten stand ein knapp zwei Meter hoher, mit Efeu überwucherter Holzzaun. Gideon brachte uns bis zur Ecke. „Der Riegel ist irgendwo unter den Blättern", sagte er. „Ich habe es schon ein paar Jahre nicht mehr benutzt."

Dawkins hatte bereits die Hand hinter das Efeu geschoben. Jetzt sagte er: „A-ha!", es machte *klack!* und dann schwang ein Stück des Zauns nach außen.

Dahinter befand sich ein unbefestigter Pfad, der zwischen zwei Zäunen und etlichen Nachbarhäusern bis zur nächsten Straße führte.

Wir sahen einander an. Der Pfad war sehr schmal.

„Für mich ist das zu eng", sagte Gideon achselzuckend. „Aber für euch dürfte es kein Problem sein. Ihr könnt ja seitlich gehen."

„Dann machen wir das. Danke." Dawkins drehte sich um und zwängte sich mit vorgereckter Machete durch die Lücke.

Als Nächstes kam Greta, dann ihre Mom mit Grendel im Arm und schließlich Sammy.

„Du hast echt eine super Anlage", sagte er zu Gideon. „Schade, dass wir keine Zeit haben. Ich hätte wahnsinnig gerne mal mit dir gespielt." Dann war er ebenfalls draußen.

„Du bist jederzeit willkommen!", rief Gideon ihm hinterher.

Dann wandte ich mich auch zum Gehen. „Ich bin dir echt was schuldig, Gideon. Du hast uns das Leben gerettet."

„Ach was, ist doch bloß ein Spiel", sagte er und winkte ab.

Ich blickte den schmalen Pfad entlang – meine Freunde hatten schon einen deutlichen Vorsprung – und packte Gideon am Arm. „Es ist *kein* Spiel", flüsterte ich. „Es ist alles *echt*. Und diese Leute da draußen wollen uns umbringen. Oder dich! Versprich mir, dass du niemandem die Tür aufmachst und nicht nach draußen gehst. Auf gar keinen Fall!"

„Mein Gott, Ronan", erwiderte Gideon und riss sich los. „Wenn du nicht willst, dass ich mitmache, dann sag's doch einfach."

Jetzt meldete sich Gideons Mutter, die nach ihrem Sohn rief.

„Wahrscheinlich ist meine Pizza jetzt da", sagte er.

„Gideon", flehte ich ihn an. „Ich meine es ernst. Wir werden verfolgt. Und die Leute, die uns auf den Fersen sind, sind absolut skrupellose Verbrecher. Also bitte, sieh erst nach, ob es wirklich der Pizzabote ist, bevor du die Tür aufmachst. Und wenn nicht, dann ruf die Polizei."

Erst dann huschte auch ich durch das Tor zwischen den Welten.

. . .

Als ich bei den anderen ankam, kauerten Dawkins, Greta, ihre Mom und Sammy zwischen zwei parkenden Autos. Bis auf die Katze sahen alle sehr schmuddelig aus.

Ich hatte vergessen, wie schmutzig es in dem schmalen Durchgang war. Meine Kleider waren mit nasser Erde verschmiert und ich hatte mir an den scharfkantigen Backsteinen die Hände zerkratzt und blutig gerissen.

„Wieso hat das denn so lange gedauert?", flüsterte Greta mir zu.

„Ich musste Gideon warnen", sagte ich. „Nicht dass er rausgeht und plötzlich der Sinistra Negra in die Arme läuft."

„Sehr gut", sagte Dawkins und klopfte mir auf die Schulter. „Die Luft ist rein." Zwanzig Meter entfernt waren die grün-weißen, runden Laternen am U-Bahn-Eingang zu sehen, die mir vorhin bei der Taxifahrt schon aufgefallen waren.

Sekunden später waren wir bereits die Treppe hinuntergestürmt und im Untergrund verschwunden.

„Aber was ist mit Diz?", fragte Greta.

„Was ist denn ein Diz?", wollte ihre Mutter wissen.

„Eine Frau", erwiderte Greta. „Sie würde dir gefallen."

„Sie ist ein Wirbelwind auf Rädern, unsere Diz", sagte Dawkins und begutachtete die Drehkreuze, die vom Boden bis zur Decke reichten. „Sie kann gut auf sich selbst aufpassen."

„Sie ist wie du, stimmt's?", sagte Sammy. „Ein Aufseher?"

Dawkins schüttelte den Kopf. „Falls du auf meine besonderen Heilkräfte anspielst, nein. Diz ist ein ganz normaler Wächter des Lichts. Wenn sie tot ist, wird sie nicht wieder lebendig."

Ms Sustermann zog eine Augenbraue in die Höhe. „Gilt das denn nicht für alle Menschen?"

„Sie würden sich wundern", entgegnete Dawkins, während er an dem Drehkreuz herumhantierte.

„Das scheint ja Ihr Lieblingsspruch zu sein."

„Mom", schaltete Greta sich ein. „Ich erklär's dir später."

„Mit diesen drehbaren Käfigen komme ich absolut nicht klar", sagte Dawkins. „Wie soll man denn da noch drüberspringen?"

„Gar nicht", erwiderte Ms Sustermann. Sie hielt eine kleine Plastikkarte zwischen den Fingern. „Aber keine Sorge, ich erledige das."

. . .

Der Bahnsteig war an unserem Ende menschenleer. Rund zwanzig Personen verteilten sich über seine ganze Länge, während am anderen Ende ein halbes Dutzend alte Männer in kunterbunten Jacketts und mit Bowlerhüten stand. Jetzt fingen sie an *You Are My Sunshine* zu trällern.

„Was soll das denn sein?", sagte Sammy.

„Nur ein paar Leute, die sich ein bisschen Kleingeld verdienen wollen", erwiderte Ms Sustermann, die auf einer Sitzbank Platz nahm. Greta setzte sich neben sie, während Sammy die Linienpläne und die weiß gekachelten Wände anstarrte.

„Das bedeutet also, dass mein Dad es ihnen verraten hat", sagte ich und stellte mich neben Dawkins. „Noch bevor sie ihn rausgeworfen haben, hat er der Sinistra Negra gesagt, was es mit Greta auf sich hat."

„Warum hätten sie sonst hier auftauchen sollen, stimmt's?", flüsterte Dawkins. „Allerdings ... es sind Hunderte Sinistra-Negra-Agenten in der Stadt. Also warum haben sie Gretas Mom nicht schon längst entführt?"

Eine sanfte Brise wehte jetzt über den Bahnsteig. Das war die Luft, die eine näherkommende U-Bahn vor sich herschob. „Die U-Bahn kommt."

„Und genau zum richtigen Zeitpunkt", erwiderte Dawkins. „Wir haben es wieder mal geschafft, dank deinem Kumpel Gideon."

Im selben Augenblick tauchten am oberen Ende der Treppe drei Paar Beine in schwarzen Anzughosen auf. Sie kamen langsam näher, bis wir drei Sinistra-Negra-Agenten auf der anderen

Seite des Drehkreuzes gegenüberstanden. Es waren der Glatzkopf und die beiden Frauen.

Der Glatzkopf mampfte ein Stück Pizza.

Ich stellte mich dicht vor die schwarzen Metallstäbe. „Wo haben Sie das her?"

Er kaute und grinste und sagte nichts.

Dawkins legte mir den Arm um die Brust und zog mich zurück. „Du musst nicht ganz so dicht rangehen, Ronan."

Die rothaarige Frau hob die Hände und fing an, irgendetwas zu flüstern. Im nächsten Augenblick begannen die verchromten Stäbe des Drehkreuzkäfigs zu glühen. Wie lange würde es wohl dauern, bis sie so weich waren, dass man sie verbiegen konnte?

Die dunkelhaarige Frau winkte mir mit flatternden Fingern zu. „Ich hatte so gehofft, dass wir uns in dieser Nacht noch einmal wiedersehen – und jetzt hat sich meine Hoffnung erfüllt."

„Wir würden ja liebend gerne noch ein wenig länger mit Ihnen plaudern", sagte Dawkins mit lauter Stimme, um gegen das Geräusch des einfahrenden Zuges anzukommen. Dann deutete er mit dem Daumen über seine Schulter auf den silbernen Waggon. „Aber wir müssen … leider."

„Verratet mir eins", sagte die Frau, während sie eine der Metallstreben packte und langsam zur Seite bog. „Warum seid ihr und Haupt Strongheart eigentlich so sehr an dieser Sustermann interessiert?"

„Warum seid *ihr* denn so an ihr interessiert?", erwiderte Dawkins.

Es machte *ding-dong!*, die Türen gingen auf und wir stiegen ein.

„Weil ihr es seid!", rief der Glatzkopf uns hinterher. Er und die dunkelhaarige Frau bogen eine Strebe nach der anderen beiseite. Rauch stieg von ihren Händen auf, als sie das heiße Metall berührten.

Und dann schlossen sich die Türen. Der Zug rollte los, nahm langsam Fahrt auf und entführte uns in den dunklen Tunnel.

Ein Lied auf den Lippen, ein Schwert in der Hand

Ich ließ mich auf einen Sitz gleich neben der Tür plumpsen, voller Erleichterung darüber, dass wir entkommen waren.

Dawkins setzte sich behutsam neben mich und versteckte seine Machete unter der Bank, damit die anderen Fahrgäste sie nicht zu sehen bekamen.

Gretas Mom sank auf die dreisitzige Bank uns gegenüber, Greta direkt neben sich. Die beiden steckten die Köpfe zusammen, während die Katze sich auf dem Sitz zwischen ihnen zusammengerollt hatte.

„Ich habe noch nie eine so entspannte Katze gesehen wie die da", sagte Dawkins.

„Grendel kann hin und wieder auch ein richtiges Monster sein", erwiderte Ms Sustermann und kraulte den Kater hinter den Ohren. „Aber grundsätzlich ist er mit sich und der Welt im Reinen."

„Die U-Bahn sieht aber ganz schön abgewrackt aus", bemerkte Sammy.

„Es ist eben ein alter Waggon", sagte ich. „Die neuen sind viel schöner."

Die Sitzbänke waren aus hässlichem, orangefarbenem Plastik. Während die Dreierbänke mit den Lehnen an einer Außenwand befestigt waren, ragten die Zweisitzer in den Waggon hinein, sodass eine Art L-Form entstand. Ich fand, es sah aus wie das traurigste Tetris-Spiel auf der ganzen Welt. Ich starrte auf den Boden, der aus einem einzigen riesigen Stück braunem Linoleum bestand und mit allen möglichen hässlichen Flecken übersät war.

Wir befanden uns in der leeren vorderen Hälfte des Waggons. Nicht weit entfernt saßen ein altes Pärchen mit einem Handwagen voller Einkäufe und ein paar ältere Teenager. Im hinteren Teil waren noch drei Frauen, die sich angeregt unterhielten und ständig in lautes Gelächter ausbrachen.

„Auftrag ausgeführt, Leute!" Sammy wirbelte um die Metallstange herum, die zwischen uns stand. „Wir sind entkommen *und* niemand hat dabei Schaden genommen."

Hatte er wirklich recht? Dieses Pizzastück ging mir einfach nicht aus dem Kopf.

In diesem Augenblick neigte die Bahn sich seitwärts und die Räder fuhren kreischend um eine Kurve. Das Deckenlicht flackerte und erlosch. Eine Sekunde später ging es wieder an.

Sammy deutete auf einen roten Holzgriff, der von der Decke herabbaumelte. Auf dem Schild dahinter stand NOTBREMSE.

„Ob man mit dem alten Ding da wirklich die Bahn anhalten kann?"

„Das wollen wir gar nicht wissen", sagte Dawkins. „Finger weg!"

„Ist ja gut, ist ja gut. Ich seh mir mal den Rest des Waggons an", sagte Sammy und schwang sich dann von Stange zu Stange den drei Frauen entgegen.

Ich beachtete ihn kaum. Noch nie im Leben hatte ich mich so schuldig gefühlt. „Ich mache mir Sorgen wegen Gideon", sagte ich.

„Wir wissen doch gar nicht, ob ihm etwas zugestoßen ist", flüsterte Dawkins zurück. „Nur weil irgendjemand ein Stück Pizza …"

„*Ernsthaft?* Das soll alles bloß ein riesengroßer Zufall sein?"

Er wandte sich ab. „Natürlich nicht. Ich hoffe, dass es ihm und seiner Familie gut geht. Er hat uns zur Flucht verholfen, und wir haben ihm zum Dank die Sinistra Negra auf den Hals gehetzt."

„Tolle Flucht. Und was, wenn sie uns verfolgen?", fragte ich zurück. „Ich hab schon mal in einem Zug gesessen, dem ein Typ von der Sinistra Negra hinterhergerannt ist. Der war bestimmt fünfzig Stundenkilometer schnell. Und eine U-Bahn ist viel langsamer als ein normaler Zug."

„Das mag ja sein", räumte Dawkins ein. „Aber zum einen haben wir einen Vorsprung, und zum andern ist es gar nicht so einfach, im Dunkeln auf Eisenbahnschienen zu laufen. Außerdem wissen sie nicht, ob wir vielleicht irgendwo unterwegs ausgestiegen sind … zum Beispiel hier."

Mit laut kreischenden Bremsen fuhr die Bahn in eine Haltestelle ein. Im hinteren Teil stieg ein Haufen lärmender junger Leute ein. Dann schlossen sich die Türen wieder und wir fuhren weiter.

„Hast du den letzten Satz verstanden, den die Hand durch den Mund des Glatzkopfs gesagt hat?", wollte Dawkins wissen.

Erneut wurde der Waggon für einen kurzen Moment in Dunkelheit getaucht, bevor die Lichter wieder angingen.

„Dass sie nur deshalb zu Ms Sustermann gekommen sind, weil wir auch dort waren", erwiderte ich leise.

„Vermutlich glauben diese Agenten jetzt, dass Ms Sustermann eine Reine ist."

„Das ist doch gut, oder? Das bedeutet, dass wir sie verwirrt haben."

„Nein, Ronan, das ist überhaupt nicht gut. Was passiert, wenn sie sie entführen oder töten oder ihr mit dem Damaskoskop eins über den Schädel hauen?"

Ich starrte Greta und ihre Mom an. Sie sahen so glücklich aus, wie sie da Stirn an Stirn beieinandersaßen, wie zwei Freundinnen auf einer Übernachtungsparty, die sich gerade ihre geheimsten Geheimnisse anvertrauen. Greta glaubte, dass sie und ihre Mom in Sicherheit waren. Dabei hatten wir die Probleme, die auf sie warteten, gerade eben nur verdoppelt.

„Mein Dad ist ja immer noch auf freiem Fuß, und er weiß garantiert Bescheid."

„Richtig. Außerdem will er Greta wahrscheinlich um jeden Preis in die Finger bekommen, als Ersatz für die andere Reine, die ihm verloren gegangen ist – die, die er eigentlich an Evangeline Birk und die Sinistra Negra übergeben sollte." Er schlug mir aufs Knie und sagte: „Ach, jetzt schau doch nicht so finster drein, Ronan. Wir treffen uns mit Diz, und dann verstecken wir uns in Agathas todschicker Penthouse-Wohnung, genau wie verabredet. Und wenn morgen die übrigen Wächter des Lichts eintreffen, ist alles wieder in Butter."

Je zuversichtlicher Dawkins klang, desto weniger glaubte ich ihm.

Die Bahn verlangsamte ihre Fahrt und erreichte die nächste Haltestelle. Mehrere Leute stiegen aus. Ich reckte den Hals und spähte durch das Fenster, rechnete jeden Moment damit, dass Sinistra-Negra-Agenten auf dem Bahnsteig auftauchten.

Aber niemand kam. Und dann fuhr die Bahn auch schon wieder weiter.

Als ich mich umdrehte, stand Sammy vor mir.

„Ich habe mir mal den Waggon vor unserem angeschaut. Da hocken aber bloß ein paar übermüdete Gestalten und ein alter Mann mit verfilzten Dreadlocks und einer Gitarre, der *No Woman, No Cry* spielt."

„Sammy, wenn es dir nichts ausmacht, dann bleib bitte in diesem Waggon", sagte Dawkins. „Es wäre mir wirklich sehr lieb, dich nicht zu verlieren."

„Ich verspreche dir, dass ich in diesem Waggon bleibe", erwiderte Sammy und legte die Hand zum Schwur auf sein Herz. Dann schwang er sich von Stange zu Stange bis ans andere Ende.

Du hast irgendwas übersehen, du Idiot, dachte ich und musste an meinen Traum denken.

„Wieso?", fragte ich mich laut. „Was spielt es für eine Rolle, wenn mein Vater dieser Birk eine Seele bringt? Was will sie denn damit anstellen? Eine Seelen-Sammlung anlegen?" Ich rieb über die Narbe auf meiner Handfläche und musste an den geöffneten Stahlbehälter in Agathas Gewächshaus denken, und an das eiskalte Conceptaculum mit Flavias Seele in seinem Inneren. „Der ganze Sinn ihres Plans besteht doch darin, reine Seelen aus dem Verkehr zu ziehen, damit sie nicht wiedergeboren werden können, stimmt's? Also warum kutschieren sie sie dann überhaupt durch die Gegend? Warum schmeißen sie das Conceptaculum nicht einfach in ein tiefes Loch, wo es kein Mensch je wiederfindet?"

Jetzt glitt die Tür am hinteren Ende des Waggons auf. Dawkins und ich hoben den Kopf. Die sechs älteren Herren, die ich schon an der Haltestelle gesehen hatte, wo wir eingestiegen waren, marschierten herein.

Fünf von ihnen hatten einen Gehstock dabei, und alle trugen unterschiedliche Anzüge, die überhaupt nicht zueinanderpassten. Manche hatten die Jacketts sogar verkehrt herum angezogen. Zwei schienen sich zu schämen, dass sie sich wegen ein paar Münzen so zum Narren machten, und starrten auf ihre Fußspitzen. Doch der Erste trat vor, setzte den Hut ab, hielt ihn zwischen den Händen und sagte mit fester Stimme: „Wir singen heute Abend ein Lied für Sie, das Sie wahrscheinlich alle kennen." Dann räusperte er sich.

Dawkins wandte sich wieder zu mir. „Das ist eine sehr gute Frage. Warum hat dein Dad diese reine Seele überhaupt auf das Glass-Anwesen gebracht? Warum hat er sie nicht an einem sicheren Ort deponiert? Wir dachten, dass er nur dumm war, aber das ist wohl … zu einfach."

Ich schüttelte den Kopf. „Mein Dad mag vieles sein, aber dumm ist er nicht."

„Also hat irgendeine Absicht dahintergesteckt. Aber welche?"

Der Mann ganz hinten hatte den Kopf auf die Brust gedrückt, die Hand flach auf seinen zerschlissenen, braunen Pullover gelegt und gab ein paar tiefe Töne von sich, sodass er sich anhörte wie eine Bassgitarre. Dann fing einer der anderen an zu singen, während die übrigen vier mitsummten. Das Lied hatte einen seltsamen Text – es ging um einen Haifisch, der Zähne im Gesicht hat, und einen gewissen MacHeath mit einem Messer. Ich brauchte den ganzen ersten Vers, bis ich die Melodie erkannte.

Sammy kam zu uns und setzte sich auf den Platz gegenüber. „Was ist das denn für ein komisches Lied? Also, ich meine, *You Are My Sunshine* fand ich echt besser."

„Es heißt *Mackie Messer*", sagte ich. „Das ist so ein Song über einen Mörder. Stammt aus einem alten, deutschen Theaterstück. Mein Dad hat ständig solche Sachen gehört."

Beim Singen schlurften sie mit ulkigen kleinen Schritten vorwärts, wie die meisten U-Bahn-Musikanten, damit sie erst wenn das Lied zu Ende war, bei der hinteren Waggontür ankamen. Zwei der Männer schüttelten einen Plastikbecher voller Münzen und streckten ihn den Fahrgästen entgegen. Ein paar Leute warfen etwas hinein, doch die meisten beachteten sie nicht.

Gretas Mom ließ ihre Fußspitze im Takt wippen.

Sammy glitt auf den Sitz hinter uns.

Der Zug fuhr in die nächste Haltestelle ein, die Türen öffneten sich, und die sechs Sänger blieben wie versteinert stehen, während Fahrgäste ein- und ausstiegen.

Seltsam, dachte ich.

Aber sobald die Bahn anfuhr, sangen sie genau an der Stelle weiter, wo sie aufgehört hatten.

Die Neonröhren an der Decke brummten, erloschen, brummten noch einmal und sprangen wieder an.

„Dieses ständige Flackern macht mich rasend", sagte ich.

„Das passiert immer dann, wenn der Zug über eine Weiche oder über eine Lücke in der Stromschiene fährt", erklärte Greta. „Zum Beispiel bei der Einfahrt in einen Tunnel."

„Ist ja klar, dass du so was weißt", sagte ich. Greta mag vielleicht eine Reine und meine beste Freundin sein, aber in der Schule war sie schon immer Schlaumeier Nummer eins gewesen und ging mir damit manchmal gehörig auf den Zeiger.

Sie zuckte mit den Schultern. „Ich kann auch nichts dafür, dass ich so leicht lerne!"

„Heißt das, dass wir jetzt in einem Tunnel sind?", wollte Sammy wissen.

„Ja", antwortete ich. „Irgendwo unter dem East River."

„Krass!", sagte er. „Was schätzt du, wie viel Wasser gerade über uns ist?"

Ich legte den Kopf in den Nacken, starrte an die Decke und versuchte es mir vorzustellen. „Eine Menge?"

„Vielen Dank für diese irre erleuchtende Antwort." Sammy stand auf und schlenderte wieder in den vorderen Teil des Waggons.

Dawkins hatte in der Zwischenzeit nachgedacht. „Er hat die Seele zu Agatha gebracht, weil dort das Damaskoskop war."

Ich dachte an das seltsame Gerät, das noch aus der viktorianischen Zeit stammte. Das Damaskoskop sah aus wie eine Kreuzung aus einem Teleskop und einer dicken Messingkanone, aber jedes Mal wenn ich es in Aktion erlebt hatte, war etwas Gutes dabei herausgekommen. Zuerst hatten wir es versehentlich benutzt, um Agathas Seele zu reinigen, und dann hatten wir Flavia damit das Leben gerettet. „Mit dem Damaskoskop und dem gläsernen Handschuh haben wir Flavia ihre Seele zurückgegeben. Warum sollte mein Dad eine reine Seele in einen anderen Menschen projizieren wollen?"

„Das ist ja nur *eine* Verwendungsmöglichkeit. Agatha hat noch von einer anderen gesprochen, aber die war mir bis gerade eben wieder entfallen."

„Welche ist das denn?"

„Sie hat gesagt, das Damaskoskop kann auch Seelen vernichten und sie für alle Zeit auslöschen."

Die Sänger waren jetzt in der Mitte des Waggons angelangt, und die bittere Wahrheit war, dass der Gesang viel besser geklungen hatte, als sie weiter weg gewesen waren. Was für Ms Sustermann keine Rolle zu spielen schien. Sie kramte in ihrer Handtasche und holte einen zusammengefalteten Dollarschein heraus, nahm ihn zwischen zwei Finger und winkte den Sängern damit zu. Sofort kamen sie mit ihren eigenartigen, winzigen Schlurfschritten näher.

Ich ließ den Blick von Gretas Mom zum Sänger schweifen. Dabei bekam ich für einen kurzen Moment das weiche Kinn des Mannes ganz hinten zu sehen, der bis jetzt immer den Kopf gesenkt gehalten hatte.

Und ich erkannte ihn.

Ich packte Dawkins am Arm. „Er ist es."

„Pass auf Greta auf", flüsterte Dawkins, beugte sich vor, zog die Machete unter seinem Sitz hervor und rollte sich von der Bank in den Mittelgang des Waggons.

Mein Dad schob seinen Hut in den Nacken, sah mir direkt in die Augen und lächelte mich an. Gleichzeitig zogen die fünf anderen Männer lange, schmale Klingen aus ihren Gehstöcken.

„Mein Sohn", sagte er.

Und dann ging das Licht aus.

Auf Greta aufpassen

Der Zug bremste ruckartig und ich wurde zu Boden geschleudert. Nach dem Gebrüll um mich herum zu urteilen, war ich nicht der Einzige – jemand hatte die Notbremse gezogen.

Ich krabbelte in der Dunkelheit vorwärts, tastete blindlings in alle Richtungen, versuchte Greta zu finden.

Hinter mir ertönte das Klirren aufeinandertreffender Schwerter – das war Dawkins, der gegen die Leute meines Vaters kämpfte. Und dann waren da noch die Schreie der anderen Fahrgäste im Waggon. Ein Mann brüllte: „Ruhig bleiben! Ganz ruhig bleiben!" Der nächste erwiderte: „Du kannst ja ruhig bleiben, aber ich will bestimmt nicht in der Linie vier sterben!" Und dann brach das totale Chaos aus.

Bei dem Lärm konnte ich kaum denken.

Pass auf Greta auf, hatte Dawkins gesagt, aber das war gar nicht so einfach. Ich konnte sie ja nicht einmal sehen.

Da fiel mir etwas ein. Diz hatte doch auf ihre Sonnenbrille getippt und gesagt, dass ihr Wahrheitsglas wie ein Nachtsichtgerät funktioniert. *Danke, Diz.* Ich zog die Kette mit dem Wahrheitsglas aus meiner Brusttasche und hielt es mir vor das rechte Auge.

Sofort sah ich Greta klar und deutlich auf dem Boden des Waggons liegen.

Genau genommen war sie das Einzige, was ich sehen konnte.

Denn es ist ja so: Wenn man ein reines Wesen durch ein Wahrheitsglas betrachtet, dann leuchtet seine Seele so strahlend hell, dass es fast schon schmerzhaft ist. Gretas Seele blendete mich jedenfalls so sehr, dass ich mich abwenden musste, um nicht blind zu werden.

Und dabei stellte ich noch etwas fest: Ihr Licht strahlte auf die anderen Seelen im Waggon ab. Es war, als würden auch sie ein klein wenig heller leuchten, allein durch die Nähe zu einer Reinen. Durch das Glas der Wahrheit wurde die U-Bahn in ein dunkles Violett getaucht, und ich konnte jetzt auch die Leute sehen, die sich am hinteren Ende des Waggons auf die Sitzbänke kauerten, aus Angst vor dem Schwertkampf, der drei Meter von mir entfernt stattfand.

Im Gegensatz zu den anderen waren die schimmernden Gestalten der Sinistra-Negra-Agenten kaum zu erkennen. Sie hatten all ihre Lebenskraft aufgegeben, als sie der Sinistra Negra beigetreten waren. Bis auf meinen Dad. Seine Seele war nicht zu übersehen. Das Einzige, was er aufgegeben hatte, als er zur Sinistra Negra stieß, war seine Familie.

Dawkins hatte die Agenten an eine Stelle gedrängt, wo zwei Sitzreihen in den Mittelgang hineinragten, sodass nur ein schmaler Durchgang blieb. Und diesen Durchgang blockierte Dawkins mit seiner Machete.

Irgendwie schaffte er es, sie trotz der Dunkelheit in Schach zu halten und ihre Angriffe abzuwehren. Zweimal versuchte einer der Agenten, über die Sitze zu klettern, aber jedes Mal schien Dawkins das genau zu spüren. Dann streckte er sein Bein aus oder scheuchte den Kerl mit der Machete zurück, während er sich gleichzeitig gegen die anderen zur Wehr setzte.

Aber ewig konnte das nicht gut gehen.

Gretas Mom lag auf der Sitzbank, auf der sie zuvor mit ihrer Tochter gesessen hatte, sagte immer und immer wieder: „Greta?", und strich mit der einen Hand über Gretas leeren Sitzplatz, während sie mit der anderen ihren Kater an sich drückte. (Grendel konnte ich ebenfalls erkennen – ich schätze, Katzen haben auch eine Seele.)

Pass auf Greta auf, hatte Dawkins gesagt, also krabbelte ich über den schmutzigen Boden auf das Licht zu. Als ich schließlich so dicht bei ihr war, dass ich sie atmen hören konnte, legte ich ihr die Hand auf die Schulter.

Ihre Faust traf mich direkt am Kinn.

„He!", sagte ich und fiel um.

„Ronan?", flüsterte Greta. „'tschuldigung."

„Ich will dir doch nur helfen!", sagte ich und griff nach ihrer Hand. „Hier entlang." Dann machten wir uns auf allen vieren davon.

„Ronan!", flüsterte sie mir zu. „Wir müssen meine Mom mitnehmen!"

„Dawkins beschützt sie", erwiderte ich. „Du kriechst hier unter die Sitze." Vor uns an der Wand sah ich eine leere Dreiersitzbank.

„Niemals!", sagte sie.

Also schubste ich sie. Und zwar fest.

„Lass das!"

Der Vorteil des schmutzigen Linoleums bestand darin, dass es ziemlich rutschig war. Deshalb konnte ich Greta ohne große Mühe unter die Sitzbank schieben, obwohl sie sich dagegen wehrte. Ich stemmte einen Fuß gegen eine der Mittelstangen und drückte sie kräftig an die Wand. Anschließend verdeckte ich sie mit meinem Körper. Meine linke Schulter befand sich auf Höhe der Sitzflächen, die rechte lag auf dem Boden, sodass Greta überhaupt nicht mehr zu sehen war.

„Ronan!" Sie trommelte mit den Fäusten auf meinen Rücken. „*Lass mich raus!*"

„Pscht. Sonst entdecken sie uns womöglich noch."

Da wir auf dem Boden lagen, konnte ich zwar nichts mehr sehen, aber immer noch ziemlich gut hören.

Die Fahrgäste hatten in der Zwischenzeit ihr Gebrüll eingestellt, dafür klang das Klirren der Schwerter umso lauter.

„Evelyn?", rief mein Dad. „Wo steckst du denn bloß, mein Junge?"

Ich gab keinen Mucks von mir und hoffte, dass er den Blick nicht nach unten richtete.

Da stieß Dawkins plötzlich einen gellenden Schmerzensschrei aus und rief: „Sie sind an mir vorbeigekommen!" Irgendjemand rief etwas, dann jaulte eine Katze.

„Grendel!" Greta boxte mich in den Rücken. „Er ist bei meiner Mom."

Füße hasteten an uns vorbei.

Ich hörte ein lautes Klappern vom vorderen Ende des Waggons – vielleicht eine Verbindungstür, die geöffnet und wieder geschlossen wurde? – und drehte mich um. Im selben Augenblick zuckte dort eine gleißend helle, rote Flamme auf. Ein metallisches Knistern ertönte und Funken regneten herab. Dann hörte ich, wie die U-Bahn sich in Bewegung setzte und die Schienen entlangrollte.

Nur wir rührten uns nicht von der Stelle.

Für einen kurzen Moment war es mucksmäuschenstill im Waggon. Dann hörte ich das Ratschen eines Feuerzeugs und sah die kleine Flamme.

„Sie sind abgehauen", sagte Dawkins und reckte sein Zippo hoch in die Luft. „Ronan? Greta? Sammy? Ms Sustermann? Sind wir vollzählig?"

Ich stand erleichtert auf. Ich hatte Greta beschützt.

„Na, komm schon", sagte ich und streckte ihr die Hand entgegen.

Sie schlug sie beiseite und kam ohne meine Hilfe auf die Beine. „Lass mich in Ruhe."

„Greta und ich sind hier", sagte ich.

„Und ich bin hier", meldete sich Sammy.

Da tauchte am hinteren Ende des Waggons der Strahl einer Taschenlampe auf, und eine Schaffnerin betrat den Waggon. „Also gut, wo ist der Schlaumeier, der die Notbremse gezogen hat?", sagte sie. Sie ließ den Lichtkegel über die auf dem Boden kauernden Fahrgäste gleiten und zeigte auf Dawkins. „Was war hier los?"

„Das war ein Überfall", antwortete Dawkins. „Mehrere Männer ... Geht das Licht eigentlich irgendwann wieder an?"

„Müsste jeden Moment so weit sein", sagte die Schaffnerin. Dann leuchtete sie Dawkins von Kopf bis Fuß an. „Sir", sagte sie. „Da stecken ... also, in Ihnen ... Sind das *Schwerter?*"

Dawkins blickte an sich hinunter. „Ach was! Das sind bloß Florette – total dünn und schmal. Die piksen höchstens ein bisschen." Er zog das erste, das zweite und schließlich auch das dritte heraus und ließ sie auf den Boden fallen. „Sehen Sie? Keine lebenswichtigen Organe verletzt."

Die Deckenbeleuchtung flackerte zweimal auf und erlosch dann wieder. Beim dritten Mal blieb sie an.

Dawkins stand schwer atmend im Mittelgang. Seine Kleider waren blutverschmiert und zerfetzt. Drei Florette mit Spazierstockgriff lagen auf dem Boden. Ich wusste, dass seine Wunden jetzt schon wieder dabei waren, sich zu schließen.

Die Schaffnerin hielt den Atem an und schlug die Hand vor den Mund. „Ich rufe einen Krankenwagen."

„Ach was, das sieht schlimmer aus, als es ist", erwiderte Dawkins. Er hob die Fetzen seines Hemdes hoch. „Sehen Sie? Nicht mal ein Kratzer."

Im vorderen Teil des Waggons hatte Sammy sich unter eine der L-förmigen Sitzgruppen gekauert. In der Hand hielt er den roten Holzgriff der Notbremse.

Voller Panik blickte Dawkins sich um. „Wo ist deine Mom, Greta?"

Greta stieß mich beiseite. „Mom?", rief sie laut. „Mom?"

Hinter Dawkins lagen ein einsamer Bowlerhut und ein paar Münzen auf dem Boden, und gleich daneben eine zusammengefaltete Dollarnote.

„Mom!", kreischte Greta.

Wie ein verschwommener Schatten huschte Dawkins an Greta vorbei ans vordere Ende des Waggons. Er wollte die Verbindungstür öffnen, aber sosehr er auch an der Klinke rüttelte, sie bewegte sich nicht. „Die haben die Tür irgendwie zugeschweißt", sagte er. „Aber ist auch egal." Er trat einen Schritt zurück, griff nach der Haltestange über den Sitzen und schwang sich mit den Füßen voraus gegen das Fenster.

Die Glasscheibe brach aus der Gummidichtung und landete draußen auf den Gleisen.

„He!", sagte die Schaffnerin. „Das ist verboten."

Aber Dawkins war bereits durch die Fensteröffnung gesprungen und in der Dunkelheit verschwunden.

. . .

Greta sah mich nicht an. Sie saß stumm und am ganzen Körper zitternd auf dem Platz, auf dem ihre Mutter gesessen hatte.

„Ist mit ihr so weit alles in Ordnung?", wollte die Schaffnerin wissen. „Ist wirklich niemand verletzt?"

„Nein", sagte ich.

„Ich habe die Notbremse gezogen", sagte Sammy. „Als ich die Schwerter gesehen habe, dachte ich … ich dachte, es wäre eine gute Idee."

„Ist ja schon gut, mein Junge", beruhigte ihn die Schaffnerin. „Hätte ich wahrscheinlich auch gemacht." Sie betrachtete die Gehstockschwerter auf dem Boden. „Und ihr wisst tatsächlich nicht, wieso diese Männer euren Freund angegriffen haben? Oder wie sie es geschafft haben, mit dem vorderen Zugteil zu entkommen?"

Wir schüttelten die Köpfe.

Die Schaffnerin beugte sich zum Fenster hinaus. Nachdem sie ihren Kopf wieder hereingezogen hatte, sprach sie in das Funkgerät, das an ihrer Schulter klemmte. „Jemand hat den ersten Wagen abgekoppelt. Mithilfe von Schwertern! Außerdem haben sie einem Jugendlichen Stichverletzungen zugefügt. Der anschließend weggelaufen ist."

Draußen untersuchten jetzt ein halbes Dutzend Arbeiter die Schienen, während zwei weitere Männer damit beschäftigt waren, das Fenster, das Dawkins herausgetreten hatte, wieder einzubauen.

Als sie fertig waren, setzte die U-Bahn sich in Bewegung.

„Sind die anderen etwa ohne Triebwagen losgefahren?", wunderte sich Sammy.

„Nein, nein. Jeder Waggon hat seinen eigenen Motor. Sie sind alle einzeln mit der Stromschiene verbunden." Die Schaffnerin lächelte. „Hört mal, ich muss jetzt die Polizei informieren. Mein Name ist Letitia. Wir treffen uns nachher an der Haltestelle City Hall, damit ich eure Aussagen aufnehmen kann, okay?"

„Okay", sagte ich und sah ihr nach, wie sie durch die hintere Tür in den nächsten Waggon ging.

Dann drehte ich mich zu Greta um. „Es tut mir wirklich … wir konnten doch nicht … Woher hätte ich denn wissen sollen …?" Aber nichts von alledem, was mir durch den Kopf ging, war das Richtige. „Es tut mir leid, es tut mir furchtbar leid. Ich hab einen schrecklichen Fehler gemacht."

Sie blieb vollkommen stumm, zog sich die Kapuze über den Kopf und wandte sich ab.

. . .

Unsere U-Bahn kroch in die Haltestelle Brooklyn Bridge/City Hall, und wir stiegen aus, genau wie alle anderen Fahrgäste auch. Nach ungefähr drei Sekunden war der vorher menschenleere Bahnsteig ziemlich voll. Die meisten Fahrgäste waren stinksauer, sodass die Schaffnerin Letitia schnell von einer riesigen Menschentraube umgeben war.

„Also, was sollen wir jetzt machen?", fragte Sammy.

Auf der anderen Seite des Bahnsteigs sah ich eine leere Bahn der Linie sechs stehen. Auf dem Leuchtschild in ihrem Fenster stand NICHT EINSTEIGEN, während aus den Lautsprechern die immer gleiche, automatische Ansage kam: *„Endstation. Wir* *bitten alle Fahrgäste auszusteigen. Endstation. Wir bitten alle Fahrgäste …"*

Jetzt tauchte hinter einem Fenster kurz Dawkins' Kopf auf.

„Ähm, Leute", sagte ich und gab Sammy einen Stoß.

Dawkins winkte mir kurz zu und duckte sich wieder.

„Was denn?", fragte Sammy.

„Jack. Er ist dort in der anderen Bahn."

Sammy drehte sich um. „Ich kann ihn nicht sehen."

Dawkins tauchte noch einmal auf und winkte uns zu sich.

„Komm mit", sagte ich und griff nach Gretas Ellbogen. Sie riss sich sofort wieder los.

Kaum waren wir eingestiegen, schlossen sich die Türen.

„Ich dachte schon, ihr würdet nie reinkommen", sagte Dawkins.

„Aber das ist doch die Endstation", protestierte ich.

„Nur für die Unwissenden", erwiderte Dawkins. „Doch jetzt solltet ihr euch erst mal ducken, damit die Schaffnerin und ihre Polizistenfreunde euch nicht sehen können."

Wir setzten uns neben Dawkins auf den Fußboden.

„Tut mir leid, dass ich euch allein lassen musste, aber ich wollte unbedingt Ms Sustermann zurückholen. Leider war der Vorsprung der Entführer zu groß. Als ich die U-Bahn endlich erreicht hatte, waren sie schon nicht mehr im Waggon."

„Du hast meine Mom nicht beschützt", sagte Greta.

„Stimmt", gab Dawkins zu. „Und das tut mir unendlich leid, Greta. Aber ich gebe dir mein Wort, dass wir sie wieder zurückholen werden."

„Klar", sagte Greta.

„Die Katze haben sie auch mitgenommen", sagte ich.

„Strongheart und seine Leute müssen aus demselben Grund wie wir in diese U-Bahn-Station geraten sein. Weil sie sich auch vor der Sinistra Negra verstecken wollten. Und dann haben sie einfach Glück gehabt, weil wir dort aufgetaucht sind, und zwar mit genau der Person, nach der sie suchten."

Damit meinte er natürlich Greta, aber mir war klar, dass Greta dachte, dass er ihre Mutter meinte.

Die Bahn fuhr los. Langsam ließ sie die Haltestelle hinter sich und verschwand in einem dunklen Tunnel.

„Fahren wir jetzt zu Agatha?", erkundigte ich mich.

„Nein", sagte Dawkins. „In Wirklichkeit ist das gar nicht die Endstation. Die Bahn steuert jetzt eine Wendeschleife an und kommt auf dem gegenüberliegenden Gleis, Richtung Norden wieder raus. Aber dann sitzen wir schon nicht mehr drin."

Jetzt machte die Bahn unter schrillem Kreischen eine scharfe Kurve und blieb stehen.

Die Türen glitten auf. Draußen war es dunkel.

„Hier müssen wir raus", sagte Dawkins. „Alle aussteigen."

Katz-O-Grafie

Kaum waren wir ausgestiegen, schlossen sich die Waggontüren unter hörbarem Seufzen, und der Zug fuhr weiter. Die Räder kreischten so laut über die Schienen, dass ich mir die Ohren zuhalten musste.

Wir waren in einer Art U-Bahn-Station gelandet, das war offensichtlich. Da war das dreißig Zentimeter breite, neongelbe Band, das den Bahnsteigrand markierte, und dann auch dieses ganz spezielle Gefühl, das einen an großen Orten automatisch überkommt, dieses Gefühl, dass die Dunkelheit, die einen umgibt, gigantisch ist.

Dawkins hob die Hand. „Wartet mal kurz." Dann winkte er einem Mann in der Fahrerkabine zu, und der winkte zurück.

„Ein Freund von dir?", fragte ich ihn.

„Ein Wächter", erwiderte Dawkins. „Im Ruhestand, genau wie Diz. Immer wenn wir mal wieder vorbeischauen müssen, sorgt er dafür, dass die Linie sechs hier kurz anhält." Dann verschwand er in der Dunkelheit. „Wartet, bis ich Licht gemacht habe."

Verlassen standen wir da und hörten, wie die U-Bahn gemächlich in den Tunnel rumpelte, bis sie schließlich ganz verschwunden war. Ich hob den Kopf. Ich war mir nicht ganz sicher, aber das dort oben sah aus wie ein Fenster, durch das man den Himmel schauen konnte. „Ist das ein Oberlicht?", fragte ich in die Dunkelheit.

In diesem Augenblick flammten Dutzende altmodische, leuchtend helle Glühbirnen auf.

„Wow, das ist ja der Hammer!" Sammy blickte nach oben und klatschte in die Hände. „Wieso können nicht alle Haltestellen so aussehen?"

Wir befanden uns in der coolsten U-Bahn-Station, die ich je gesehen hatte.

Was nicht viel heißt, da die New Yorker U-Bahn mit ihren Ratten und Müllbergen, den Graffiti und den vier oder fünf Millionen Menschen, die sie tagtäglich benutzen, ganz schön übel aussehen kann. Aber das hier hatte mit normalen U-Bahn-Stationen nichts zu tun.

Sogar Greta wurde wenigstens so lange aus ihrer Trübsal gerissen, dass sie ein kurzes „Wow!" von sich gab.

Der Bahnsteig war halbmondförmig geschwungen, und zwölf bunte Rundbogen spannten sich wie wunderschöne Tore über die Gleise. Die Wände waren zum Teil gefliest, aber nicht nur mit den normalen weißen Kacheln, die man überall in den New Yorker U-Bahn-Schächten zu sehen bekommt. Nein, da gab es auch flaschengrüne, gedeckt orangefarbene, silbergraue, backsteinrote und kobaltblaue. Und hoch oben spiegelte sich das Licht im Glas der Oberlichter, die ich in der Dunkelheit schon bemerkt hatte.

Es war … *Ehrfurcht gebietend* – das war genau der passende Ausdruck. Es erinnerte mich irgendwie an eine Kirche.

Genau in der Mitte des Bahnsteigs befand sich eine breite Treppe mit einem wunderschön verzierten Torbogen, auf dem ein Steinrelief die Worte CITY HALL bildete.

„Besuchen wir etwa den Bürgermeister?", erkundigte sich Sammy aufgeregt. „Ist er auch ein Wächter des Lichts?"

„Auf gar keinen Fall", erwiderte Dawkins und drehte sich um. „Die Treppe führt nur zu dem längst geschlossenen Rathauseingang dieser Station. Wir müssen hier entlang." Wir folgten dem halbmondförmigen Bahnsteig, wobei Dawkins ununterbrochen redete und gestikulierte. „Das hier war ursprünglich mal die U-Bahn-Station für das Rathaus. Sie wurde im Jahr neunzehnhundert-irgendwas von ein paar Typen entworfen, die normalerweise hauptsächlich Kathedralen gebaut haben. Später haben sie sich dann an Projekten wie dem Mount Rushmore ausgetobt. Aber die Stadt wurde schnell größer und man brauchte viel größere Haltestellen, darum wurde dieses kleine Juwel hier am 31. Dezember 1945 geschlossen. Jetzt dient es nur noch als Wendeschleife für die Nummer sechs."

„Wie schade", meinte Sammy. „So was Cooles darf man doch den Menschen nicht vorenthalten."

Am Ende des Bahnsteigs führten ein paar Stufen zu einer grauen Stahltür hinab. Dawkins gab einen Code in eine Tastatur ein, die Tür schnappte auf und er winkte uns hindurch.

„Damals wurde alles geschlossen bis auf dieses Kontrollzentrum hier. Bis in die Siebzigerjahre wurde von hier aus die U-Bahn-Linie überwacht. Aber dann war das nicht mehr nötig, und sie haben alles dichtgemacht." Er legte ein paar Schalter um und ließ mehrere Reihen Glühbirnen aufleuchten.

Es war ein großer, tiefer Raum, und trotzdem fühlte ich mich beengt und irgendwie eingequetscht. Vielleicht weil die Decke extrem niedrig war, vielleicht auch wegen der dicken Staubschicht, die über allem lag. An den Wänden hingen jede Menge vergilbte Notizzettel, Kalender und Fotos von Leuten, die vermutlich schon im letzten Jahrhundert gestorben waren. Der ganze Raum stand voller grauer Metallschreibtische, einer neben dem anderen. An der vorderen Wand hingen verschiedene Pläne des U-Bahn-Netzes. Die unterschiedlichen Linien wurden durch große farbige Glühbirnen markiert.

„Ich komm mir vor wie in einem Videospiel, das in einer postapokalyptischen Zombiewelt stattfindet", sagte ich. „Oder in einem Museum für Langeweile."

„Kann man die Luft hier drin überhaupt einatmen? Ist die sauber?" Sammy schlug die Hand vor den Mund.

„Na klar!" Dawkins holte tief Luft und musste sofort niesen. „Na ja, vielleicht solltet ihr die schmutzigen Ecken meiden. Hier am Rand führt zum Beispiel ein geputzter Streifen entlang." Vorsichtig balancierte er auf einem deutlich abgegrenzten, sauberen Stück schwarzem Linoleum zwischen all dem Müll hindurch und wir folgten ihm.

In einer tadellos sauberen Ecke standen vier Schreibtische aus diesem Jahrhundert – gepflegt und ordentlich – und darauf je ein neuer Computer, der leise vor sich hin schnurrte. Darüber hingen fünf Großbildschirme und ein Router von der Decke.

„Wieso habt ihr eigentlich nie richtig moderne Arbeitsplätze?", wollte Sammy wissen.

„Die Wächter des Lichts fühlen sich eben in historischer Umgebung am wohlsten", sagte Dawkins.

„Anders ausgedrückt: Die Wächter des Lichts haben wenig Geld. Verlassene Räumlichkeiten sind billig", sagte ich.

„Und außerdem unauffällig", fügte Dawkins hinzu. „Das hier ist der Wächter-Stützpunkt für New York. Diz wird garantiert hier aufschlagen, wenn sie uns telefonisch nicht erreichen kann. Und solange wir auf sie warten, suchen wir nach …"

„Gibt es in diesem gottverlassenen Loch vielleicht auch eine Toilette?", fiel Greta ihm ins Wort. „Ich muss mal aufs Klo."

„Hier entlang", sagte Dawkins und zeigte auf einen anderen sauber gewischten Streifen. An seinem Ende befand sich eine schmale Treppe. „Sie ist bestimmt geputzt, aber trotzdem folgender Hinweis: Die ganze Ausstattung stammt von neunzehnhundertfünf oder so, also schraub deine Erwartungen nicht allzu hoch."

Ohne ein Wort zu verlieren, stolzierte Greta durch den Raum und verschwand. Laut und deutlich schallte das Klacken des Türriegels durch den muffigen Raum.

Es war Zeit, Hilfe zu holen, und das bedeutete, dass wir meine Mom anrufen mussten. Die Wächter waren immer noch etliche Stunden entfernt, aber es war sicher sinnvoll, sie auf den neuesten Stand zu bringen, damit sie uns nach ihrer Ankunft so schnell wie möglich helfen konnten. Ich holte mein Handy aus der Tasche.

Doch ich bekam keinen Empfang.

„Gibt es hier unten kein Handynetz?"

„Vermutlich nicht."

„Die arme Greta", sagte Sammy und setzte sich auf einen Schreibtischstuhl. „Diese ganze Aktion ist eine einzige Katastrophe."

„Ich weiß", sagte Dawkins, der auf die Tastaturen tippte und die Computer aus ihrem Ruhezustand weckte. „Aber wir holen ihre Mom zurück. Auf jeden Fall!"

„Ich verstehe nicht", sagte ich, „wieso mein Dad Gretas Mom überhaupt entführt hat. Ich meine, wir waren schließlich alle in dem Waggon. Warum ausgerechnet Gretas Mom?"

„Weil er sie in der Dunkelheit mit Greta verwechselt hat, ist doch klar." Während Sammy das sagte, öffnete er auf einem der Computer einen Browser. „Wir haben hier Internet. Läuft das über WLAN oder sind wir verkabelt?"

„Aber was könnte er von Greta wollen?" Dawkins ließ wieder einmal sein breites Lächeln sehen. „Ich vermute eher, dass Ms Sustermann das einfachere Opfer war, Sammy."

„Ach, hör doch auf", flüsterte Sammy ihm zu. „Für wie blöd hältst du mich eigentlich? Er war nicht hinter Gretas Mom her, sondern hinter Greta. Schließlich ist sie eine …" Er ließ die Finger flattern und formte mit den Lippen das Wort *Reine*.

„Das ist eine Theorie, die du am besten für dich behältst." Dawkins drohte ihm mit dem ausgestreckten Zeigefinger.

Da wurde weiter hinten eine Toilettenspülung betätigt.

„Theorie", wiederholte Sammy. „Genau. Jedenfalls sind Greta und ihre Mom gleich groß, hatten beide einen Kapuzenpulli an, und ihre Mom hat auf dem Platz gesessen, wo Greta auch gesessen hat, bevor das Licht ausgegangen ist. Er hat sich einfach geirrt."

Greta kam mit geröteten Augen wieder. Aber irgendetwas hatte sich verändert. Sie sah jetzt nicht mehr durch und durch erschüttert aus.

Sondern nur wütend.

„Was habt ihr denn da zu flüstern?", zischte sie.

„Es geht um deine Mom", sagte ich. „Wir finden sie bestimmt wieder, keine Sorge."

„Sollte das etwa beruhigend klingen, Ronan?" Greta stach mit dem Zeigefinger auf mein Brustbein ein. „Weil ich mir nämlich tatsächlich Sorgen mache. Also, wie sieht der tolle Plan jetzt aus? Bleiben wir hier in dieser ranzigen U-Bahn-Station sitzen und hoffen, dass sie irgendwann von alleine wieder auftaucht?"

„Ähm, also … wahrscheinlich nicht", erwiderte ich.

„Diese U-Bahn-Station ist eine entscheidende Voraussetzung dafür, dass wir sie wiederfinden." Dawkins tippte auf einen der Bildschirme, auf dem jetzt ein chaotisches Durcheinander aus

Linien in verschiedenen Farben zu erkennen war. Es dauerte einen Moment, bis ich begriffen hatte, dass das eine schematische Darstellung des gesamten U-Bahn-Netzes war. „Wir suchen über die vernetzten Überwachungskameras nach der Katze deiner Mom." Er bediente eine andere Tastatur, und nachdem ein zweiter Monitor aufgeflackert war, ging er zahllose Aufnahmen durch, die Menschen auf Bahnsteigen oder beim Einsteigen in die Waggons zeigten. Auf manchen Bildschirmausschnitten waren auch nur fahrende Züge in Tunneln zu sehen. Livebilder aus der ganzen Stadt.

„Grendel?" Greta schnaubte verächtlich. „Das ist also dein genialer Plan, um meine Mutter zu retten? Du willst ihre Katze suchen?"

„Dieses scheußliche juwelenbesetzte Halsband, das Grendel trägt …", fuhr Dawkins fort. „Ich habe gesehen, dass es einen Ladestecker hat. Warum?"

Greta starrte ihn einen Augenblick lang an, dann lachte sie. „Ach, Gott. Das Ding heißt Katz-O-Graf. Im Halsband ist ein Sender eingebaut, von dem ein regelmäßiges Signal ausgeht, und Mom kann sich auf einer Webseite einloggen, die dieses Signal verfolgt. So weiß sie immer, wo Grendel sich gerade herumtreibt."

„Und wenn wir wissen, wo die Katze steckt, wissen wir auch, wo deine Mom steckt."

Greta sprang auf und fiel Dawkins um den Hals. „Das ist eine tolle Idee!"

Er wurde knallrot im Gesicht. „Vielen Dank. Also … wenn

sie die U-Bahn schon verlassen haben, dann bekommen wir auf jeden Fall ein deutliches Signal. Aber wenn nicht ... dann brauchen wir Zugang zum Netzwerk der Verkehrsbetriebe. Und das ist der zweite Grund, weshalb wir hierhergekommen sind."

„Was kann ich tun?", wollte Greta wissen. Sie rollte einen Schreibtischstuhl heran und setzte sich neben Sammy.

Der öffnete ein Anmeldefenster. „Als Erstes brauchen wir das Passwort, mit dem deine Mom sich auf der Katz-O-Graf-Seite immer einloggt ..."

„Aber das kenne ich nicht!", erwiderte Greta.

„Ist schon okay, das kriegen wir raus", sagte Sammy, ließ die Fingerknöchel knacken und gab eine Webadresse ein. „Eltern nehmen nie schwierige Passwörter. Ich brauche nur möglichst viele persönlichen Angaben – Lieblingsessen, Lieblingsfarbe, solche Sachen. Fangen wir mal mit ihrem zweiten Vornamen und ihrem Geburtstag an."

„Millicent", sagte Greta. „Und Geburtstag hat sie in ein paar Wochen, am vierundzwanzigsten September."

Sammys Finger flitzten über die Tasten. „Nein, und noch mal nein. Was ist mit deinem Geburtstag? Oder dem der Katze? Lass uns mal eine Liste machen ..."

Dawkins legte mir den Arm um die Schultern und schob mich zu einem anderen Computer. „Solange die beiden beschäftigt sind, gehst du noch mal auf diese Spieleseite, über die du mit deinem Dad zuletzt Kontakt aufgenommen hast."

„ILZ?", sagte ich. „Du glaubst, dass er wieder bei ILZ ist?"

„Hundertprozentig", sagte Dawkins. „Er hat doch garantiert

schnell gemerkt, dass er die falsche Sustermann entführt hat. Deshalb wird er an einem Tausch interessiert sein, und das möglichst rasch. Du darfst nicht vergessen, dass er ziemlich verzweifelt ist. Schließlich hat er sich überhaupt nur deshalb in diese U-Bahn-Station geflüchtet, weil überall auf den Straßen die Sinistra Negra unterwegs war. Und denen wollte er genauso wenig in die Arme laufen wie wir … zumindest nicht ohne ein wertvolles Mitbringsel."

„Greta", flüsterte ich.

„Greta."

„Wenn Sammy dahintergekommen ist, dass Greta eine Reine ist", sagte ich, ohne die beiden aus den Augen zu lassen, „wie lange wird es dann dauern, bis Greta das auch rauskriegt?"

Dawkins verdrehte die Augen. „Ach was, das kannst du vergessen. Selbst wenn ihr der Gedanke in den Sinn kommt, sie würde es niemals wirklich glauben. Was die eigene Person betrifft, sind die Menschen total blind. Wenn du von irgendjemandem was hören willst, was garantiert an allen Tatsachen vorbeigeht, dann frag ihn nach seiner Selbsteinschätzung."

Ich loggte mich ein und klickte mein Postfach an. Dort lagen nur alte E-Mails, die ich mit meinem Vater ausgetauscht hatte. Zuerst die, in denen meine Mom sich für mich ausgegeben hatte, und dann die späteren, als Dad und ich uns tatsächlich geschrieben hatten.

„Hier ist nichts Neues eingegangen", sagte ich. „Das ist eine Sackgasse."

„Unsinn", erwiderte Dawkins. „Schick ihm eine Nachricht.

Du weißt schon … ‚Hallo, Dad, du hast die Mutter meiner Freundin entführt. Rück sie wieder raus.' So was in der Art."

„*Das* soll ich ihm schreiben?"

„Nein, Ronan. Sollte bloß ein kleines Späßchen sein. Mach's kurz, mehr will ich gar nicht." Er schlenderte zu Greta und Sammy hinüber. „Na? Wie kommt ihr voran?"

„Wir sind schon drin. War babyleicht", sagte Sammy und reckte die Arme in die Höhe. „Das Passwort? Der Name ihrer allerersten Katze, aus ihrer Kindheit."

„Sehr gut. Und wo ist jetzt der kleine Racker?"

„Das kann man nicht so genau sagen", erwiderte Sammy. Auf dem Bildschirm war ein Stadtplan des südlichen Teils von Manhattan zu erkennen, der von drei Seiten von blauem Wasser umgeben war. „Das letzte Signal kam vor einer Stunde aus dem East River, etwa zwischen dem Tunnel und der Brooklyn Bridge."

„Kann es sein, dass sie die Katze … also, dass sie sie von der Brücke in den Fluss geworfen haben?", fragte ich.

„O Gott." Greta schluckte. „Der arme Grendel."

„Glaube ich nicht", sagte Sammy. „Die Webseite ist bloß ein bisschen durcheinander. Bei größeren Wasserflächen ist die Ortung ziemlich schwierig, weil es nicht genügend Handymasten für die Triangulation gibt."

Ich wandte mich wieder meinem Computer zu.

An: Sisyphus79
Von: DorkLord2K1

Ich hatte keine Ahnung, was ich schreiben sollte. *Wir wissen, dass du Ms Sustermann entführt hast. Lass sie frei, sonst passiert was!* Na ja. Ich war nicht gerade derjenige, der meinem Dad drohen konnte. Aber ich wollte auch nicht ins Plaudern verfallen. Das hatten wir mittlerweile hinter uns, und es war uns auch beiden klar. Darum schrieb ich nur einen einzigen Satz:

Sag uns, was du willst.

Und bevor ich länger darüber nachdenken konnte, drückte ich auf SENDEN.

Dann ließ ich mich mit einem unguten Gefühl in der Magengegend gegen die Stuhllehne sinken und starrte den Bildschirm an. Ich wollte noch eine zweite E-Mail abschicken und machte mich hastig an die Arbeit.

An: ArmaGide0n
Von: DorkLord2K1

Danke noch mal für deine Hilfe, Alter. Wir sind heil davongekommen, aber nur weil du uns geholfen hast. Dein Freund R.

Bitte, sei noch am Leben, hoffte ich inständig, während ich auf SENDEN drückte.

Im nächsten Augenblick machte der Computer *pling!* und meldete eine neue Nachricht.

Sie war aber nicht von Gideon, sondern von meinem Dad.

Auch er hatte nur einen Satz geschrieben, oder, um genauer zu sein, nur ein Wort.

Skype?

Ein rosarotes, flauschiges Einhorn

„Du siehst ein bisschen … grün aus", sagte mein Vater als Erstes.

Er auch, aber das sagte ich ihm nicht. Sein Gesicht wurde von einem grünlichen Schimmer angeleuchtet, und zwar von unten, wie bei einem Schurken in einer billigen Fernsehserie. Die dunklen Marmorwände und die großen blühenden Pflanzen im Hintergrund verstärkten den unheimlichen Eindruck noch.

„Das liegt an den Neonröhren", erwiderte ich.

„Und dann noch die graue Wand da hinter dir." Er kniff die Augen zusammen. „Was hängt denn da eigentlich dran? Ist das Klebeband?"

Es war tatsächlich Klebeband. Vierzig Jahre altes Klebeband.

Mein Stuhl stand in einer leeren Ecke des Raumes, und zwar auf einem wackeligen Stapel aus allen möglichen Büromitteilungen, in denen es um Kleidervorschriften, Urlaubstage, Feuerübungen und Raucherzonen ging, sowie einem verblassten Kalender vom AUGUST 1974. „Wir dürfen ihm auf keinen Fall einen Hinweis darauf geben, wo wir sind", hatte Dawkins gesagt, der sich die leerste Wand von allen ausgesucht und alles abgerissen hatte, was daran hing.

Jetzt hockten Greta, Sammy und Dawkins hinter dem Laptop und gaben mir Zeichen – Greta ließ die Hände fortwährend umeinander kreisen, während Dawkins sich ständig mit dem gestreckten Zeigefinger über die Kehle fuhr. Das brachte mich alles so durcheinander, dass ich beschloss, sie einfach nicht zu beachten.

„Wen interessiert das?", sagte ich. „Können wir den Small Talk nicht einfach überspringen?"

„Natürlich, mein Junge", erwiderte Dad. Er hatte sich seit unserer Begegnung in der U-Bahn umgezogen. Jetzt trug er einen schönen dunklen Anzug mit goldener Krawatte und sah fast aus wie ein Nachrichtensprecher, abgesehen von ein paar langen Kratzern auf seiner linken Wange. „Ich nehme an, dass auch deine Freunde bei dir sind – Greta und der andere Junge und dann noch dieser Aufseher. Habe ich recht?"

Ich starrte seinen Krawattenknoten an. Es war ein einfacher Windsorknoten. Das wusste ich, weil er ihn mir mal beigebracht hatte. Ich wollte ihm nicht in die Augen schauen, weil ich Angst hatte, weich zu werden, wenn ich die Wut und die Enttäuschung in seinem Blick sah. Lebenslange Gewohnheiten gehen eben nur langsam verloren. Er war zwar ein durch und durch böser Mensch, aber er war eben auch mein Vater. „Was willst du?", fragte ich ihn.

„Einen ganz einfachen Tausch", erwiderte er. „Ihr wollt Ms Sustermann und ich will …"

„Mich!", rief ich. Mein Dad hielt verwirrt inne.

Warum hatten wir Greta bloß mit allen anderen zuschauen lassen? Wir waren solche Idioten! Er würde natürlich Greta verlangen, und dann würde auch sie dahinterkommen, weshalb die Sinistra Negra sich ihre Mom geschnappt hatte: weil ihre Tochter Greta eine Reine war.

Aber was würde dann geschehen? Würde Greta sterben? Würde das das unmittelbare Ende der Welt bedeuten? Würde sie von Grund auf böse werden, so wie Agatha Glass nach der Bestrahlung mit dem Damaskoskop? Dawkins hatte mir erzählt, dass eine reine Seele „ihre essenzielle Güte" verlor, sobald sie wusste, dass sie etwas Besonderes war. Dass sie dann keine Reine mehr war. Aber was bedeutete das?

Dawkins musste denselben Gedanken gehabt haben, jedenfalls schlug er die Hand vor die Augen.

„Evelyn?", sagte mein Dad. „Bist du noch da? Nein, dich will ich nicht haben. Du hast deine Chance gehabt, und du hast sie vermasselt."

„Nenn mich nicht Evelyn", sagte ich. „Und, ja, ich bin noch da. Ich habe nur nachgedacht."

„Das war nicht zu übersehen. Ein Pokerface warst du noch nie." Er grinste hämisch. „Nein, ihr kriegt sie wieder, wenn ich dafür das Damaskoskop bekomme."

„Das Damaskoskop?", wiederholte ich. Ich war überrascht und erleichtert zugleich. Hoffentlich sah ich nicht so aus wie

Gideon, als wir vor seiner Kellertür aufgetaucht waren. Sogar Dawkins machte ein verdutztes Gesicht.

„Du weißt, wovon ich spreche."

„Das Damaskoskop", wiederholte ich noch einmal. „Klar."

„Und ich will, dass ihr die drei Wahrheitsgläser einlegt, sodass es einsatzbereit ist."

Dawkins streckte mir den nach oben gereckten Daumen entgegen und schrieb *Sag ihm, dass du einverstanden bist!* auf einen Notizblock.

„Einverstanden", sagte ich. „Aber wir wollen eine Garantie."

„So funktioniert das nicht, Evelyn."

„Hol Ms Sustermann vor die Kamera."

„Sie ist in Sicherheit", entgegnete er. „Ich gebe dir mein Wort."

„Ich möchte mit ihr sprechen", sagte ich.

„Das kannst du vergessen, Evelyn." Er atmete ein paarmal bewusst ein und aus. Das macht er jedes Mal, wenn er sich zusammenreißen muss. „Du stellst hier nicht die Bedingungen. Sie ist in Sicherheit. Sogar ihre stinkende Katze ist in Sicherheit."

Die Kratzer auf seinem Gesicht.

„Also gut", sagte ich. „Dann zeig mir die Katze."

„Hör jetzt auf mit diesem Quatsch, Evelyn!", zischte er mich an. „Ich zeige dir die verdammte Katze nicht, genauso wenig wie ich dir ein rosafarbenes, flauschiges Einhorn zeige."

„Weil du sie gar nicht hast, stimmt's? Wahrscheinlich ist sie dir entwischt."

„Was soll eigentlich dieser ganze Unsinn, bloß wegen einer Katze?"

„Ich glaube dir nicht!" Ich brüllte fast. „Du lügst mich ständig an. Warum soll ich dir überhaupt noch irgendwas glauben?"

Er ließ wieder sein angeberisches Kichern hören, mit dem er ausdrücken will, dass es bestimmte Dinge auf dieser Welt gibt, die ich nicht verstehe und niemals verstehen werde. „Evelyn, ob du mir nun glaubst oder nicht, ich habe Ms Sustermann in meiner Gewalt, und wenn du sie lebend zurückhaben willst, dann gibst du mir, was ich von dir verlange."

Greta gehört nicht zu den Mädchen, die wegen jeder Kleinigkeit anfangen zu heulen, aber jetzt wandte sie sich ab.

„Also gut, also gut", lenkte ich ein. Ich war erschöpft und wollte nicht mehr kämpfen. Ich wollte nur noch zum nächsten Punkt übergehen, egal welcher das auch sein mochte.

„Na, bitte. Das war doch gar nicht so schwer, oder?" Dad lächelte. „Wie wär's, wenn wir uns am Times Square treffen? In zwei Stunden, an der Stelle, wo wir schon einmal waren. Du hast mich damals ewig bekniet, dass ich mit dir zu diesem …"

„Ich weiß", fiel ich ihm ins Wort.

„Sei pünktlich und bring das Damaskoskop mit, aber sonst niemanden. Anderenfalls töten wir Ms Sustermann." Er zwinkerte mir zu. „*Und* ihre Katze. Tschüss, mein Junge."

Er unterbrach die Verbindung und Dawkins klappte den Laptop zu.

„Wir haben das Damaskoskop ja nicht einmal dabei", sagte Greta.

„Völlig egal", sagte Dawkins. „Und selbst wenn, würden wir es der Sinistra Negra niemals geben." Als er Gretas erschrockenes und enttäuschtes Gesicht sah, fügte er hastig hinzu: „Nicht dass wir das Leben deiner Mom aufs Spiel setzen würden. Ich meine nur, dass wir uns etwas ausdenken würden, wie wir ihn an der Nase herumführen und gleichzeitig deine Mom retten könnten. Lasst uns irgendwelchen Schrott zusammensuchen, und dann erzählen wir ihm, dass der das Damaskoskop ist. Und wenn er es merkt, sind wir längst über alle Berge."

„Mir ist ein bisschen schlecht", sagte Greta und ging zum hinteren Ende des Raumes. „Ich lege mich kurz auf die Bank in der Damentoilette."

„Ich habe das Gefühl, dass ihr der Plan nicht gefällt", sagte ich, kaum dass sie weit genug entfernt war.

„Sie hat allen Grund dazu. Schließlich steht das Leben ihrer Mom auf dem Spiel." Dawkins warf einen Blick auf eine staubige Uhr, die hinter ihm an der Wand hing. „Du sollst um halb zwölf dort sein. Um diese Zeit wimmelt es auf dem Times Square nur so von Touristen."

„Aber es ist doch Montag", wandte Sammy ein.

„Spielt überhaupt keine Rolle", erwiderte Dawkins. „Der Times Square ist immer rappelvoll."

„Viele Leute sind doch nur gut, oder?", sagte ich. „Wenn viele Menschen in der Nähe sind, dann können sie mich nicht so leicht hopsnehmen."

„Gleichzeitig ist es für uns auch schwieriger, *sie* hopszunehmen", erwiderte Dawkins. „Na ja, zumindest ist die Sinistra

Negra dort relativ leicht zu identifizieren. Mit ihren dunklen Anzügen und den toten Augen sehen sie ganz anders aus als die Touristen. Zum Glück hat er sich als Treffpunkt nicht die Wall Street ausgesucht."

„Wenn doch bloß die anderen Wächter schon hier wären." Sammy ließ sich auf seinen Stuhl fallen und aktualisierte die Katz-O-Graf-Webseite. „Die würden uns beschützen."

„Nur leider können wir nicht vor dem frühen Morgen mit ihnen rechnen", sagte Dawkins.

„Na ja, was soll's", sagte da eine Stimme. „Ihr habt ja mich."

In der Tür stand Diz. Ihr Bienenstock saß perfekt, genau wie ihr Lippenstift, sodass sie aussah, als wäre sie gerade aus einem Sechzigerjahre-Film gehüpft.

„Oh!", juchzte Dawkins. Er rannte quer durch den Raum, umarmte sie und wirbelte sie im Kreis herum. „Dir ist nichts passiert! Dir ist nichts passiert!", rief er immer wieder. „Ich hab mir solche Sorgen gemacht!"

„He, immer mit der Ruhe, Schnucki!", sagte sie und lachte. „Nicht dass dem Kleid irgendwas zustößt. Das ist ein Klassiker von Chanel, und die sind nicht gerade billig."

Er setzte sie behutsam wieder ab. „Wie bist du denen entkommen?"

Sie kam mit einem eleganten Hüftschwung zu uns und legte ihr winziges Handtäschchen und den weißen Angorapulli ab. „Zuerst habe ich sie mit einer eingebauten Sicherheitsvorrichtung meines Taxis – ich nenne sie ‚Hören und Sehen vergehen' – bearbeitet."

„Das grelle Licht und der Krach aus den Monitoren", sagte ich. „Das haben wir mitbekommen."

„Damit habe ich vier von ihnen bewusstlos gemacht."

„Und dann bist du einfach weggefahren?", wollte Dawkins wissen.

„Wäre ich gerne, aber sie sind mir mit einem ihrer SUV hinterhergefahren, und dann haben wir eine lustige Verfolgungsfahrt nach Coney Island gemacht. Dort habe ich sie abgeschüttelt." Sie wandte sich an Sammy und mich. „Versucht niemals ein Taxi abzuhängen. Wir kennen jeden Schleichweg."

„Ich hatte schon das Schlimmste befürchtet", sagte Dawkins.

„Alles okay, Schätzchen. Aber was war mit deinem Handy?"

„Wir waren doch unter der Erde", erklärte Dawkins und erzählte ihr alles.

Diz ließ sich gegen den Schreibtisch sinken. „Ihr habt sie verloren? Nach allem, was wir unternommen haben?"

„Ich fürchte, ja", sagte ich.

„Oh, Jack", sagte Diz, und dann gingen sie beide ein Stück zur Seite und unterhielten sich leise.

„Da ist eine E-Mail für dich angekommen", sagte Sammy und deutete mit einer Kopfbewegung auf den Monitor, an dem ich vorhin gesessen hatte. Der Computer war immer noch bei ILZ eingeloggt, und neben dem Posteingang war eine kleine, schwarze „1" zu sehen.

„Wahrscheinlich will mein Dad unsere Pläne ändern."

Doch als ich die Nachricht geöffnet hatte, stellte ich fest, dass sie von Gideon war.

An: DorkLord 2K1
Von: ArmaGide0n

Kein Problem. Es war ziemlich abgefahren und hat mir Spaß gemacht. Aber ich glaube, ihr habt mit eurem Spiel den Pizzaboten verjagt. Jedenfalls ist er nie hier angekommen! Ich musste Reste essen! Sag mir Bescheid, ob ich nicht doch noch einsteigen kann. Ich habe viele Freunde bei allen möglichen Plattformen. Wahrscheinlich könnte ich sogar ein eigenes Team zusammenstellen.

Ich hatte wohl ein Geräusch gemacht, jedenfalls sah Sammy zu mir herüber und sagte: „Du hast gerade gequiekt. Wie ein kleines Kind. Alles in Ordnung?"

„Bestens!", erwiderte ich, während ich bereits anfing, eine Antwort zu tippen. „Meinem Freund Gideon geht es gut."

„Oh, prima", meinte Sammy. „Ich fand ihn nett."

Und dann, ohne mit Dawkins oder Sammy darüber zu sprechen, hatte ich plötzlich einen Plan.

. . .

Diz und Dawkins gesellten sich wieder zu uns.

„Gibt es irgendwas Neues wegen der Katze?", fragte Dawkins Sammy.

„Nöö. Da kommt immer noch dieses komische Signal aus dem Wasser bei der Brooklyn Bridge."

„Greta hat sich in der Toilette ein bisschen hingelegt, habt ihr gesagt?", erkundigte sich Diz, die sich ihr Handtäschchen schnappte. „Ich geh mich mal frisch machen. Dann kann ich gleich nach ihr sehen."

Dawkins trat vor den einzigen nicht staubbedeckten Schrank im Raum und wühlte darin herum, bis er eine grüne Sporttasche und Arbeitshandschuhe gefunden hatte. Er warf mir ein Paar davon zu. „Ronan, du kommst mit mir nach draußen auf den Bahnsteig. Dort gibt es eine Abstellkammer, in der ein paar Paletten mit allerhand Schrott rumstehen. Vielleicht ist da was dabei, womit wir ein gefaktes Damaskoskop zusammenbasteln können."

„Und ich bleibe hier und beobachte die Katze", sagte Sammy. „Echt spannend."

Dawkins und ich gingen die Treppe hinauf in die schöne U-Bahn–Station. Kaum hatten wir den staubigen Kontrollraum hinter uns, konnte ich leichter atmen.

Wir gingen bis zum anderen Ende des Bahnsteigs.

„Wozu will er wohl das Damaskoskop haben?", wandte ich mich an Dawkins.

„Wahrscheinlich weiß er, dass wir ihm Greta nicht geben würden, und will dir nach der Übergabe folgen. Und er hofft, dass er sich das Damaskoskop quasi als Bonus sichern kann."

Die Bogen, die sich über die Gleise spannten, fingen an zu leuchten.

„Da kommt ein Zug", sagte Dawkins und zog mich in den Schatten der Treppe, die zum Rathaus führte. „Es ist zwar unwahrscheinlich, dass uns jemand bemerkt, aber sicher ist sicher."

Ein Zug der Linie sechs rollte gemächlich den halbkreisförmigen Schienenstrang entlang und verließ den Bahnhof auf der anderen Seite wieder. Sobald er nicht mehr zu sehen war, setzten wir unseren Weg fort.

„Und wenn du recht hast? Wenn das Damaskoskop tatsächlich Seelen zerstören kann? Wollen sie dann jede einzelne reine Seele auf dieser Welt damit vernichten?", überlegte ich. „Das würde doch ewig dauern. Das kann unmöglich der Plan sein."

„Das würde sogar mit dem Nadelöhr ganz schön lange dauern", sinnierte Dawkins. „Sie müssten jede einzelne reine Seele lokalisieren, das zuständige Wächter-Team ausschalten, die Seelen mithilfe des Nadelöhrs auskämmen und dann in irgendeinem verlassenen Lagerhaus oder so aufbewahren, irgendwo jedenfalls, wo der Große Architekt der Wächter des Lichts sie nicht finden kann. Du hast recht: Das ergibt keinen Sinn."

„Und ich weiß noch etwas, was keinen Sinn ergibt: dass mein Dad unser Haus angezündet hat. Das beschäftigt mich schon die ganze Zeit."

„Kein Wunder", erwiderte Dawkins. „Immerhin hast du darin geschlafen."

„Nicht deswegen – ich meine, warum hätte er das Haus anzünden sollen? Weil er wollte, dass meine Mom die Reine preisgeben muss, die sie beschützt hat?"

„Das ist die Theorie der Wächter des Lichts." Dawkins blieb abrupt stehen.

„Aber das wäre doch verrückt und fast schon verzweifelt, wenn dabei bloß eine einzige Reine für ihn herausspringen würde. Schließlich hat er viele Jahre gebraucht, um sich eine Tarnidentität aufzubauen, und die wäre dann natürlich futsch." Jahrelang hatte er die Rolle meines Dads gespielt, jahrelang hatte er so getan, als würde er mich und meine Mom lieben. Das war alles eine Lüge gewesen. „Aber vielleicht hätte sich das Risiko ja gelohnt? Vielleicht wäre dieses ganze Lügengebäude gar nicht mehr notwendig, wenn er eine reine Seele hätte?"

Dawkins schnipste mit dem Finger. „Deshalb hat dein Vater, in dem Moment als die Sinistra Negra sich tatsächlich eine reine Seele geschnappt hat, seine Tarnung abgestreift und ist abgehauen. Weil es keine Rolle mehr spielte. Weil er die Reine, die deine Mutter beschützt hat, nicht länger brauchte."

„Genau", erwiderte ich. „Aber wieso nicht?"

„Wir haben die Sinistra Negra ziemlich falsch eingeschätzt", sagte Dawkins und setzte sich wieder in Bewegung. „Wir haben immer gedacht, dass sie so viele reine Seelen wie möglich in ihre Gewalt bringen wollen – dabei brauchen sie lediglich eine einzige."

„Also war der Auftrag wohl erfüllt, sobald mein Dad Flavias Seele hatte, oder? Warum hat er sie dann in dieses Conceptaculum gesteckt und auf das Glass-Anwesen gebracht?"

„Weil er dachte, er könnte sie mithilfe des Damaskoskops für alle Zeiten vernichten", sagte Dawkins.

„Und wozu wäre das gut?"

„Das wüsste ich auch gerne", erwiderte Dawkins und wuchtete eine laut kreischende Stahltür auf. Dahinter lagen stapelweise Zahnräder und Achsen und alle möglichen seltsamen Dinge, von Rost und Schmierfett überzogen. „Voilà – da hätten wir ja unser Damaskoskop."

. . .

Als wir unsere Tasche in den Kontrollraum hievten, hob Sammy den Blick. „Das Signal ist jetzt nicht mehr unter der Erde. Es bewegt sich diese Straße hier entlang."

„Vielleicht streunt die Katze ja nur ein bisschen herum", sagte ich.

„Das wäre ziemlich eigenartig." Sammy pfiff durch die Zähne. „Weil sie nämlich ungefähr fünfundzwanzig Stundenkilometer schnell ist und an jeder Kreuzung stehen bleibt."

„Das ist der Broadway", sagte Diz und zeichnete den Straßenverlauf auf dem Bildschirm nach. „Sie sind schon auf dem Weg zum Times Square."

„Wie geht es Greta?", wollte Dawkins wissen.

Diz seufzte. „Sie ist deprimiert, stinksauer, hasst euch alle und glaubt nicht, dass ihr in der Lage seid, ihre Mom zu retten."

„Also, ich finde, ein einfaches ‚traurig' hätte es auch getan."

„Du hast mich schließlich gefragt", erwiderte Diz. Sie zoomte den Times Square größer. „Wo soll die Übergabe eigentlich stattfinden?"

„Da", sagte ich und tippte mit dem Zeigefinger auf die Stelle, wo der Broadway die 45th Street kreuzte. „Als ich sechs Jahre alt war, ist mein Dad mal mit mir dort hingegangen, weil Mr Met da war – das Maskottchen der New York Mets, das kennt ihr doch, oder? Die Figur mit dem Baseballkopf? Ich habe ein signiertes Trikot von ihm bekommen."

„Ich bin ja Yankees-Fan", erwiderte Diz und seufzte. „Was die Beschattung angeht, wird das eine echte Herkulesaufgabe. Jack, du kannst dich vielleicht hier auf die Tribüne neben dem TKTS-Schalter setzen, und ich könnte mich da drüben hinstellen."

Sammy stand auf. „Und ich bin ja auch noch da."

Dawkins brachte ihn zurück zu seinem Stuhl. „Du, Sammy, bist unsere Augen und Ohren." Er tippte ein paar Befehle in einen der Computer ein, und die Livebilder aus den U-Bahnhöfen wurden durch Livebilder vom Times Square ersetzt.

„Wow!", sagte Sammy. „Ich wusste gar nicht, dass du so was kannst."

„Wir brauchen jemanden, der über das Katzenhalsband den genauen Standort von Ms Sustermann ermitteln kann", sagte Dawkins. „Und sobald du irgendwas Gefährliches bemerkst, warnst du uns."

„Wie denn?", fragte Sammy zurück. „Mit Telepathie vielleicht?"

„Übers Handy natürlich", erwiderte Diz und rollte mit den Augen.

„Aber unsere Handys funktionieren hier unten nicht", sagte Dawkins.

„Ach was, natürlich funktionieren die." Diz lachte.

Dawkins hielt ihr sein Telefon entgegen. „Kein einziger Balken, siehst du?"

Sie nahm ihm das Handy ab, klopfte damit gegen seinen Schädel und wischte sich durch eine Reihe von Bildschirmen. „Wir haben WLAN hier unten, Jack. Und über WLAN kann man auch telefonieren."

Sammy hatte sein Handy bereits in der Hand. „Aber ich sehe kein verfügbares Netzwerk."

„Weil es verborgen ist." Diz beugte sich zu ihm nach unten und loggte ihn ein.

„Ausgezeichnet", sagte Sammy. „Also, der Plan lautet, dass ihr mich hier allein lasst?"

„Nein." Dawkins warf einen Blick zu den Toiletten. „Greta bleibt auch hier. Wir nehmen sie auf gar keinen Fall zu diesem Treffen mit Ronans Dad mit. Wir müssen für ihre Sicherheit sorgen. Du weißt ja, warum."

„Alles klar", sagte Sammy.

„Leute, hört mal, das funktioniert nicht", meldete ich mich zu Wort. „Ich kann doch nicht telefonieren, wenn ich meinen Dad treffe. Dann weiß er ja gleich, dass da irgendwas nicht stimmt."

Diz legte behutsam ihre klobige, silberne Halskette ab. „Hier", sagte sie und gab sie mir.

„Danke", sagte ich. Das Ding war irre schwer. „Aber … das ist so gar nicht mein Stil."

„Taxifahrer dürfen nicht telefonieren, deshalb verwenden die Fahrer alle Bluetooth", erklärte Diz. „Aber für eine Frau, die ihre Haare immer hochgesteckt trägt, wäre das viel zu auffällig. Darum habe ich einen Freund gebeten, mir einen Bluetooth-Empfänger zu bauen, der zu mir passt. Die Kette hat ein Mikro, kleine Lautsprecher und – das ist das Beste – sie ist schick. Wenn die Leute sehen, wie ich mit mir selber rede, dann halten sie mich nur für verrückt."

Ich legte mir die Kette um den Hals. „Alles klar. Die fällt ja wirklich überhaupt nicht auf. Mein Dad wird sich nicht im Geringsten darüber wundern, dass ich plötzlich Schmuck trage."

„Sag einfach, dass Greta dich gebeten hat, die Kette ihrer Mom zu geben, damit sie weiß, dass es Greta gut geht. Genau solche durchgeknallten Sachen habe ich jedenfalls als Teenager immer gemacht."

„Okay", sagte ich. „Das erzähle ich ihm."

„Pass auf, Ronan. Du hältst deinen Vater so lange hin wie nur irgend möglich, während Sammy mithilfe der Katze rauskriegt, wo Gretas Mom festgehalten wird", sagte Dawkins. „Dann holen Diz und ich sie da raus und bringen sie in Sicherheit. Sobald wir das geschafft haben, sagen wir Sammy Bescheid, damit er dir Bescheid sagen kann, und dann haust du einfach ab."

„Glaubst du denn, dass er mich so einfach gehen lassen wird?", sagte ich. „Er wird doch Gehilfen haben."

„Denen musst du eben ausweichen", erwiderte Dawkins. „Du hast immerhin eine Ausbildung genossen, du bist schlau, und außerdem werden sie ziemlich unorganisiert sein, nachdem Diz und ich die Agenten unschädlich gemacht haben, die Gretas Mom festhielten."

„Das ist doch kein vernünftiger Plan", sagte ich. „Wir sollten lieber auf die restlichen Wächter warten."

Doch Dawkins schüttelte den Kopf. „Das können wir nicht riskieren. Tut mir leid, Ronan, aber uns steht nur ein sehr kleines Zeitfenster zur Verfügung. Solange dein Dad sein eigenes Ding durchzieht, haben wir die Chance ihn zu überwältigen und uns Ms Sustermann zurückzuholen. Aber sobald er sich wieder mit der Sinistra Negra zusammenschließt, sind sie viel zu viele."

Diz ging zur Toilette, um Greta zu holen, aber als sie wieder zu uns kam, stand ihr zum allerersten Mal, seit ich sie kannte, die Angst ins Gesicht geschrieben.

Sie brauchte kein Wort zu sagen.

In dem kleinen Flur, der zu den Toiletten führte, war eine Tür geöffnet worden. Darauf stand in dicken roten Buchstaben das Wort NOTAUSGANG.

„Jack, ich schwöre, die Tür war immer abgeschlossen, seit Nixon Präsident war." Diz klang entrüstet. „Das weiß ich, weil wir schon überall nach dem Schlüssel gesucht haben."

„Greta Sustermann braucht keine Schlüssel", erwiderte Dawkins und spähte durch die offene Tür. „Hast du eine Ahnung, wo man da hinkommt?"

„Zu einer Eisentreppe, die bis zu einem Gitterrost an der Straße hinaufführt." Sie schlüpfte in ihren Pulli. „Soll ich ihr hinterher?"

„Sie wird schon lange weg sein", meinte Dawkins.

Sammy stand auf der kleinen Treppe, die zum Kontrollraum

führte. „Die Tür hier war sperrangelweit offen. Ich wette, sie hat genau gehört, was wir vorhaben."

Dawkins machte die Augen zu. Er sah sehr müde aus. „Dann haben wir also keine neunzig Minuten mehr, um Greta wiederzufinden, bevor dein Dad sie in die Finger bekommt."

„Wir nehmen mein Taxi", sagte Diz. „Auf geht's, schnappen wir uns die Sachen und dann nichts wie los."

„Und wenn wir sie nicht finden?", wollte ich wissen.

„Wir *werden* sie finden. Ich bin nicht bereit, noch eine Reine aufzugeben."

„*Noch eine* Reine? Du meinst Flavia?"

„Nein, nicht Flavia. Das alles ist schon ziemlich lange her, im Jahre 1840", erwiderte Dawkins und ging voraus in den Kontrollraum. „Es war der erste Soloauftrag, den die Wächter des Lichts mir anvertraut haben. Aber die Mission ist gründlich schiefgegangen. Ich erzähle es euch auf dem Weg zum Times Square." Er schnallte sich den Gurt mit seiner Machete um die Hüfte. „Und um das ganz deutlich zu sagen: Ich habe niemanden aufgegeben. Aber verloren habe ich sie trotzdem."

Jack Dawkins,
ein Volltrottel auf Reisen

Ich war völlig ausgehungert und verdreckt, hatte weiche Knie vor Erschöpfung und ein Paar erbeutete Arbeitsschuhe, die mir drei Nummern zu groß waren, an den Füßen. Nach zwei Wochen auf der Straße, einer Auseinandersetzung mit vier Wegelagerern und einer unglücklichen Begegnung mit einem Misthaufen stand ich wieder einmal als Bettler da.

Immer und immer wieder las ich die Adresse auf dem Briefumschlag.

Monsieur E. F. Vidocq, Galerie Vivienne No. 13, 2. Arrondissement, Paris.

Dort befand sich eine dieser mit Glas überdachten Einkaufspassagen für die Bessergestellten, die ich bis jetzt immer nur von außen zu sehen bekommen hatte. Das Innere wirkte schattig und kühl, und eine sanfte Brise wehte einen Hauch von Schokolade und Tabak, Parfüm und Blumen in meine Nase.

Die Bürgersteige waren voller Menschen, und ich brauchte nicht erst in ihre Geldbeutel zu schauen, um zu wissen, dass sie alle wohlhabend waren. Die Kleider der Frauen waren mit flatternden, unpraktischen Stoffstückchen geschmückt, die sie bei einer richtigen Arbeit nur behindert hätten, und die Anzüge der Männer waren zu sauber und passten einfach zu perfekt.

Ich gehörte nicht in diese Welt.

Drei Frauen mit Sonnenschirmen in der Hand gingen an mir vorbei. Sie sahen zu mir herüber und hielten sich Taschentücher vor die Nase.

Sie fanden wohl auch, dass ich nicht hierher gehörte.

Also reckte ich den Kopf und marschierte mitten hinein.

. . .

Die Ladenbesucher wichen mir hastig aus und es dauerte nicht lange, bis ich die Nummer dreizehn erreicht hatte. Ich stieg die hölzerne Wendeltreppe empor, die zu einer Tür über einem Geschäft mit dem Titel *Büro für Informationen aller Art* führte.

Auf mein Klopfen ertönte ein schroffes „*Entrez!*", und ich betrat ein Büro, wo ein dicker Mann mit gewaltigen Koteletten an einem Rollschreibtisch saß und etwas schrieb. Die Fenster waren zwar geöffnet, doch im Zimmer war es trotzdem warm und feucht wie unter einer Achselhöhle.

Er warf mir nur einen kurzen Blick zu und knurrte dann: „*Les mendiants.* Verschwinde, wenn du noch ein bisschen Verstand im Kopf hast."

„Ich habe einen Brief dabei", sagte ich in meinem besten Französisch, das alles andere als gut war. Meine Mentorin, Jenks, hatte mir zu Hause in London ein paar Brocken beigebracht, aber ich hatte ja gerade erst auf Englisch zu lesen und zu schreiben gelernt. Noch eine Sprache war mir schlicht und einfach zu viel.

Der Mann streckte die Hand aus. „Glaub ja nicht, dass du von mir auch noch Trinkgeld bekommst."

Mir war ganz schwindelig vor Hunger. Schwankend sah ich zu, wie er den Umschlag aufriss und Jenks' Zeilen las. Ich wusste, was da stand. Sie hatte geschrieben, dass ich früher mal ein Taschendieb und ein Waisenkind gewesen sei, aber dass sie mich zu einem besseren Menschen gemacht habe. Und sie bat Monsieur Vidocq, mich einen Monat lang in der neuen Kunst der „Kriminalermittlung" zu unterrichten. Der Brief war mit „In Liebe, M" unterzeichnet.

Als er fertig war, ließ er den Brief sinken und betrachtete mich genau. „Mademoiselle Jenks glaubt, dass ich, weil ich selbst einmal ein Dieb war und im Gefängnis gesessen habe … dass ich mich von deinem Schicksal gewissermaßen anrühren lasse", sagte er dann in gutem Englisch.

„Jawohl, Sir." Ich war wirklich froh, dass ich in meiner Muttersprache mit ihm reden konnte. „Sie hat mir von Ihrer glanzvollen Karriere bei der Polizei erzählt, dass Sie die Sûreté gegründet haben und jetzt …"

„Ich habe keinen Sinn für Schmeicheleien", fiel er mir grob ins Wort. Dann winkte er ab und schniefte. „Aber ich sehe dir an, dass du ausgeraubt wurdest. Und dass du in einem Misthaufen geschlafen hast. Außerdem hast du diese Schuhe aus dem Müll gezogen."

„In den Misthaufen hat man mich zwar geschubst, Monsieur, aber alles andere stimmt! Woher wissen Sie das?"

„Durch genaue Beobachtung. Du kommst von weit her, doch du hast keinerlei Gepäck dabei. Deine Hose ist an den Oberschenkeln und hinten voller Flecken durch den Sturz. Und diese ... diese Dinger da an deinen Füßen sind so alt, dass eine Reparatur sich nicht mehr lohnen würde." Er schnalzte mit der Zunge und seufzte. „Mademoiselle Jenks hat recht. Ich empfinde tatsächlich so etwas wie Mitgefühl für Euch, Master Dawkins." Er sprach es wie *Dawkien* aus. Dann nahm er den hölzernen Handgriff der Glocke auf seinem Schreibtisch und klingelte.

Sofort öffnete sich am anderen Ende des Zimmers eine Tür. Eine junge Frau, die ungefähr so alt war wie ich, trat ein. Sie bewegte sich sehr anmutig und war gertenschlank, wirkte aber kräftig wie eine Tänzerin. Sie trug eng anliegende, einfache schwarze Kleidung. Die langen blonden Haare hatte sie zu einem Zopf geflochten.

„*Monsieur?*", sagte sie.

Er zeigte mit dem Finger auf mich. „Mathilde, ich ... wir haben einen Neuen."

Mathilde.

Mein Auftrag: eine sechzehn Jahre alte Reine, die früher als ärmliche Taschendiebin ihr Dasein gefristet hatte und jetzt

Privatdetektivin war – und in tödlicher Gefahr schwebte.

„Monsieur Vidocq ist keiner von uns", hatte Jenks mir mit auf den Weg gegeben. „Deshalb kann er nicht verstehen, dass die Sinistra Negra in seinen neuesten Fall verwickelt ist. Und wir befürchten, dass er diese Reine in seine Ermittlungen mit einbezogen hat."

„Wo sind denn ihre eigentlichen Wächter?", hatte ich Jenks gefragt.

„Falls einer ihrer Beschützer in Mathildes Nähe käme, würde sie sofort Verdacht schöpfen", hatte sie gesagt. „Nein, das ist eine Aufgabe für einen Fremden. Für dich. Aber sei vorsichtig. Wir wissen nicht, welch diabolischen Plan die Sinistra Negra verfolgt, wir wissen nur, dass bereits Hunderte von Menschen spurlos verschwunden sind. Vidocq wurde engagiert, um zwei dieser Verschwundenen aufzuspüren."

Jetzt drehte sich Mathilde zu mir um, mit offener Ablehnung im Blick.

„Er wird sich dir und Fabrice anschließen und euch bei euren Ermittlungen im Fall der Verschwundenen unterstützen."

„*Oui, Monsieur*", sagte sie und neigte den Kopf. „Aber er kennt unsere Methoden nicht und er ist …" Sie fuchtelte ärgerlich mit den Händen.

„Trotzdem", erwiderte Vidocq. „Ihr werdet ihn unter eure Fittiche nehmen und ihn ausbilden. Er braucht neue Schuhe, Kleider, ein Bad und …" Er sah, dass ich mich kaum noch auf den Beinen halten konnte. „Wann habt Ihr Euer letztes Mahl eingenommen, Master *Dawkien?*"

„Bitte, festhalten", flüsterte ich noch, dann wurde mir schwarz vor Augen und ich fiel in Richtung Mathilde. Das Letzte, was ich mitbekam, war, wie sie beiseitetrat und ich auf dem Marmorfußboden aufschlug.

. . .

Ich erwachte auf einer Pritsche in einem düsteren Zimmer. Noch drei weitere Pritschen standen da und mehrere Kommoden mit offenen Schubladen, aus denen alle möglichen Kleidungsstücke hervorquollen. Ein Schlafsaal oder etwas in der Art.

Ich hatte heftige Kopfschmerzen. Dann legte mir jemand ein kühles, nasses Tuch aufs Gesicht und ich drehte mich um.

Ein junger Mann mit langen braunen Haaren und einem weichen Bartflaum im Gesicht lächelte mich an. Das war vermutlich Fabrice.

„*Comment vas-tu?*", sagte er. *Wie geht es dir?*

Ich antwortete mit meinen wenigen französischen Brocken, dass ich mich gut fühle, danke, und dann zeigte ich auf meinen Kopf.

Er lachte und sagte auf Englisch, aber mit einem starken französischen Akzent: „Du hast stürzen …" Er schlug die Hände zusammen. „Das war sehr … ähm, wie sagt man? Lustig?"

„Genau", erwiderte ich und setzte mich auf.

Irgendjemand hatte mich gebadet und mir eine schwarze Hose und ein schwarzes Hemd angezogen. Am Fußende meiner Pritsche lagen, fein säuberlich zusammengelegt, ein weißes

Hemd mit Knöpfen und ein Jackett. Und davor standen ein Paar neue Lederschuhe.

„Danke", sagte ich.

„Kein Problem", entgegnete Fabrice und reichte mir ein Brett mit Wurst, Brot und Käse. „Hier, du muss essen. Heute Abend wir arbeiten, ja? Du muss sein stark." Er schlug sich mit der rechten Faust an die Brust, gab mir einen Klaps auf die Schulter und ging hinaus.

. . .

Nach Sonnenuntergang streiften wir im Schein der Straßenlaternen und einer Kutschenlampe durch die engen Gassen der Stadt. In den geheimen Taschen meiner Kleidungsstücke steckten vier Messer, ein Stück Kreide, ein Schreibblock, ein Bleistift und ein Maßband.

Eine halbe Stunde später wusste ich überhaupt nicht mehr, wo ich war. Da schnalzte Mathilde mit der Zunge und sagte: „Du, Engländer, du bleibst hier und beobachtest."

„Was soll ich denn beobachten?", fragte ich.

Mathilde grinste mich spöttisch an. „Sei still und lerne! Fabrice erklärt dir alles." Dann stapfte sie davon und verschwand hinter der nächsten Ecke.

Fabrice flüsterte mir zu: „Sie dich nicht mag."

„Das habe ich mitbekommen", antwortete ich.

Fabrice erklärte mir, dass wir die Eingänge der großen Glashütte auf der gegenüberliegenden Straßenseite im Auge behalten sollten. Dort waren tagsüber zahlreiche Wissenschaftler und Glasbläser mit der Herstellung der besten Linsen in ganz Frankreich beschäftigt. „Sie machen große für Leuchttürme, und kleine für Augen."

„Aber was hat das mit den beiden Vermissten zu tun?", wollte ich wissen.

„*Je ne sais pas.*" Er zuckte die Schultern. „Das wir herausfinden, nicht? Sie oft hierherkommen, dann sie verschwinden. Darum wir beobachten. Mathilde und ich, wir muss immer verstecken, aber du sein perfekt – die dumme englische Tourist, die sich hat verlaufen und hat Angst." Er malte neben mir ein X an die Wand. „Wenn du weggehen, du mach O, damit wir wissen Bescheid. Wir sind auf andere Seite von Haus. In sechs Stunden wir dich holen wieder ab."

„Sechs Stunden!", sagte ich. „Wie viel Uhr ist es dann?" Meine Uhr war mir zusammen mit meiner Tasche gestohlen worden.

„Sonnenaufgang!", erwiderte er fröhlich. Dann schlenderte er davon und ich war allein.

Was immer sich in dieser Gegend tagsüber abspielte, abends war hier überhaupt nichts los. Kein Mensch war zu sehen. Ich setzte mich in den schattigen Eingang eines geschlossenen Ladens und verfluchte Jenks und Mathilde innerlich.

Wie sollte ich bloß meinen Auftrag ausführen? Natürlich konnte ich Nacht für Nacht hier hocken und die Glasbläserei dort drüben beobachten, aber das würde Mathilde nicht das Geringste nutzen. Im Gegenteil, wahrscheinlich drohte ihr genau in diesem Moment auf der anderen Seite des Gebäudes große Gefahr. Deshalb war mir klar, dass ich sie nur dann wirklich beschützen konnte, wenn wir diesen Fall hier so schnell wie möglich lösten.

Ich beobachtete also die dunklen Fenster, bis ich beinahe eingeschlafen wäre. Drinnen brannte kein Licht, niemand kam oder ging. Nur zwei Ratten stritten sich um irgendetwas, was sie in einem Mülleimer vor dem Gebäude entdeckt hatten.

Ich kritzelte ein O neben das X an die Wand und zog eine der nadelfeinen Klingen, die Vidocq mir gegeben hatte, aus der Tasche.

Auf dem Dach befand sich eine ganze Reihe von Oberlichtern. Vielleicht war ja eines davon nicht verriegelt.

. . .

Das Oberlicht war nicht das Problem ... das Schloss daran brach nach ein paar kräftigen Schlägen entzwei. Die eigentliche Herausforderung war der Weg nach unten.

Erst als ich am Fensterrahmen hing und meine Beine in der Luft baumelten, wurde mir klar, dass es da unten viel zu dunkel war. Ich konnte überhaupt nichts sehen. Ich wusste nur, dass es hier keine Stockwerke gab. Irgendwo tief im Schatten unter mir standen Werkbänke und Brennöfen und lagerte wahrscheinlich tonnenweise zerbrechliches Glas.

Ich brauchte ein Seil.

Also versuchte ich mich wieder nach oben zu ziehen, aber

die vier Tage ohne Nahrung hatten mich sehr geschwächt. Deshalb erreichte ich mit meinen Bemühungen lediglich, dass mein Griff sich lockerte.

Nachdem weitere dreißig Sekunden vergangen waren, merkte ich, wie meine Hände sich verkrampften und schwächer wurden. Ich wusste, dass ich mich nicht mehr länger halten konnte.

Also ließ ich los.

Zum Glück landete ich auf einer lang gestreckten Werkbank.

Aber damit war meine Glückssträhne endgültig an ihrem Ende angelangt.

Ich krachte mit einem lauten Knall auf die Kante, sodass die Werkbank nach oben kippte und alles, was darauf stand, in die Luft katapultiert wurde, während ich unsanft auf dem Boden landete.

Ich glaube gar nicht, dass es besonders viele Sachen waren, aber es hörte sich an, als hätte ich eine Schubkarre voller Metallschrott über sämtliche jemals hergestellten Glaswaren ausgeschüttet. Das Klirren und Knirschen hielt fünfzehn, zwanzig Sekunden lang an, dann hörte es endlich auf.

Ich atmete so leise ich konnte und lauschte.

Jetzt rollte noch etwas durch die Dunkelheit, fiel zu Boden und zerbrach.

Dann senkte sich erneut Stille über den Raum.

„War doch gar nicht so schlimm", flüsterte ich mir selber zu.

Da wurde mir mit einem Mal bewusst, dass ich in einem großen verschlossenen Raum gefangen war, inmitten von Glasscherben, die ich nicht sehen konnte.

Von jetzt an, sagte ich zu mir selbst, *hast du immer Streichhölzer dabei.*

. . .

Eine Viertelstunde später bemerkte ich in einiger Entfernung einen schmalen Lichtstreifen zu meiner Linken: Da war jemand mit einer abgedunkelten Lampe. Ich huschte hinter die umgekippte Werkbank und wartete.

Irgendwann hörte ich eine männliche Stimme auf Französisch flüstern und verstand das Wort *Anglais* – Engländer.

Eine wütende weibliche Stimme antwortete. Ich kannte sie zwar noch keinen Tag lang, erkannte aber trotzdem sofort Mathildes wütendes Knurren.

Dann hörte ich, wie sie auf Glasscherben traten.

„Ich fürchte, das war ich." Ich gab mich auf Englisch zu erkennen und stand auf.

„*Dawkien?*" Das war Fabrice.

„Ich bin hier", sagte ich. „Ich dachte ... äh ... also, ich wollte mal nachsehen, was es in dieser Fabrik so alles gibt."

„*Imbécile!*", schimpfte Mathilde. „Jetzt wissen sie, dass sie beobachtet werden!"

„Falls sie etwas im Schilde führen, wissen sie das sowieso", erwiderte ich. „Nimm mal die Verdunkelung von der Lampe, damit wir sehen können, was sie hier alles versteckt haben."

„Was du hast gemacht? Hier überall sind Glassplitter", sagte Fabrice.

Auf einem Dutzend langer Holztische waren die unterschiedlichsten Werkzeuge und Gegenstände ausgebreitet. (Na ja, eigentlich nur elf Tische. Den zwölften hatte ich ja umgeschmissen.) An einer Wand standen zahlreiche Brennöfen aufgereiht, in denen das Glas gebrannt wurde, und dann gab es da noch Metallregale mit vielen verschiedenen Formen.

„Schaut mal – diese Formen alle sind sehr hässliche Gesichter!", sagte Fabrice und hielt eine davon in die Höhe. „Hier sie machen vielleicht Masken?"

Eine Wand war voller Holzregale, die allerdings fast ganz leer waren. Meine Werkbank hatte wohl irgendetwas genau gegen die Mittelstrebe geschleudert, sodass die Regale zusammengebrochen waren. Falls sich nicht unter dem riesigen Scherbenhaufen etwas Grässliches verbarg, gab es in dieser Werkstatt keinerlei Geheimnisse zu entdecken.

„Nichts!", sagte Mathilde.

„Was ist eigentlich mit der Tür da?" Ich deutete auf eine Doppeltür am hinteren Ende des Gebäudes. Die Griffe waren mit einer Kette umwickelt.

Wir nahmen sie etwas genauer unter die Lupe. „Sie nicht hat Schloss", sagte Fabrice.

„Dann können wir ja mal nachschauen, was sich dahinter verbirgt", sagte ich, wickelte die Kette ab und öffnete die Tür.

„*Mon dieu*", flüsterte Fabrice und wich wie benommen ein paar Schritte zurück.

Mathilde stand wie angewurzelt da, die Hände schützend erhoben.

Ich schrie leise auf, knallte die Tür ins Schloss und warf mich mit meinem ganzen Gewicht dagegen. „Lauft! Ich halte sie auf, solange ich kann!"

Doch als niemand versuchte, die Tür von der anderen Seite aufzustoßen, warteten wir ab, machten ein paar tiefe Atemzüge und öffneten die Tür dann erneut.

Dahinter befand sich ein langer, schmaler Raum, dicht gefüllt mit Menschen. Sie standen immer zu acht oder zu neunt in einer Reihe. Es waren so viele, dass das Licht unserer Laterne die letzten Reihen nicht mehr erfassen konnte. Ihre Augen waren geöffnet, aber leer.

„Was ist das denn Böses?", flüsterte Mathilde.

Die Falle an der Stelle von damals

„Was waren das für Leute?", fragte ich Dawkins, während Diz das Taxi langsam die 45th Street entlangrollen ließ. „Waren das Zombies? Roboter?"

„Zombies?", wiederholte er. „Nein, das waren keine Zombies, Ronan. Aber … eine ausführliche Erklärung kann ich dir leider erst später geben. Wir sind nämlich da." Er zeigte nach draußen, wo eine Menschenmenge mitten auf der Straße stand und jetzt das Taxi umringte.

Der Times Square.

Als wir noch in Brooklyn gewohnt hatten, waren wir eigentlich nie hier gewesen, und nachdem ich mich ein wenig umgesehen hatte, wusste ich auch wieder, warum. Hier gab es überall massenhaft Menschen – Familien und Touristen und Seniorengruppen, Theaterbesucher in schicken Kleidern, Seeleute in ihren weißen Ausgehuniformen und Straßenkünstler, die alle möglichen Verkleidungen trugen, angefangen bei Smokings bis hin zu einem Typen mit einem Freiheitsstatuenkostüm. Es war fast elf Uhr nachts, aber der Times Square erstrahlte durch Millionen von Lauflichtern, Neonschildern und Anzeigetafeln taghell.

„Ich hasse diesen Platz", murmelte Diz. Sie drückte auf die Hupe, aber kein Mensch schien davon Notiz zu nehmen.

„Sammy", sagte ich. „Kannst du mich hören?"

„Klar und deutlich", ertönte seine Stimme von der Gegend meines Schlüsselbeins.

„Hast du eine Spur von der Katze?", wollte Dawkins wissen.

Sammy seufzte. „Sie ist in eurer Nähe, irgendwo im Umkreis von zwei Häuserblocks. Aber genauer kann ich sie nicht orten."

„Wieso denn nicht?", hakte Dawkins nach.

„Weiß ich auch nicht. Funk-Interferenzen? Das Signal springt ständig zwischen drei – oder eher vier – verschiedenen Standorten hin und her. Na ja, aber das ist eben ein Katz-O-Graf und kein hochmodernes GPS-System. Wir können froh sein, wenn er wenigstens einigermaßen exakt die Position anzeigt."

Diz schob den Automatikhebel in die Parkstellung. „Hier musst du aussteigen, Kleiner."

Jetzt sah ich auch das Stück erhöhten Bürgersteig, wo mein Dad und ich uns vor einer Million Jahren angestellt hatten, um ein Autogramm von Mr Met zu ergattern. Die Leute liefen alle kreuz und quer durcheinander, und keiner achtete auf den Weg. Alle hatten den Blick nach oben zu den Lichtern gerichtet. Inmitten des ganzen Trubels stand regungslos der ein Meter achtzig große Elmo mit einem Schild in der Hand: EIN FOTO $ 20, war darauf zu lesen. Und tatsächlich feilschten gerade ein paar Touristen mit I-♥-New-York-T-Shirts mit ihm um den Preis.

„Wie lange habe ich noch, bis mein Dad hier auftaucht? Eine halbe Stunde?"

„Ja. Sobald wir Gretas Mom gefunden haben, geben wir dir Bescheid", sagte Dawkins. „Und wenn wir Greta finden, auch. Sobald die beiden in Sicherheit sind, machst du dich aus dem Staub, Ronan."

„Da muss ich aber eine Menge im Kopf behalten", sagte ich.

„Am besten versuchst du, an gar nichts zu denken. Achte einfach darauf, ob du Greta irgendwo siehst. Und wenn nicht, konzentrier dich voll und ganz auf das Treffen mit deinem Dad. Vergiss nicht: Halt ihn auf, solange es geht."

Ich machte die Tür auf. Sofort wollte ein Typ im Smoking einsteigen.

„He!", rief Diz. „Können Sie nicht lesen? Ich bin nicht im Dienst!"

„Ich muss bloß runter in die Canal Street", sagte der Mann und versuchte sich an mir vorbei zu zwängen.

„Wie wär's, wenn ich Sie direkt *im* Kanal absetze?", erwiderte Diz.

Der Mann schreckte zurück und ich stieg aus.

„Denk an das Damaskoskop, Ronan", sagte Dawkins noch, während Diz bereits den Kofferraum aufschnappen ließ.

Ich hob den Deckel an und holte die Tasche mit dem verrosteten Rohr heraus. Kurz darauf gab Diz Gas und das Taxi schob sich in die dichte Menschenmenge.

Ich schleppte die Tasche bis in die Mitte des Bürgersteig-Dreiecks und überprüfte mehrfach die Verbindung zwischen meinem Handy und dem Bluetooth-Empfänger. „Sammy?"

„Bin immer noch da", sagte er. „Und immer noch sauer, weil ihr mich hier bei den verstaubten U-Bahn-Gespenstern zurückgelassen habt."

„Tut mir leid", sagte ich. „Bist du auch da, Jack?"

„Nehme gerade meine Position ein, Ronan." Ich blickte über meine Schulter zu der Tribüne hinüber, die mit ihren rot-weißen Sitzbänken neben dem TKTS-Ticketschalter emporragte. „Ich werde die Menge von oben beobachten."

„Diz?", sagte ich.

„Ich bemühe mich gerade, keine Fußgänger über den Haufen zu fahren", erwiderte sie. „Bin auf der Fünfundvierzigsten, biege aber gleich ab und komme dann auf die Sechsundvierzigste."

Und dann, kurz bevor ich endgültig die Nerven verloren hatte, nahm ich mein Handy, drückte Dawkins und Sammy in die Warteschleife und rief noch eine weitere Nummer an. „Alles bereit", sagte ich zu der Person am anderen Ende der Leitung. Und damit legte ich alle Leitungen zu einer Telefonkonferenz zusammen.

„Ich weiß ja nicht, mit wem du telefonierst oder was du da in deiner Tasche hast, Kleiner", sagte der riesige Foto-Elmo und drohte mir mit seinem roten Fellfinger. „Aber das hier ist *mein* Platz."

„Friede", sagte ich, während ich zwei gespreizte Finger hob. „Ich bin hier bloß mit einem Freund verabredet." Um wirklich sicherzugehen, hielt ich ein paar Schritte Abstand.

„Lebe lang und in Frieden, Fremder!", sagte Elmo. „Heute Abend sind ganz schön viele Treckies unterwegs, stimmt's?"

Ich war versucht ihn zu korrigieren – zwei gespreizte Finger sind das Peace-Zeichen, vier gespreizte sind Spocks Erkennungsmerkmal –, bis mir klar wurde, dass ich dann erst recht einen Nerd-Stempel verpasst bekommen würde. Irgendwo in dieser Menschenmenge waren mein Dad und seine Agenten von der Sinistra Negra versteckt, und sie kamen immer näher. Wenn ich hier lebendig wieder wegkommen wollte, musste ich sie ausfindig machen, bevor sie mich entdeckt hatten. Und wenn ich großes Glück hatte, würde ich, noch bevor sie überhaupt da waren …

Greta.

„Ich sehe sie", sagte ich, als zu meiner Rechten für einen Augenblick eine kleine Lücke in der Menschenmenge entstand. „Sie steht unter einer Leuchtreklame für *M – das Musical*. Hat immer noch das schwarze Kapuzenshirt an."

„Ich schnapp sie mir", sagte Dawkins. „Vielleicht kann ich sie ja fesseln und ins Taxi werfen."

„Beeilung", sagte ich. „Sie kommt genau auf mich zu. Sie darf auf keinen Fall mehr hier sein, wenn mein Dad kommt."

Greta kam herüber, die Hände tief in die Taschen ihres Kapuzenshirts vergraben. Sie betrat die Betoninsel, drehte sich einmal um die eigene Achse und blickte dabei forschend in die Menge. „Bist du allein hier, Ronan?"

„Was glaubst du denn?", sagte ich.

„Ich glaube, dass Diz und Sammy und Jack ganz in der Nähe sind." Dann fiel ihr Blick auf meinen Hals. „Und warum trägst du diese Kette? Die gehört doch Diz."

„Ist eine lange Geschichte." Ich packte sie am Handgelenk. „Hör zu, du musst so schnell wie möglich von hier verschwinden."

Aber jetzt packte Greta *mich* am Handgelenk und drehte mir den Arm nach hinten, sodass ich das Gleichgewicht verlor. Dann stellte sie mir ein Bein.

Ich landete vor Elmo auf dem Boden.

„Was soll das denn werden?", fragte ich Greta.

„Ich bin kein Burgfräulein, das sich von einem edlen Ritter aus höchster Gefahr retten lassen muss, Evelyn Ronan Strongheart", sagte sie.

Elmo half mir wieder auf die Füße.

„Hab ich doch gar nicht behauptet!" Ich hob beide Hände, um zu signalisieren, dass ich sie nicht noch mal anfassen würde.

„Dann hör auf, mich so zu behandeln!" Sie gab mir noch einen Schubs. „Ich habe genau dasselbe Recht wie du, hier zu sein. Noch mehr Recht sogar, weil sie meine Mom ist."

„Aber genau deswegen solltest du *nicht* hier sein", erwiderte ich. „Weil du nicht mehr klar denken kannst. Es geht schließlich um deine Mom."

„Soll ich etwa dir und Jack vertrauen?" Sie versetzte der Sporttasche einen Tritt. Es klirrte leise. „Glaubst du wirklich, dass sich irgendjemand davon täuschen lässt?"

Ich warf einen Blick nach unten. „Nicht wenn sie genau hinsehen. Aber wir wollen damit ja bloß ein bisschen Zeit schinden."

„Ich dachte, wir wären befreundet", sagte Greta.

„Sind wir doch auch", beharrte ich.

„Also, für mich ist das absolut klar, dass ihr beide was füreinander übrig habt", meinte Elmo.

„He!", sagte ich. „Das ist ein Privatgespräch."

„Kleiner, ihr steht auf *meiner* Bühne – oh, bitte sehr, dann gehe ich eben da rüber." Elmo nahm sein Pappschild und stellte sich an die hintere Kante.

Greta zog ihr Haargummi ab und band sich einen neuen Pferdeschwanz. „Wenn du wirklich mein Freund bist, dann benimm dich auch so."

Ich warf einen schnellen Blick auf die große Uhr, die über dem Times Square hing – 23:16 Uhr. Noch vierzehn Minuten, dann würde mein Dad hier auftauchen. „Die Sinistra Negra kann jeden Moment hier sein, Greta."

„Du warst es schließlich, der mich in diese ganze Sache mit den Wächtern des Lichts überhaupt reingezogen hat, damals, im Zug nach Washington. Und weißt du, was? Ich habe dir vertraut und bin dir gefolgt." In meiner Erinnerung hatte sich das Ganze zwar etwas anders abgespielt, doch ich hatte nun wirklich keine Zeit, um mich mit ihr zu streiten. „Aber jetzt haben sie meine

Mom entführt, Ronan. Sie hat keine Ahnung, was das alles soll. Wahrscheinlich hat sie schreckliche Angst. Darum müssen wir das wieder in Ordnung bringen, du und ich gemeinsam. Dazu sind Freunde nämlich da."

Sie hatte vollkommen recht. Wahre Freunde sind füreinander da, sie können sich aufeinander verlassen und sollten den anderen immer unterstützen, ganz egal wie viele hässliche Hindernisse die Welt ihnen in den Weg stellt. „Okay."

„Okay?", wiederholte sie erschrocken. „Einfach so?"

„Du liebst deine Mom. Das verstehe ich." Ich nahm ihre Hand – nicht ihr Handgelenk. „Du hast wirklich jedes Recht, hier zu sein. Aber mein Dad hat gesagt, dass er nur mich sehen will, und nicht mich und ihre Tochter. Wenn er dich sieht, könnte es sein, dass er die Übergabe platzen lässt."

Sie schlug die Hand vor den Mund. „Glaubst du wirklich?"

„Wer weiß?", erwiderte ich. „Aber wozu das Risiko eingehen? Es geht um deine Mom!"

„Ach, du Schreck!" Sie nickte. „Ich muss mich irgendwo verstecken, aber so, dass ich sofort eingreifen kann, falls irgendwas schiefgeht."

Mehr konnte ich nicht erwarten. „Super!", sagte ich. „Dann los, und zwar sofort."

„Zu spät, alter Knabe", hörte ich Dawkins sagen. „Ich zähle ... fünf freudlose Drohnen in schlecht sitzenden Anzügen an der Nordseite des Platzes."

„Du hast gesagt, es würden nicht so viele werden", erwiderte ich. „Hat mein Dad etwa zwei Teams am Start?"

Greta starrte die Halskette an. „Jack?"

„Die hat Bluetooth", sagte ich. „Jack sitzt dahinten."

Als Nächstes ließ Diz sich vernehmen. „Noch zwei weitere Sinistra-Negra-Anzugträger. Nähern sich von Westen und steuern direkt auf das Zentrum zu."

„Das sind zu viele. Das wird nicht nur das Team deines Vaters sein", sagte Dawkins. „Wir bekommen Gesellschaft. Greta? Ronan? Mission abbrechen. Es ist zu gefährlich."

Jetzt meldete sich Sammy. „Aber Leute – das Katzensignal kommt jetzt stabil von der Ostseite des Times Square, genau zwischen der 44th und der 45th Street. Der Karte nach müsste sie im Foyer des Grand-Duchess-Theaters sein."

„Das ist ja gleich da drüben." Greta zeigte auf eine Stelle zu meiner Rechten.

„Bin schon unterwegs", sagte Dawkins.

„Ich bin mit dem Taxi hinter dir", meldete sich Diz.

Greta grinste. „Meine Mom?"

„Ronan, Greta, wartet nicht länger. Verschwindet!"

„Okay", sagte ich und zog Greta Richtung Süden.

„Kleiner!", rief Elmo uns hinterher. „Deine Tasche."

„Die hol ich gleich ab!", rief ich zurück, schlängelte mich zwischen ein paar betrunkenen College-Studenten hindurch und blieb am Bordstein stehen. Eine zähe Blechlawine wälzte sich die Straße entlang. „Sobald es grün wird", sagte ich zu Greta, „laufen wir rüber und tauchen in der Menge unter."

„Äh, Ronan", sagte sie, zog mich am Hemd und zeigte über die Straße.

Dort standen die drei Sinistra-Negra-Agenten aus der U-Bahn: der glatzköpfige Pizzaesser und die beiden schönen Frauen. Der Pizzamann ließ die Finger flattern.

„Was wollen die denn hier?", stieß ich hervor.

„Das will ich gar nicht wissen", erwiderte Greta und zog mich nach links. Sie drängelte sich zwischen den Leuten hindurch und rief ununterbrochen: „Entschuldigung! Verzeihung! Entschuldigung!"

Bis wir wieder wie angewurzelt stehen blieben.

Zwei Männer in dunklen Anzügen und mit Bowlerhüten auf dem Kopf kamen uns entgegen. Sie gehörten zum Team meines Vaters.

„Nach Norden?", schlug ich vor.

„Nach Norden." Greta übernahm erneut die Führung und steuerte die rot-weiße Tribüne über dem TKTS-Ticketschalter an.

Wir kamen an Elmo vorbei, der uns die nach oben gereckten Daumen zeigte.

Doch dann stießen wir auf sechs dichte Reihen Touristen, die alle gebannt einem Feuerschlucker zusahen. Wir drängten uns an ihnen vorbei, bis ich eine Lücke in der Menge entdeckte.

„Da entlang", sagte ich und quetschte mich zwischen zwei Leuten hindurch.

Auf der anderen Seite des Menschenknäuels war der Bürgersteig bis zur nächsten Kreuzung wie leer gefegt.

„Jetzt können wir rennen", sagte ich.

Aber noch bevor wir drei Schritte gemacht hatten, versperrte uns ein Mann im Nadelstreifenanzug den Weg. Er hatte die Arme ausgebreitet und lächelte, als hätte er soeben den Menschen gefunden, nach dem er sein ganzes Leben lang gesucht hatte.

„Evelyn!", rief mein Dad und kam auf mich zu. „Ich bin entzückt, dich zu sehen. Und Freude über Freude, du hast sogar deine Freundin Greta mitgebracht."

Leeroy Jenkins, der Retter in höchster Not

Greta fragte mich: „Hast du eine Waffe dabei?"

„Sehe ich so aus?", gab ich zurück. „Mein Schwert liegt noch in der Sporttasche."

„Deswegen brauchst du mich doch nicht gleich so anschnauzen", erwiderte Greta und blickte sich hektisch um. „Wir sind umzingelt, Ronan."

„Stimmt genau", sagte ich. „Und zwar von Freunden." Ich reckte die geballten Fäuste in die Luft und rief: „LEEEROY JENKINNNS!"

Mein Dad blieb kurz stehen und drehte sich um. „Evelyn?", sagte er verwundert.

Greta war ebenfalls verwirrt. „Wer ist denn Leeroy Jen…?"

Da ertönte eine schrille Stimme aus meiner Bluetooth-Halskette: „*LEEE-ROY JEN-KINNNS!*"

Auf dem Times Square wurden jetzt ebenfalls die ersten

Leeroy-Jenkins-Rufe laut, zunächst nur einige wenige, dann Dutzende und schließlich Hunderte, die immer und immer wieder diesen Namen riefen. Es hörte sich an wie ein seltsam nerdiges Kriegsgeheul. Nach wenigen Sekunden war das Gebrüll so laut, dass alle anderen Geräusche darin untergingen.

Mein Dad riss alarmiert die Hände nach oben und spurtete los.

Aber bevor er den Abstand entscheidend verkürzen konnte, drängten sich zahlreiche Menschen zwischen ihn und uns, die „Lee-*roy* Jen-*kins!*" skandierten und rhythmisch die Fäuste in die Luft stießen. Der Jüngste sah aus wie zwölf, die Ältesten waren ein paar Typen in Lederjacke, die bestimmt schon Mitte fünfzig waren.

Plötzlich war mein Dad nicht mehr zu sehen.

„Was ist denn da los?", wollte Greta wissen.

„Erzähl ich dir später!", rief ich zurück und hob die Halskette dicht vor meinen Mund. „Danke, Gideon!"

„Ich hab euch auf dem Schirm, seit ihr aus dem Taxi ausgestiegen seid", erwiderte er. „Irre Beteiligung, oder?"

Jetzt schaltete Dawkins sich ein. „Ronan? Greta? Eine wild gewordene Horde hat den Times Square besetzt und …"

„Das sind Freunde!", unterbrach ich ihn. „Das ist keine Horde, das sind meine Freunde!"

„Wie du meinst, Ronan. Jedenfalls ist Gretas Mom jetzt bei uns. Wir haben sogar Grendel. Also könnt ihr verschwinden, und zwar sofort!"

Greta drückte ihre Lippen auf die Halskette. „Danke, Jack!"

„Wohin?", rief ich und schob sie sanft beiseite. „Wo treffen wir uns?"

„Diz steht mit dem Taxi in dem überdachten Durchgang neben dem Theater."

Jetzt schaltete Gideon sich ein. „Die Polizei wird die Versammlung jeden Moment auflösen. Welche Richtung wollt ihr nehmen?"

„Nach Osten!", rief ich. Sofort setzte der Ruf sich fort. *Lee-roy! Jen-kins! Os-ten! Os-ten!*

„Wo ist das denn?", wollte Greta wissen und stellte sich auf Zehenspitzen, um über die Köpfe der Umstehenden hinwegsehen zu können. „Woher sollen wir denn wissen ... *heeee!*"

Plötzlich wurden wir von allen Seiten gepackt und hochgehoben, bis wir über der Menge schwebten, getragen von einem Meer aus Händen.

Einen kurzen Augenblick lang hatte ich schreckliche Angst abzustürzen ... bis mir klar wurde, dass diese Hände uns nicht würden fallen lassen. Jede übernahm einen Teil unseres Gewichts. Es machte sogar beinahe Spaß. Ich entspannte mich und ließ mich in die vielen Handflächen sinken, die mir den Rücken, den Kopf, die Arme und Beine stützten und mich über die Menge dahingleiten ließen, umgeben von den rhythmischen Sprechgesängen: „*Lee-roy! Jen-kins! Lee-roy! Jen-kins!*"

„*Roo-naaaaaan!*", kreischte Greta neben meiner rechten Schulter. „Was machen die denn mit uns?"

„Wir sind Crowdsurfer!", rief ich. „Wie bei einem Konzert! Wahnsinn, oder?"

„Nein! Ich hab Angst!"

„Lass es einfach geschehen", sagte ich. „Das sind unsere Freunde."

Es dauerte fünf Minuten, bis wir den Rand der Menschenmenge erreicht hatten, wo uns zahlreiche Hände behutsam auf dem Asphalt absetzten.

Ich wollte mich bei den Leuten bedanken, die uns vor meinem Vater gerettet hatten, doch sie hatten uns bereits den Rücken zugekehrt und sich wieder der Menge angeschlossen, die immer noch die Fäuste in die Luft streckte und „Lee-*roy!* Jen*kins!*" brüllte.

„Wer ist denn dieser Leeroy Jenkins?", wollte Greta wissen. „Sollte ich den kennen?"

„Das ist ein Insider-Witz", erklärte ich ihr. „Ist eine lange, langweilige Geschichte."

Aber Greta hörte mir gar nicht zu, sondern reckte den Hals und schaute sich um, so gut es ging. „Diz. Dawkins. Meine Mom. Wo sind die denn alle? Er hat doch gesagt, im Osten!"

„Wir sind ein bisschen vom Kurs abgekommen", erwiderte ich. „Das Theater ist dahinten. Komm!"

Wir huschten an der Menge entlang, bis wir Diz' Taxi sahen.

Beziehungsweise die riesigen Bildschirme, die daran befestigt waren.

Sie zeigten jetzt aber keine Werbung mehr für das Broadway-Musical *M*. Stattdessen blitzten rot-weiße Warnungen auf: „Zurück! Geht weg! Sofort!!" Dazu dröhnte ohrenbetäubendes Sirenengejaule unter der Motorhaube hervor.

Aber die Menge war einfach zu groß. Das Taxi war eingeklemmt und hatte keine Chance wegzukommen.

Es war gerade mal so viel Platz, dass Greta und ich uns auf die Rückbank zwängen konnten.

Wir zogen die Tür hinter uns zu, und Diz verriegelte sie mit irgendeiner Taste.

Greta und ihre Mutter umarmten sich, während Grendel unbeachtet zwischen den beiden und mir auf dem Sitz saß und sich die Pfoten leckte.

„Das hat ja schon mal gut geklappt!", sagte Dawkins auf dem Vordersitz. „Jetzt müssen wir nur noch überlegen, wie wir die Leute da aus dem Weg räumen."

„Wird sofort erledigt", sagte ich und hielt mir das Bluetooth-Mikro vor den Mund. „Gideon? Unser Wagen steckt vor dem Grand-Duchess-Theater in der Menge fest! Kannst du dafür sorgen, dass die Leute uns eine Gasse freimachen?"

Gideon schaltete sein Handy-Mikro ein, aber alles, was ich hören konnte, waren die Sprechchöre der ILZ-Flashmobber. „Ich kann's versuchen", brüllte er, und dann hörten wir ihn rufen: „Alle nach Westen! Wes-*ten!* Wes-*ten!*"

Die Menge nahm das Kommando auf, baute es in die Leeroy-Jenkins-Rufe ein und gab es weiter. „Wes-*ten!* Wes-*ten!* Wes-*ten!*" Die Menschenmauer rund um das Taxi schwenkte nach links, so lange bis das Taxi freie Bahn hatte.

„Respekt, Ronan." Diz gab Gas und wir rollten in südliche Richtung.

„Danke." Ich ließ mich gegen die Rückenlehne sinken.

„Hallo, Grendel", sagte ich zu dem Kater neben mir und streckte ihm die Hand entgegen. Er drückte seinen Kopf in meine Handfläche und ich kraulte ihm den Nacken, bis er so laut schnurrte, dass es sogar über das Brummen des Motors hinweg zu hören war.

„Ich hab keinen Schimmer, wie du es geschafft hast, so viele Leute zusammenzutrommeln, Ronan", sagte Dawkins, „und es ist mir auch egal. Aber ich bin tief beeindruckt."

„Das haben wir alles Gideon zu verdanken", sagte ich, während ich Grendel ununterbrochen weiterkraulte. „Er hat auf ILZ und einem Dutzend anderer Spieleportale einen Hilferuf gepostet, hat den Flashmob organisiert und das Startsignal gegeben. Ich hab ja höchstens mit ein paar Dutzend Leuten gerechnet, aber das Ganze scheint sich blitzartig verbreitet zu haben."

„Sie haben uns gerettet", sagte Greta.

„Wobei wir es immer noch nicht überstanden haben", meinte Diz und drückte sanft auf die Hupe.

Da sah ich durch die Heckscheibe, dass wir von ein paar verschwommenen Gestalten verfolgt wurden. „Wir bekommen Besuch!", rief ich.

Drei Schatten in dunklen Anzügen sprangen auf das Taxi – einer landete auf dem Dach, während die beiden anderen an den Türgriffen zerrten. Ich erkannte sie. Es waren der Glatzkopf und seine beiden Partnerinnen, eine mit dunklen, die andere mit roten Haaren.

Es knirschte laut, dann segelte der Bildschirm, der auf dem Dach befestigt gewesen war, wie ein Frisbee davon und prallte auf dem Asphalt auf, sodass Glassplitter in alle Richtungen flogen.

„He!", rief Diz. „Die Sachen waren teuer!"

Jetzt schlug die rothaarige Frau mit voller Wucht gegen die Fensterscheibe der Fahrertür. Aber ihre Faust prallte ab, ohne die geringste Spur zu hinterlassen.

„Kugelsicher", sagte Diz und grinste die Rothaarige an.

Da schwang die Frau sich auf die Motorhaube, schob die Finger unter den Rand und versuchte sie hochzuheben.

„Also gut", sagte Diz. „Jetzt reicht es aber wirklich."

Mit der Spitze ihres pink lackierten Zeigefingernagels drückte sie auf einen der silbernen Knöpfe am Armaturenbrett. Sofort ertönte ein lautes, elektrisches Summen, das immer lauter wurde, und Diz sagte warnend: „Passt gut auf, dass ihr keine Metallteile anfasst."

In einem riesigen Funkenregen wurden die drei Sinistra-Negra-Agenten in die Luft geschleudert. Die Frau auf der Motorhaube flog nach vorne, der Glatzkopf nach hinten und die Dunkelhaarige landete an der Hauswand zu unserer Rechten. Dann blieben sie zuckend und verkrampft auf dem Boden liegen.

Schlagartig versteifte sich Grendel, der immer noch neben mir saß, ein Schauer lief durch seinen Körper und er blickte uns mit seinen großen goldenen Augen der Reihe nach an.

„Was hast du da gerade gemacht?", wollte Dawkins von Diz wissen.

„Die Karosserie ist mit einer leistungsfähigen Hochspannungsbatterie verbunden", erklärte ihm Diz. „Damit kann ich das Taxi in einen riesigen Elektroschocker verwandeln. Genau das Richtige für Situationen wie diese hier, um jemanden möglichst schnell bewegungsunfähig zu machen."

„Ich möchte lieber nicht wissen, was passiert, wenn du den dritten Knopf drückst", sagte Dawkins.

„Das möchte ich dir auch lieber nicht erzählen", gab Diz zurück.

Meine Halskette summte und Gideon meldete sich. „Die Polizei ist jetzt da, Ronan, das heißt, wir verziehen uns. Ende."

„Danke, Gideon", antwortete ich, aber er hatte schon aufgelegt.

Endlich hatten wir uns aus der Menschenmenge befreit, glitten den Broadway entlang und ließen den Times Square hinter uns.

„Der Typ hat meinen Reklamemonitor abgerissen!", knurrte Diz vor sich hin.

„Du bekommst von den Wächtern eine Entschädigung", sagte Dawkins.

Diz warf ihm einen kurzen Seitenblick zu. „Ha!"

„Was denn? Wenn etwas zu Bruch gegangen ist, zahlen wir auch eine Entschädigung ... manchmal."

„Sind wir denn jetzt wirklich in Sicherheit?", erkundigte sich Ms Sustermann, während sie sich an Greta lehnte. Sie sah erschöpft aus.

„Es scheint so", erwiderte Dawkins. „Ms Sustermann, ich möchte mich für das Missgeschick in der U-Bahn entschuldigen. Aber ich bin sehr froh, dass Sie jetzt wieder bei Ihrer Tochter sind."

Der Kater neben mir streckte sich und zitterte am ganzen Leib, dann drehte er den Kopf hin und her.

„Eine Zeit lang habe ich gedacht, dass wir es nicht schaffen würden", sagte Greta. „Dafür habe ich jetzt fast das Gefühl, als wäre es viel zu einfach gewesen."

Grendel ließ ein langes Maunzen hören, gefolgt von mehreren kurzen, schrillen Quieklauten.

„Was ist denn mit Grendel los?" Greta wollte ihn streicheln. „Alles okay, Süßer?"

Der Kater wurde ruhig und riss dann das Maul weit auf. „*Haaaaaaaaaaaaaaaaaaaa*", machte er. „Ha*! Ha!* HA!" Er glitt mit seinen Lauten die Tonleiter hinauf und wieder hinunter, als wollte er ein neues Instrument ausprobieren. „Zu *einfach?* Wie kommst du denn darauf? Ha! Ha!"

Die Katze im Sack

„Grendel?" Greta wich ein Stück zurück.

Der Kater drehte sich zu ihr um, fletschte die Zähne und gab ein Geräusch von sich, das halb Miauen und halb Lachen war. Dann machte er sich sprungbereit und visierte Diz' Hinterkopf an.

„Das machst du ganz bestimmt nicht!", sagte ich und packte ihn am Nackenfell, als er gerade losspringen wollte.

Er fauchte, während ich ihn hochhob. „Ich werde grausame Rache üben – und mit dir, Evelyn Strongheart, fange ich an."

„Sicher", erwiderte ich und packte noch fester zu, während er mit seinen Krallen nach mir schlug.

„Dein Vater kann dich jetzt nicht mehr beschützen", sagte der Kater in seinem jaulenden Singsang. „Nicht nachdem ich euch alle an Evangeline Birk ausgeliefert habe!"

„Er hätte mir sowieso nicht geholfen", erwiderte ich, während ich einen kurzen Blick mit Dawkins wechselte.

„Birk wird mich zum neuen Haupt machen!", kreischte der Kater.

„Ach, du Schreck, du bist das!", sagte Dawkins und zog die Augenbrauen hoch. „Die geheimnisvolle Hand, die zu schüchtern ist, um sich öffentlich zu zeigen!"

Also darum war der Kater so steif geworden und hatte sich so seltsam benommen: Die Hand hatte sich in seinem Bewusstsein eingenistet.

Grendel verengte die Augen zu schmalen Schlitzen. „Ich bin keineswegs schüchtern, du todgeweihter Wächter des Lichts. Ich bin die personifizierte Gerissenheit."

„Also, wenn schon, dann ‚katzifiziert', oder?", gab Dawkins zurück.

„Ich kann überall sein! Ihr seht mich nicht kommen, weil ich euch von allen Seiten umgebe."

„Ja, ja, kennen wir schon – du bist Legion, bla, bla, bla." Dawkins streckte die Hand aus und hielt dem Kater das Maul zu. „Du solltest nicht so viel quasseln. Das schmälert die Wirkung."

Die Katze knurrte.

„Das ist also die besondere Gabe, die die Sinistra Negra dir verliehen hat. Dass du dich in hirnlose Sinistra-Drohnen und gelegentlich mal ein kleines Säugetier einnisten kannst? Wie armselig ist das denn?"

Er ließ den Kater los und der blaffte sofort los: „Halt die Klappe. Wenn Birk dich in die Finger bekommt ..."

„Dazu muss sie uns erst mal finden", unterbrach ihn Dawkins. Dann nahm er dem Kater das Halsband ab und drückte es Greta in die Hand. „Bitte, wirf das zum Fenster raus. Diz, wir brauchen was, womit wir …"

„Unterm Sitz", sagte sie.

Dawkins zog einen pinkfarbenen Nylon-Sportbeutel hervor, machte den Reißverschluss auf und streckte ihn mir mit der Öffnung entgegen. „Ronan, stopf die kleine Bestie da rein."

Ich hielt den Kater fest gepackt, während Dawkins den Reißverschluss wieder zuzog, und ließ ihn erst im letzten Moment los. Der Beutel schien zu explodieren, als der Kater wie wild um sich schlug und kreischend und jaulend nach einem Ausweg suchte.

Diz fuhr kurz an den Straßenrand und Dawkins stieg aus, ging zum Heck des Wagens und warf den Beutel in den Kofferraum.

Als er wieder eingestiegen war, strich er sich die Haare glatt. „Tut mir leid wegen Ihrer Katze, Ms Sustermann, aber wir konnten nicht zulassen, dass das Vieh mitbekommt, wohin wir fahren."

Ich konnte den Kater immer noch maunzen und jaulen hören, aber so gedämpft, dass es auszuhalten war.

Ms Sustermann hatte sich umgedreht und starrte zum Heckfenster hinaus. „Ist schon gut. Was immer das war, es war bestimmt nicht Grendel." Sie wandte sich an Greta. „Schätzchen, was ist hier eigentlich los?"

„Bald, Mom, bald erzähle ich dir alles. Versprochen."

„Hallo?" Sammys Stimme drang aus der Bluetooth-Halskette. „Wisst ihr noch, wer ich bin?"

„Hallo, Sammy", sagte ich. „Danke für deine Hilfe."

„Keine Ursache. Ich bin froh, dass ihr mich endlich abholen kommt. So langsam wird mir hier unten nämlich unheimlich."

„Wir fahren schon wieder in diese verschimmelte U-Bahn-Station?", stöhnte Greta.

„Nein", erwiderte Dawkins. „Dort ist es zu unsicher. Wir kehren zu unserem ursprünglichen Plan zurück: Agathas Penthouse im Montana. Wir verstecken uns dort, schwelgen in unvorstellbarem Luxus und warten auf die anderen Wächter. Und wenn der Kater sich nicht benimmt, verfüttern wir ihn an die vier Dobermänner der Apokalypse."

„Auf gar keinen Fall!", protestierte Greta. „Wahrscheinlich ist Grendel immer noch irgendwo da drin."

„Ich mach doch bloß Spaß", beruhigte Dawkins sie. „Sobald wir den Kater von seinem Gast der Sinistra Negra befreit haben, ist er wieder ganz der Alte."

Nachdem wir zunächst Richtung Süden gefahren waren, hatte Diz das Taxi mit ein paar scharfen Kurven auf der Madison Avenue in nördliche Richtung gelenkt. „Wir nehmen die Strecke durch den Central Park, dann sind wir im Nullkommanichts da", sagte sie.

„Ihr lasst mich einfach hier?", sagte Sammy. „Ihr seid ja so was von eiskalt."

„Nur noch ein kleines bisschen", versprach Diz. „Ich setze die anderen ab und dann komme ich sofort zu dir."

Bis auf die Katze im Kofferraum waren jetzt alle still.

Dann sagte Dawkins: „Ms Sustermann, können Sie uns vielleicht sagen, wie es dort ausgesehen hat, wo man Sie gefangen gehalten hat? Haben Sie einen der Entführer gesehen? Wie viele waren es?"

Gretas Mom gab uns eine kurze Zusammenfassung ihrer Entführung aus der U-Bahn. Man hatte ihr die Augen verbunden und sie in einen Lieferwagen gesteckt.

„Aber Sie haben gesehen, dass es ein Lieferwagen war?", wollte Dawkins wissen.

„Erst eine Stunde später, nachdem sie angehalten und mir die Binde abgenommen hatten. Wir befanden uns in einem riesigen Raum."

„So groß wie ein Stadion?", hakte Dawkins nach.

„Nein, das nicht, aber wahnsinnig hoch ... bestimmt an die zwanzig Meter", berichtete Ms Sustermann. „Es waren alte Backsteinmauern, jedenfalls das, was ich davon sehen konnte. Und überall standen riesige Stapel aus Holzkisten herum. Und Rollwagen mit elektronischen Geräten."

„Zum Beispiel?", fragte Dawkins.

„Ich hab's ja nicht so mit Technik." Ms Sustermann zuckte die Schultern. „Ich kann euch wirklich nicht sagen, was das alles war. Das Einzige, was ich erkennen konnte, war ein Defibrillator auf einem kleinen Notfallwagen. Das fand ich merkwürdig."

Ungefähr zehn Minuten nach ihrer Ankunft, so erzählte sie weiter, war mein Dad durch eine Doppeltür aus Metall eingetreten und hatte sich darüber beklagt, dass irgendjemand, mit dem er verabredet war, nicht aufgetaucht sei, aber dass das auch egal sei, da er auf jeden Fall dafür sorgen wolle, dass das richtige Päckchen abgeliefert wurde.

„Was hat er denn damit gemeint?", fragte sie Dawkins. „Was für ein Päckchen?"

„Damit ist das sogenannte Damaskoskop gemeint." Greta verzog das Gesicht und rang die Hände. „Es ist ziemlich kompliziert, aber ich verspreche dir, dass Dad dir alles erklären kann."

„Greta hat recht, wie immer", sagte Dawkins und blickte starr geradeaus, damit Greta sein Gesicht nicht sehen konnte.

„Mr Strongheart ist … er ist ein böser Mensch, Mom", fuhr Greta fort.

Ms Sustermann lachte. „Ach, das weiß ich doch schon, seitdem er in unsere Nachbarschaft gezogen ist." Dann wandte sie sich zu mir und fügte hinzu: „Tut mir leid, Ronan, aber ich konnte deinen Vater noch nie leiden."

„Ist schon in Ordnung", erwiderte ich. „Ich kann ihn auch nicht leiden."

Ms Sustermann drückte mir sanft die Schulter, dann fuhr sie fort: „Danach ist er losgegangen, um, wie er sagte, ‚etwas zu besorgen'. Er hat zwei Männer zurückgelassen, die mich umbringen sollten, falls ich mich nicht anständig benehme."

„*Etwas besorgen*", sagte Dawkins gedankenverloren.

Wir waren irgendwann in die 85th Street abgebogen, die durch den Central Park führte. Jetzt sah ich, wie Diz das Taxi auf die Central Park West lenkte.

„Jedenfalls hat das mehrere Stunden gedauert. Als er zurück war, haben seine Gorillas mich wieder in den Sack gesteckt und in den Lieferwagen gelegt. Dann waren wir auch schon am Times Square, wo ihr mich befreit habt." Sie lächelte Diz im Rückspiegel an. „Vielen Dank, übrigens."

Greta flüsterte: „Es tut mir so leid, dass du das alles durchmachen musstest, Mom."

„Ist schon okay", erwiderte Ms Sustermann. „Ehrlich gesagt, war es das Interessanteste, was ich in den letzten Monaten erlebt habe. Und es war die ganze Aufregung wert, weil ich jetzt ja wieder bei dir bin."

So ging es dann weiter, und ich bemühte mich sehr, nicht zuzuhören, doch das war gar nicht so einfach, weil ich so dicht neben ihnen saß. Ich hätte mich eigentlich für die beiden freuen müssen, aber ich empfand nichts als Traurigkeit. Greta wusste es zwar noch nicht, aber ihre Familie war ein für alle Mal zerstört. Ihr Dad würde Ms Sustermann die Wahrheit sagen müssen – die Wahrheit, die Greta nicht kannte und die sie niemals erfahren durfte: nämlich dass sie eine von sechsunddreißig reinen Seelen auf dieser Welt war und dass eine ganze Organisation nur auf das eine Ziel hinarbeitete – nämlich, sie zu töten.

Aus diesem Grund würde Ms Sustermann sich in Zukunft jedes Mal, wenn sie ihre Tochter ansah, schreckliche Sorgen um sie machen. Sie würde nie wieder darauf vertrauen können, dass ihre Tochter auf dieser Welt in Sicherheit war. Alles, was Greta sich vom Leben erhoffte, war eine intakte Familie, nur hatte sie leider das Pech gehabt, als Reine geboren zu werden.

Das ist doch nicht fair.

„Was ist nicht fair?", wollte Greta wissen.

„Hä?", erwiderte ich.

„Du hast gesagt ‚Das ist doch nicht fair.' Wie hast du das gemeint?"

„Dass mein Dad … dass er versucht hat, deine Familie zu zerstören. Das finde ich schrecklich."

Sie lächelte mich an. „Aber er hat es ja nicht geschafft. Und ab jetzt habe ich meine Mom *und* meinen Dad in meiner Nähe. Also müsste ich ihm streng genommen sogar dankbar sein."

„So weit würde ich nicht gehen, Greta", rief Dawkins nach hinten. „Aber wir haben bestimmt bald Gelegenheit, in aller Ruhe darüber zu sprechen. Wir sind nämlich da." Er griff nach seinem Machetengürtel und stieg aus. „Ich hole mal die Bestie aus dem Kofferraum."

Das Montana war ein riesiges hundert Jahre altes Apartmenthaus in der 72nd Street, direkt am Central Park. Es war dreizehn oder vierzehn Stockwerke hoch und nahm einen halben Block ein. Ein kleiner, spitzer Turm thronte auf jeder Ecke des Daches.

Dawkins beugte sich mit dem zappelnden Sportbeutel im Arm durch das geöffnete Fenster ins Taxi. „Ruf an, wenn irgendwas merkwürdig wird", sagte er.

„Noch merkwürdiger, meinst du wohl", korrigierte ihn Diz und fuhr los.

„Welche Uhrzeit haben wir eigentlich?", wollte Ms Sustermann unter Gähnen wissen.

„Eine Zeit, um zu sterben", maunzte es aus dem Beutel. Dawkins schüttelte ihn kräftig. „Klappe!", sagte er und blickte auf seine Armbanduhr. „Eine Viertelstunde nach Mitternacht. Genau der richtige Zeitpunkt für ein spätes Abendessen."

Die Haustür war nicht abgeschlossen, sodass wir die holzgetäfelte Eingangshalle betreten konnten. Über unseren Köpfen funkelte ein gigantischer Kronleuchter.

„Schick!", sagte Dawkins. „Aber wo ist der Portier?"

Auf dem Tresen neben der Tür stand ein abgenutztes, laminiertes Schild: *Bin in 10 min. wieder da.*

„Ich kenne Agathas Code", sagte Dawkins. „Wir müssen also nicht warten, bis der Bursche dem Ruf von Mutter Natur Folge geleistet hat." Er drückte auf die Fahrstuhltaste, und die gut geölten Türen glitten lautlos auseinander. Dann gab er den Code für das südliche Penthouse ein, und die Türen schlossen sich leise wieder. Einen Augenblick später merkte ich, wie wir uns in Bewegung setzten.

„Ich hätte nicht gedacht, dass wir das jemals schaffen würden", gab ich zu.

„Tut mir leid, dass ich aus der U-Bahn-Station abgehauen bin", sagte Greta. „Das war nicht nett von mir."

„Letztendlich hat ja alles geklappt", erwiderte ich.

„Ms Sustermann", setzte Dawkins an. „Es gibt viel zu erzählen, und das meiste wird einigermaßen unglaubwürdig klingen. Aber wenn es Ihnen nichts ausmacht, noch ein klein wenig länger zu warten … Gaspar, Ihr Mann, müsste am Morgen hier eintreffen. Er kann Ihnen alles erklären. Bis dahin sollten wir uns dringend ausruhen, und ich brauche in der Zwischenzeit unglaublich viel zu essen."

„Solange ich mit Greta zusammen bin", sagte Ms Sustermann, „kann ich gerne noch länger warten. Ich bin mir sicher, dass es eine total verrückte, ausgeflipp…" Sie unterbrach sich mitten im Wort.

Die Fahrstuhltüren hatten sich, begleitet von einem leisen *Bong!*, geöffnet. Vor ihnen lag ein dunkler Flur.

„Wieso ist es da so dunkel?", fragte sie.

„Hello darkness, my old friend", kreischte der Kater.

Dawkins schüttelte den Beutel noch einmal kräftig durch und drückte ihn dann Ms Sustermann in die Arme. „Sorgen Sie bitte dafür, dass das Ding leise ist."

Im Lichtschein, der aus dem Fahrstuhl drang, konnten wir zumindest ein Stück des Flurs erkennen. Vor uns befand sich eine grüne Marmorwand, und davor stand ein langer, schmaler Tisch mit drei Metalltöpfen voller großer, blühender Pflanzen.

Irgendwie kam mir das alles bekannt vor. „Waren wir hier schon mal?", flüsterte ich den anderen zu.

„Nur wenn du mit einem Film- oder Fernsehstar befreundet wärst", gab Dawkins zurück und zückte seine Machete.

„Fernsehen", sagte ich. „Genau. Die Wand da habe ich hinter meinem Dad gesehen, als ich mit ihm geskypt habe."

„Aha." Dawkins legte den Finger an die Lippen und schlich auf Zehenspitzen in den Flur.

Ich hatte zwar keine eigene Waffe dabei, ging ihm aber ebenfalls auf Zehenspitzen hinterher und nahm einen der schweren

Messingkübel vom Tisch. Dann kippte ich die Erde zusammen mit der irgendwie unheimlich aussehenden Pflanze einfach auf den Fußboden und legte mir den Blumentopf wurfbereit auf die Schulter.

Vor der Wohnungstür bedeutete Dawkins mir, mich auf die eine Seite neben den Türrahmen zu stellen. Er nahm die andere. Dann stupste er mit der Spitze seines Turnschuhs behutsam gegen die schwere Mahagonitür.

Sie schwang auf. Vor uns lag ein dunkles, stilles Apartment.

Messingvernichtungswaffen

Dawkins verschwand hinter der geöffneten Tür.

Ich wusste nicht so recht, ob ich ihm nachgehen sollte oder nicht. Schließlich hatte ich nur diesen Messingeimer bei mir. Aber die erste Lektion, die ich von Dawkins gelernt hatte, war, dass ein Wächter des Lichts alles zur Waffe machen kann, was ihm gerade in die Finger kommt. Also packte ich den hässlichen Topf mit beiden Händen und ging los.

In diesem Augenblick knipste irgendjemand das Licht an.

Fünf Meter von mir entfernt stand ein Sinistra-Negra-Agent. Die plötzliche Helligkeit zwang mich, die Augen zuzukneifen, aber um den Blumentopf zu werfen, brauchte ich nichts zu sehen.

Ich landete einen Volltreffer und der Agent fiel rückwärts auf eine schicke rote Couch-Bank oder wie man diese Dinger nennt. Er schleuderte die Beine in die Luft, rollte sich ab und kam mit einer blutenden Wunde auf der Stirn und wütendem Blick auf die Füße.

Mittlerweile hatte ich mir von einem Tisch neben der Tür einen weiteren Messingtopf geschnappt und verpasste ihm damit den nächsten Schlag.

Als er danach wieder auf die Beine kam, hatte ich bereits eine Skulptur in der Hand, die einen großen, sehr, sehr dünnen Menschen darstellte. Ich holte aus wie mit einem Baseballschläger und schaffte tatsächlich einen Home Run: Der Agent brach auf der Couch zusammen und blieb regungslos liegen.

„Gute Arbeit", sagte Greta von der Tür her.

„Greta!" Ich drehte mich zu ihr um. Sie hatte mit ihrer Mom, die immer noch den pinkfarbenen, zappelnden Turnbeutel in der Hand hielt, die Wohnung betreten. „Hier seid ihr nicht sicher! Wir wissen ja nicht einmal, wie viele von denen hier drin sind." Dann trat ich in etwas Glitschiges. Ich blickte nach unten: Blut.

„Aber ich bleibe auf keinen Fall da draußen sitzen und spiele das Burgfräulein in Not", sagte Greta, zog die Tür ins Schloss und verriegelte sie. „Schließlich haben die Wächter des Lichts mich genauso ausgebildet wie dich. Gib mir eine Waffe."

Der bewusstlose Kerl im Flur hatte ein Schwert. Ich zog es mit dem Fuß zu mir heran und schob es dann zu Greta hinüber. Danach nahm ich meinen Statuen-Baseballschläger noch etwas fester in die Hand und folgte der Blutspur, die um die nächste Ecke in ein riesiges Wohnzimmer führte. Zwei Sofas und mehrere Sessel waren um einen offenen Kamin herum gruppiert.

Davor stand Dawkins, und zu seinen Füßen lag ein kleiner muskulöser Anzugträger – eindeutig auch ein Sinistra-Negra-Agent. Er war bewusstlos.

Neben den beiden lag ein zusammengefalteter Teppich.

„Ich hab einen in dem anderen Zimmer drüben erledigt", sagte ich.

„Und ich hab dem da den Teppich unter den Füßen weggezogen", erwiderte Dawkins und tippte dem Mann mit der Machetenspitze auf die Brust. Dann sah er mich an. „Bitte, Ronan, leg diesen unbezahlbaren Modigliani beiseite und nimm stattdessen das da."

Ich stellte die Statue auf den Boden und fing das Schwert des Agenten, das Dawkins mir zuwarf, am Griff auf.

Er lächelte. „Du wirst immer besser. Jetzt lass uns mal nachsehen, ob sich noch jemand hier in der Wohnung versteckt hält."

Ich zeigte auf die schwarze, gusseiserne Treppe, die in das nächste Stockwerk führte. Dawkins schüttelte den Kopf. „Zuerst diese Etage." Doch die riesige Küche war genauso leer wie das Fernsehzimmer, das Esszimmer und die Badezimmer.

„Wahrscheinlich hat er Agatha entführt", sagte Dawkins. „Und nach dieser Blutspur zu urteilen, sind die Hunde nicht ganz freiwillig mitgekommen."

Doch als wir ins Wohnzimmer zurückkehrten, wurden wir nicht nur von Greta und ihrer Mom, sondern auch von Agatha und drei Dobermännern erwartet. Der vierte lag mit einem verbundenen Brustkorb auf der Couch.

„Oh, das ist ja mal ein erfreulicher Anblick!", rief Dawkins. Er hob Agatha hoch und umarmte sie, bevor er sich den Hunden zuwandte. „Was ist mit Pest passiert?"

„Als Mr Strongheart und seine drei Agenten in die Wohnung kamen, habe ich die Dobermänner gerufen und bin in meinen Schutzraum geflüchtet." Sie zeigte auf die Wand neben dem Kamin, wo eine Geheimtür aufgeklappt war. Sie war dreißig Zentimeter dick und aus massivem Stahl, außerdem wie ein Banktresor mit dicken Riegeln versehen. Hinter der Tür war ein Raum zu erkennen, ungefähr so groß wie ein Badezimmer. Darin standen ein Schaukelstuhl, ein Tisch und vier Monitore. „Die Hunde haben mir gehorcht, nur Pesti nicht. Er hat einen der Männer angegriffen und uns dadurch genügend Zeit verschafft, sodass wir die Schutzraumtür öffnen und hineinschlüpfen konnten. Dann habe ich ihn noch mal gerufen. Diesmal ist er sofort gekommen, aber einer der Agenten hat ihm einen Schwerthieb verpasst."

„Braver Hund", flüsterte Dawkins, kniete sich neben den Hund und strich ihm über die Schnauze.

„Da hast du aber wirklich Glück gehabt, mein Kind", sagte Ms Sustermann. „Wo sind denn deine Eltern?"

Es dauerte eine Sekunde, bis ich begriffen hatte, dass sie Agatha meinte.

„Das ist eine lange Geschichte", erwiderte Agatha mit gerunzelter Stirn. „Und wer sind Sie?"

„Das ist meine Mom", sagte Greta.

„Ach so. Ihr habt sie also gefunden." Agatha kraulte Pest hinter dem Ohr. „Ich habe ihn verarztet, so gut es ging. Im Schutzraum gibt es auch einen Erste-Hilfe-Kasten."

„Aber kein Telefon?", fragte Dawkins.

„Ist noch nicht installiert", erwiderte Agatha. „Ich habe die Wohnung erst seit einem halben Jahr, deshalb sind noch nicht alle Umbauarbeiten erledigt." Sie ließ den Blick zum Kamin wandern und ich sah etwas, was mir vorhin nicht aufgefallen war: An der Wand war eine kleine Halbkugel aus schwarzem Glas befestigt. „Aber die Überwachungskameras sind schon angeschlossen, weshalb ich zuschauen und zuhören konnte, wie Strongheart durch die Wohnung geschlendert ist. Dabei hat er ständig *Mackie Messer* vor sich hin gepfiffen."

„Das macht er jedes Mal", sagte ich. Wenn mein Dad angestrengt nachdenkt, dann pfeift er immer dabei.

„Es war absolut nervtötend", fuhr sie fort. „Zuerst hat er beide Stockwerke durchsucht und dann ist er wieder hierhergekommen und hat in die Kamera gestarrt."

„Aber dieses unbezahlbare Kunstwerk hat er hier gelassen!", bemerkte Ms Sustermann. „Was hat er denn gesucht, um Himmels willen?"

„Uns", erwiderte ich. „Er sucht *uns*."

„Er hat mir erklärt, dass er nicht hinter mir her ist", sagte Agatha, „und dass er gar nichts dagegen hat, wenn ich in meinem Schutzraum sitze und ihm zusehe. Dann hätte er nämlich Publikum, wenn er Evangeline Birk die Trophäe übergibt."

„Von dieser Frau hat Grendel auch gesprochen", sagte Ms Sustermann. „Und Strongheart auch."

„Das heißt, dass sie hierherkommen will", sagte ich und sah mich unwillkürlich um, als könnte sie womöglich schon hier sein. „Wir müssen sofort von hier verschwinden!"

Der pinkfarbene Beutel in Ms Sustermanns Armen wand sich hin und her. „Die Glorreiche ist auf dem Weg! Ihr könnt nicht mehr fliehen. Gebt auf, gebt auf!"

„Verzeihung", sagte Dawkins und nahm Ms Sustermann den Beutel ab. Dann nahm er drei Schritte Anlauf, holte aus und ließ den Beutel wie eine Bowlingkugel über den Fußboden schlittern. Laut kreischend verschwand der Kater im Nachbarzimmer. „Damit wir wenigstens ein bisschen Privatsphäre haben."

„Der arme Grendel", sagte Greta.

„Agatha, wie viele Leute passen in deinen Schutzraum?" Dawkins stellte sich an den Eingang. „Der sieht ja winzig aus."

„Zwei oder drei vielleicht? Aber dann müsste ich die Hunde …"

„Ms Sustermann." Dawkins winkte sie zu sich. „Sie müssen hier bei unserer Freundin Agatha bleiben, solange wir auf Hilfe warten."

„Bei dem kleinen Mädchen?" Mit fragender Miene betrat Ms Sustermann den Schutzraum. „Greta und ich passen gerne auf sie auf."

Agatha trug auch Pest in den Raum, setzte sich auf ihren Sessel und nahm den Hund auf ihren Schoß. Die drei anderen kamen gehorsam hinterhergetrottet.

„Sie, Agatha und die Hunde sind hier drin in Sicherheit, so

lange, bis Ihr Mann und unsere Freunde eintreffen. Es kann nicht mehr lange dauern, höchstens noch ein, zwei Stunden."

„Aber Greta ...", fing Ms Sustermann an, die wieder nach draußen kommen wollte.

„Sie begleitet mich und Ronan", fiel Dawkins ihr ins Wort und versperrte ihr den Weg. „Wir können sehr gut aufeinander aufpassen, aber eben nur dann, wenn wir sicher sein können, dass Sie außer Gefahr sind."

„Bitte, Mom. Zu dritt können wir noch fliehen, aber mit dir zusammen würde es schwierig werden. Dir wird da drin nichts passieren." Sie nahm ihre Mutter in den Arm. „Wir suchen uns ein Versteck, wo wir auf Hilfe warten können."

„Das gefällt mir ganz und gar nicht", entgegnete Ms Sustermann. „Alles, was heute Abend passiert ist, gefällt mir nicht."

„Ich weiß", sagte Greta und drückte ihr Gesicht an die Schulter ihrer Mom. „Aber so wird es nicht ewig weitergehen, das verspreche ich dir."

Auch wenn es in Wirklichkeit eben doch ewig so weitergehen würde, nicht wahr? Ich wandte mich ab.

„Ich verstehe zwar überhaupt nichts mehr, aber ... nun ja, ich vertraue dir." Ms Sustermann gesellte sich zu Agatha und den Hunden, die es sich zu Agathas Füßen bequem gemacht hatten. „Hier ist es wirklich gemütlich", sagte sie.

Dawkins drückte die schwere Tür ins Schloss und hielt sie fest, während von innen ein Bolzen nach dem anderen vorgeschoben wurde. Als er sie dann losließ, war in der Wand nicht die Spur eines Spalts zu erkennen.

Wir machten uns auf den Weg zur Wohnungstür.

„Sammy", sagte ich in die Bluetooth-Halskette. „Hast du alles mitgekriegt?"

Keine Reaktion.

„Sammy? Bist du noch da?"

„Wahrscheinlich sitzt er schon bei Diz im Taxi", sagte Greta. „Und ist auf dem Weg hierher."

„Am besten, wir sehen zu, dass wir hier rauskommen", sagte Dawkins. „Wir rufen Diz an und treffen uns unten auf der Straße."

Der pinkfarbene Turnbeutel war neben dem Bewusstlosen in der Türöffnung liegen geblieben.

Dawkins betrachtete erst den reglosen Mann, dann die Blumenvase und den Messingtopf, womit ich ihn niedergeschlagen hatte. „Du hast ihn mit Haushaltsgegenständen angegriffen?"

„Irgendjemand hat mir mal beigebracht, dass ein Wächter des Lichts praktisch alles zur Waffe machen kann", sagte ich achselzuckend.

„Offensichtlich ein ziemlich weiser Jemand, dazu noch verwegen und gut aussehend", erwiderte Dawkins, der gerade die Wohnungstür aufmachen wollte.

Doch bevor er die Hand auf die Klinke legen konnte, bewegte sie sich.

Wir blieben alle drei wie angewurzelt stehen und starrten sie an.

Die Klinke wurde ganz nach unten gedrückt, und dann versuchte jemand, die Tür von außen zu öffnen. Sie ging nur deshalb nicht auf, weil Greta und ihre Mom den Sicherungsriegel vorgelegt hatten.

„Können das Sammy und Diz sein?", flüsterte Greta.

„Die kennen den Code für den Fahrstuhl nicht", entgegnete Dawkins.

„Vielleicht gehen sie ja wieder weg, wenn sie nicht weiterkommen", flüsterte ich.

Dawkins verdrehte die Augen. „Zurück, aber gaaaanz leise."

Wir hatten zwei große Schritte gemacht, als jemand anfing, kräftig von außen an die Tür zu pochen.

„Niederbrennen", befahl eine Frauenstimme.

Die Antwort kam aus dem Turnbeutel, der hinter uns auf dem Boden lag.

„*Hier drin!*", rief der Kater. „*Sie sind hier drin! Birrrrrrrrrrrrrk!*"

Eine Rutschpartie

„Birk! Birk! Birk! Birk!", rief der Kater.

„Nach oben!", zischte Dawkins und zeigte mit der Machete auf die gusseiserne Wendeltreppe. Wir rannten schon los, als er sich schnell noch den Turnbeutel schnappte.

„Wieso denn das?", fragte ich ihn.

„Die Katze weiß zu viel – sie könnte ihnen verraten, wo Agatha sich versteckt hält", antwortete Dawkins.

Wir kamen in ein großes Wohnzimmer, das an drei Seiten hohe, schräg stehende Fenster besaß.

Ich wollte gerade auf den hinteren Flur zusteuern, als Dawkins sagte: „Dahinten gibt es bestimmt nur Schlafzimmer. Wir nehmen diesen Weg." Er öffnete eine Glastür. Sofort blies uns ein kalter Wind um die Nase, und die hauchdünnen Gardinen fingen an, wie Luftschlangen zu flattern.

Agatha bewohnte die beiden oberen Stockwerke des spitzen

Südturms in dem Gebäude. Vom Balkon aus hatte man freie Sicht auf den Central Park, ein riesiges dunkles Gelände, das von wenigen beleuchteten Streifen – den Straßen und Fußwegen – durchzogen wurde. Direkt unterhalb des Balkons kam das steil abfallende Dach des Türmchens und jenseits der Dachkante, vierzehn Stockwerke tiefer, die Straße.

„Da kommen wir nicht weiter", sagte Greta.

„Sieht nicht so aus", pflichtete ich ihr nach einem Blick über ihre Schulter bei. Ich hielt mich so krampfhaft am Türrahmen fest, dass mir die Finger wehtaten.

„Keine Sorge, Ronan", sagte Dawkins, der zurück in die Wohnung trat. „Ich habe nicht vor, dich vom Balkon zu schubsen."

Dann ging er nach links und machte die nächste Glastür auf. Er betrat den Nachbarbalkon und sagte: „Perfekt! Zwischen unserem Turm und dem im Norden liegt das Flachdach. Wenn wir bis dahin kommen, können wir über die Feuerleiter runter zur Straße klettern und uns im Park verstecken."

„Aber wie sollen wir es bis auf das Flachdach schaffen?", fragte ich. „Wir sind schließlich hier oben, und bis dort unten ist es ganz schön weit."

Er antwortete mir nicht, sondern bückte sich nur und griff nach dem Turnbeutel.

„Birk!", röchelte der Kater. „Birkel-di-Birk-Birk!"

Dawkins lächelte. „Von unserer Dachkante bis zum Flachdach dürften es ungefähr anderthalb Stockwerke sein. Wir hüpfen einfach über das Balkongeländer, rutschen über die Dachziegel nach unten, halten uns an der Dachrinne fest und klettern dann vorsichtig in die Tiefe."

Ich machte einen Rückwärtsschritt und stand wieder im Zimmer. „Das klingt aber gar nicht gut."

„Es wird höchste Zeit, dass du diese neumodische Höhenangst wieder loswirst, Ronan." Er nahm den pinkfarbenen Turnbeutel. „Die Katze ist unser Versuchsballon", sagte er, hob den Beutel über die Balkonbrüstung und legte ihn auf das schräg geneigte Dach.

Der Beutel rutschte schnell bis zum Rand des Turmdachs und verschwand aus unserem Blickfeld. Das empörte Kreischen war kaum noch zu hören.

„Sieht doch gut aus", meinte Dawkins und nahm Greta bei der Hand. Dann streckte er die andere Hand nach mir aus, aber ich wich noch weiter zurück. „Ronan, jetzt mach schon!"

Aus der unteren Etage des Apartments drangen jetzt Geräusche nach oben – splitterndes Holz, eine eingetretene Tür vielleicht. Tod und Vernichtung rückten immer näher. Ich drehte mich um.

Genau in diesem Augenblick setzte Dawkins zum Sprung an, rammte mir die linke Schulter in den Magen und hob mich dann einfach hoch.

„Du hast doch gesagt, dass du mich nicht zum Fenster rauswirfst!"

„Pscht!", erwiderte er und schwang das rechte Bein über das Geländer. „Das war offensichtlich gelogen."

Auf dieser Seite des Gebäudes blies der Wind stärker, jedenfalls zerrte er gehörig an uns, während Dawkins auch noch das zweite Bein über die Brüstung schwang – er stand jetzt auf der falschen Seite.

Ich lag über seiner Schulter und hatte durch die geöffnete Balkontür freie Sicht ins Innere des Apartments. Bisher war noch niemand die Treppe heraufgekommen. Vielleicht hatten sie die Wohnungstür ja gar nicht aufgebrochen. Vielleicht konnten wir uns immer noch irgendwo da drin verstecken. „Es ist nicht zu spät. Wir können noch umkehren."

„Greta? Nimm meine Hand", sagte Dawkins. „Bei drei. Eins …"

Sie kletterte über das Geländer und stand dann neben uns. Der Wind fuhr ihr durch die roten Haare. Sie griff mit ihrer rechten Hand nach Dawkins' linker. „Tut mir leid, Ronan."

„Zwei …"

„Wieso musst du eigentlich immer *mich* tragen?", sagte ich, als Dawkins bei *drei* angelangt war und die beiden vom Balkon auf die Dachschräge hüpften.

Wir waren viel schneller als die Katze im Turnbeutel.

Vielleicht war der Wind schuld daran, vielleicht auch der steile Winkel des Turmdachs oder die eklig schmierige Schleimschicht, die auf den Dachziegeln lag, jedenfalls rasten wir in einem Affenzahn abwärts. Ich sah die hellen Lichter des Balkonfensters hinter mir kleiner werden, genau wie das Gesicht meines Vaters in meinem Traum.

„Zu schnell", presste ich hervor.

„Wir sind viel zu schnell!" Das war Greta.

„Ich bremse mal ein bisschen", sagte Dawkins, streckte die Beine seitlich aus und drehte sich auf den Bauch. Dabei rutschte ich von seiner Schulter, prallte mit dem Rücken auf das harte Dach und rollte über Dawkins hinweg.

Wahrscheinlich gibt es hundert Möglichkeiten, wie man sich bei so einer Rutschpartie irgendwie abbremsen kann, aber mir fiel gerade keine einzige ein. Ich schnappte nur nach Luft, kniff die Augen zusammen und wartete auf den sicheren Tod.

Und dann packte Dawkins mich mit einer Hand am Gürtel. Ruckartig wurde mein Sturz gebremst. Er zog, riss mich herum und griff mit seiner freien Hand nach meiner.

„Ich hab dich, Ronan!", rief er. Jetzt schlitterten er mit dem Kopf und ich mit dem Hintern voraus abwärts, was das Ganze irgendwie noch schlimmer machte als zuvor.

„Das Dach ist gleich zu Ende!", brüllte ich.

Und plötzlich war da ein Schornstein, eine dicke, schwarze Säule, die ich in der Dunkelheit nicht bemerkt hatte, bis Dawkins mit der Schulter dagegenkrachte. Ein lautes *Knack!* ertönte, und dann das Ächzen von verbogenem Metall, doch er hielt mich und Greta trotzdem fest und bremste unseren Sturz damit weiter ab.

„Was war denn das für ein Knacken?", erkundigte sich Greta.

„Wahrscheinlich das Schlüsselbein", erwiderte Dawkins ein wenig außer Atem.

Ich rutschte immer weiter abwärts, wenn auch viel langsamer. „Danke", flüsterte ich. „Du hast mir das …"

Und dann: Leere. Meine Füße und der Großteil meiner Beine ragten über die Dachkante ins Nichts.

„Ich hänge in der Luft!", brüllte ich.

„Pscht", machte Dawkins. „Wir sollten leise sein, damit sie nicht von dort oben nach uns Ausschau halten. Wir bleiben jetzt einfach so lange hier, bis die Gefahr vorbei ist."

Ich presste meine Wange an die schmutzigen Dachziegel und hielt den Blick starr auf den Balkon gerichtet. Er war hell erleuchtet und weit entfernt. Von dort oben waren wir nicht mehr als ein dunkler Fleck auf einem noch dunkleren Dach. Wahrscheinlich würden sie uns gar nicht sehen.

Aber das spielte sowieso keine Rolle. Jeden Moment würden unsere Freunde eintreffen.

„Wir müssen aber weiter", sagte ich, obwohl mir bei der Vorstellung richtig schlecht wurde. Aber wenn ich nichts gesagt hätte, hätte ich mich noch schlechter gefühlt, das war klar. „Wir müssen Diz und Sammy warnen."

Dawkins stieß einen Schmerzenslaut aus und erwiderte: „Okay. Ja. Ihr beiden spielt jetzt Seestern. Breitet die Arme und Beine aus und klammert euch an das Dach, so fest ihr könnt – als wäre es eine riesengroße Pizza, in die ihr euch unsterblich verliebt habt."

Ganz langsam spreizte Greta ihre Arme und Beine und ließ Dawkins' Hand los. Sie rutschte nicht ab. „Alles okay."

„He, ich hänge aber schon halb über der Kante", sagte ich. „Wenn ich mich zu stark bewege, verliere ich womöglich das Gleichgewicht."

„Keine Sorge, ich halte dich fest", sagte Dawkins. „Versuch mal, ob du mit einem Fuß irgendwo einen festen Halt finden kannst."

Ich machte die Augen zu, holte tief Luft und schwang vorsichtig mein rechtes Bein hin und her, bis ich …

„Da ist eine Regenrinne unterhalb der Dachkante", sagte ich.

„Die ist nicht stabil genug", erwiderte Dawkins. „Aber probier's direkt darunter. Ist da vielleicht irgendwo ein Abflussrohr? Das Haus stammt noch aus einer Zeit, wo sie die Dinger richtig stabil gebaut haben."

Ich tastete mit dem rechten Fuß an der Unterseite der Regenrinne entlang – nichts –, zog das Bein wieder nach oben und tastete mit dem linken Fuß die andere Seite ab. Da stieß ich an etwas Hartes.

„Ich hab was gefunden. Unter Greta. Das könnte ein Abflussrohr sein."

„Also gut, der Plan sieht folgendermaßen aus", sagte Dawkins und rutschte ein Stückchen näher. „Ronan, ich ziehe dich wieder aufs Dach herauf. Dann rutsche ich am Abflussrohr entlang nach unten auf das Flachdach. Anschließend gebe ich euch von unten Kommandos, sodass ihr auch runterrutschen könnt, und falls ihr doch abstürzt, fange ich euch auf."

„*Das* ist dein Plan?", fragte ich ihn.

Ohne eine Antwort zu geben, fing Dawkins an, mich nach oben zu ziehen. Er brauchte dazu all seine Kraft, doch am Ende spürte ich harte Dachziegel unter meinen Fußsohlen. „Seestern, Ronan."

Ich breitete Arme und Beine aus und drückte mich an das Dach.

„Jetzt kannst du loslassen", sagte ich.

„Hab ich doch schon vor einer Minute gemacht, Ronan", erwiderte Dawkins. „Du hast es bloß nicht gemerkt."

Dann rutschte er auf dem Bauch an mir vorbei. „Ich hab das Rohr gefunden – genau da, wo du gesagt hast, Ronan. Aber ich glaube, das brauchen wir gar nicht. Direkt unten am Turm steht eine riesige Klimaanlage, wir müssen uns höchstens vier Meter tief fallen lassen."

Er wälzte sich über die Kante, und dann war ein lauter Aufprall zu hören.

Eine Sekunde später räusperte er sich und sagte: „Das war ja einfach! Na, kommt schon. Ich fange euch auf, versprochen."

„Meinst du, du schaffst das?", erkundigte sich Greta.

„Auf jeden Fall", sagte ich und holte tief Luft. „Oder, na ja, zumindest *wahrscheinlich*."

„Okay." Sie schob sich über die Dachkante und ließ sich mithilfe der Regenrinne behutsam nach unten gleiten. „Das ist wie beim Turnen", sagte sie. „Du hast doch auch mal geturnt, Ronan, oder?" Und dann war sie verschwunden.

Dawkins stöhnte. „Du bist dran, Ronan."

Ich machte es Greta nach, hielt mich an der Dachrinne fest, glitt vorsichtig über die Kante und ließ los.

Dawkins fing mich auf und landete dabei auf seinem Hintern. „Sehr gut gemacht, ihr beiden", sagte er. „Und jetzt müssen wir unsere Freunde warnen."

Die Klimaanlage war so groß wie ein Wohnmobil und verfügte auch wie ein Wohnmobil über angeschweißte Trittstufen. Der Abstieg auf die Dachpappe des Flachdachs war ein Kinderspiel.

Ein paar Meter von uns entfernt ertönte jetzt ein lang gezogenes, trauriges Miauen.

Dawkins hob den Turnbeutel hoch, öffnete ihn und holte Grendel heraus. „Diese wahnsinnige Hand hat den armen Kater wohl wieder verlassen. Tut mir leid, dass du das alles mitmachen musstest, Miezi", sagte er und kraulte ihm den Kopf. Dann steckte er ihn behutsam wieder in den Beutel. „Wir bringen dich jetzt in Sicherheit und spendieren dir dann eine schöne Dose Thunfisch."

Greta fuchtelte mit ihrem Handy herum. „Sammy meldet sich nicht! Warum meldet er sich nicht?" Sie legte den Finger auf das Display. „Ich probier's mal bei meinem Dad."

„Meine Mom", sagte ich. „Sie sind doch auf dem Weg hierher, oder? Wir müssen sie warnen."

„Alles zu seiner Zeit." Dawkins steuerte bereits auf die Feuerleiter zu. „Zuerst müssen wir sicher auf die Straße kommen."

Greta ging voraus. Die Eisenleiter dröhnte leise unter ihren Füßen.

Ich wollte ihr gerade hinterherklettern, als ich einen Schrei in unserem Rücken hörte. Einen Moment später landete etwas Schweres auf dem Dach.

Ein Sinistra-Negra-Agent. Er war noch leicht benommen, weil er zu schnell das Dach heruntergerutscht war.

Dawkins lief zu ihm und schwang ihm den Griff seiner Machete mit voller Wucht gegen die Schläfe. „Einer weniger! Lasst uns nicht länger herumtrödeln. Ronan, zur Feuerleiter!"

„Warte!", sagte ich und zeigte auf die Straße hinab. „Schau mal, da unten."

Am Straßenrand stand ein Taxi, das mir sehr bekannt vorkam, direkt hinter zwei weißen Lieferwagen. Da die Person neben dem Taxi pinkfarbene Haare hatte, konnte es sich eigentlich nur um Diz handeln, und das neben ihr war vermutlich Sammy. Sie standen zehn anderen Personen gegenüber, und meine Freude kannte keine Grenzen mehr. Das waren die Wächter des Lichts. Gretas Dad war ebenso dabei wie meine Mom.

„Das wurde aber auch Zeit", sagte Dawkins. „Nichts wie runter."

Doch bevor ich den ersten Treppenabsatz erreicht hatte, hatten sie schon das Haus betreten. Ich zog mein Handy aus der Tasche und wählte noch einmal Sammys Nummer. Diesmal meldete er sich.

„Ronan!" Seine Stimme drang aus der klobigen silbernen Halskette, die ich nach wie vor unter meinem Hemd trug. „Es sind alle da – wir fahren gerade hoch zu Agatha. Ich musste den Fahrstuhl kurzschließen, weil der Portier nirgends zu sehen war."

„Das Apartment ist voller Sinistra-Negra-Agenten!" Ich steckte das Handy wieder in meine Tasche und redete weiter, während ich hinter Greta die rostige Feuerleiter hinunterkletterte. „Macht euch auf einen Kampf gefasst."

Sammy sagte etwas, und dann hörte ich voller Freude eine mir wohlbekannte Stimme. Ogabe! „Ach, tatsächlich?" Ein Signalton ertönte.

„Okay, wir haben den Fahrstuhl angehalten", sagte Sammy. „Wir steigen ein Stockwerk tiefer aus und nehmen dann die Treppe." Wieder sagte jemand etwas und dann hörte ich erneut Sammy. „Na gut, von mir aus. Die anderen gehen alle zu Agatha. Aber ich soll den Fahrstuhl wieder runterbringen, weil ich ja sowieso nie bei irgendwas mitmachen darf. Wo steckt ihr denn?"

„Auf der Feuerleiter an der Hausfassade", erwiderte ich. „Wir mussten dort so schnell wie möglich verschwinden. Aber sag den anderen, dass Agatha und Gretas Mom noch da drin sind, in einem Schutzraum im unteren Stock."

Wir hörten, wie er das alles den anderen Wächtern weitergab, dann meldete er sich wieder bei uns. „Alles klar. Deine Mom sagt, dass du vorsichtig sein sollst. Ich komme jetzt runter. Bis gleich."

Wir waren schon auf dem letzten Treppenabsatz angekommen. Dawkins wagte sich vorsichtig auf die letzte, schmale, waagerecht stehende Eisenleiter, bis das Gegengewicht nach oben schwang und die Leiter nach unten klappte. Hinter ihm kam Greta, und ich bildete den Schluss.

Auf dem Bürgersteig ließ ich mich auf die Knie sinken. Er fühlte sich herrlich stabil an.

„Kein Grund, melodramatisch zu werden, Ronan", sagte Dawkins und zog mich auf die Füße. „Sooo hoch war es nun auch wieder nicht."

Greta holte Grendel aus dem Beutel und gab ihm einen Kuss auf den Kopf. „Tut mir leid, mein Kleiner! Aber jetzt ist alles wieder gut." Er miaute leicht verwirrt, schien sich auf Gretas Arm aber einigermaßen wohlzufühlen.

„Sollen wir vielleicht reingehen und den anderen helfen?" Ich dachte vor allem an meine Mom. „Wir wissen ja nicht, wie viele Sinistra-Negra-Agenten da drin sind."

„Aber ich kann dir genau sagen, wie viele von uns hier draußen sind", erklang da eine Frauenstimme. „Sechs."

Dann trat sie zwischen den beiden weißen Lieferwagen hervor. Sie war klein, hatte dunkle Haare und trug einen maßgeschneiderten Anzug. „Ich bin Legion", sagte sie.

Und dann ertönte ihre Stimme, die nicht ihre Stimme war, aus dem Mund eines breitschultrigen, weißhaarigen Mannes zu unserer Linken. Er zielte mit einem Tesla-Gewehr direkt auf Gretas Herz. „Ich bin der, der viele ist."

Greta ließ Grendel fallen und riss die Arme hoch.

Neben dem Breitschultrigen stand die dunkelhaarige Frau, die wir schon aus der U-Bahn und vom Times Square kannten. Sie hatte die Spitze ihres Schwerts direkt auf mein Auge gerichtet. „Ich spreche durch alle", sagte sie.

Hinter uns tauchten jetzt noch zwei Sinistra-Negra-Agenten auf, beide bewaffnet. Der Glatzkopf, der die Pizza gegessen hatte, hielt Dawkins die Mündung seines Tesla-Gewehrs an die Schläfe, während die rothaarige Frau mit ihrer Schwertspitze seine Brust berührte. „Wenn ihr euch mir widersetzt, dann widersetzt ihr euch einer Armee von Millionen!", sagte sie.

„*Millionen* ist vielleicht ein bisschen übertrieben, oder?", entgegnete Dawkins.

Jetzt hielt ein schwarzer Lieferwagen direkt neben uns. „Einsteigen", sagte die kleine Frau.

Die Rothaarige und der Glatzkopf nahmen uns unsere Waffen ab, während der Breitschultrige mit den weißen Haaren uns die Arme auf den Rücken drehte und sie mit schmalen Bändern zusammenband – Plastikfesseln, wie Diz gesagt hatte.

Die Frau fuhr fort: „Miss Birk wird den Wächtern des Lichts entkommen, wie sonst auch immer. In der Zwischenzeit bringe ich euch an einen Ort, wo wir Gelegenheit haben, uns ein wenig besser kennenzulernen."

„Das klingt ja entzückend!", sagte Dawkins.

Der Glatzkopf schob die Seitentür des Lieferwagens auf, und wir wurden mit dem Gesicht voran in den Laderaum geschoben. Der Breitschultrige packte uns an den Beinen, rollte uns vollends hinein und stieg ebenfalls ein, gefolgt von seinen drei Kollegen.

Als Letztes kam die Rothaarige. Sie machte die Schiebetür zu.

Kurz bevor die Tür sich endgültig schloss, sah ich Sammy aus dem Haus kommen. Er blickte sich verwundert um, dann bückte er sich, um Grendel zu streicheln. Im nächsten Moment brummte das Handy in meiner Tasche.

Doch dann war die Tür zu und wir fuhren los.

Plastikfessel gegen Feuerzeug

„Wo bringt ihr uns denn hin?", fragte ich laut. Vielleicht konnte Sammy ja mithören, obwohl die Bluetooth-Kette zwischen meinem Oberkörper und dem schmutzigen Boden des Lieferwagens eingeklemmt war.

„Das werdet ihr noch früh genug erfahren", erwiderte die kleine dunkelhaarige Frau – die Hand, die sich Legion nannte. „Nummer drei, Handys einsammeln."

Während der glatzköpfige Pizzaesser uns abtastete und unsere Telefone an sich nahm, fesselte die Rothaarige uns an den Füßen.

Der Glatzkopf reichte die Handys an die Legion weiter, und ich sah, wie sie sie alle in einen silbernen Plastikbeutel steckte.

„Eine faradaysche Tasche", sagte sie und lächelte dabei, sodass kleine Grübchen in ihren Wangen sichtbar wurden. „Schirmt alle Funkwellen ab, damit uns niemand über diese lästigen Dinger hier verfolgen kann. So, und wo ist jetzt meine Katze?"

„Grendel?" Greta drehte die Schultern in alle Richtungen und versuchte, ihre gefesselten Hände zu befreien. „Den haben wir dort gelassen."

„Ihr habt ihn dort gelassen?", entgegnete die Legion wütend. „Zuerst steckt ihr ihn in diesen grässlichen Beutel und dann lasst ihr ihn auf den Straßen von New York alleine? Was seid ihr eigentlich für Ungeheuer?"

„Wir haben ihn doch nur deinetwegen in den Beutel gesteckt", schaltete Dawkins sich ein. „Damit du nicht sehen kannst, wo wir sind."

„Oh, ich weiß", erwiderte die Legion. „Ich konnte zwar nichts sehen, aber dafür konnte ich ziemlich viel hören. Nach Miss Birks Ankunft musste ich nur eines ihrer Teammitglieder anrufen und Bescheid sagen. Gleich danach sind wir dann hierhergekommen, um euch gefangen zu nehmen. Für sie."

„Für sie?", hakte ich nach. „Und warum bringt ihr uns dann von ihr weg?"

„Weil ihr eine außergewöhnlich wertvolle Trophäe seid", sagte die Legion. „Miss Birk wird an den Ort der Heimsuchung zurückkehren, und genau dort werde ich euch an sie übergeben."

„Wir sind eine *Trophäe*?", sagte Greta. „Das ist aber ... seltsam."

„Aus irgendeinem Grund hält das einstige Haupt Strongheart euch für wertvoll", sagte die Legion. „Darum wollen wir euch etwas genauer unter die Lupe nehmen. Und falls es tatsächlich jemanden unter euch gibt, der etwas Besonderes darstellt, werdet ihr bei der Heimsuchung eine gewisse Rolle zugewiesen bekommen."

„Oh, das klingt ja sehr bedeutend." Dawkins warf mir einen kurzen Blick zu. „Was darf ich mir eigentlich unter dieser Heimsuchung vorstellen? Eine Willkommensparty oder so was in der Art?"

Das Lächeln der Legion fiel in sich zusammen. Der Glatzkopf trat Dawkins mit voller Wucht gegen den Kopf.

„Dein Tonfall gefällt mir nicht", sagte die Legion.

„Da bist du nicht die Einzige", entgegnete Dawkins.

„Wird mein Dad auch da sein?", fragte ich.

Die Legion warf sich gegen die Rückenlehne ihres Sitzes und stieß ein schrilles Gackern aus. „Dein Vater? Nein. Dein Vater hat unser gesamtes Projekt gefährdet. Er hatte die Trophäe bereits in Händen und hat sie wieder verloren. *Und* er hat bei der Beschaffung des Damaskoskops versagt." Ihr Lachen verstummte schlagartig. „Wo ist das eigentlich geblieben?"

„Ich schätze mal, es liegt mittlerweile als Schlacke im Hochofen von irgendeiner Eisengießerei", erwiderte Dawkins.

„Wir haben schon befürchtet, dass die Wächter eine derart drastische Maßnahme ergreifen würden. Darum haben wir auch die andere Option weiterverfolgt."

„Aha", sagte Dawkins. „Damit ist wohl diese Heimsuchungsparty gemeint, von der du gerade gesprochen hast, oder?"

Der Glatzkopf verpasste ihm erneut einen Tritt.

„Sei still!", sagte die Legion.

Nach ein paar lang gezogenen Kurven blieb der Lieferwagen mit laufendem Motor stehen, während der Fahrer ausstieg und ein laut quietschendes Metalltor öffnete. Als wir weiterfuhren, veränderte sich die Dunkelheit, die draußen vor den Fenstern vorbeizog. Jetzt war es kein Nachthimmel im Licht der Straßenlaternen mehr, sondern eine nackte Backsteinwand.

Wir hielten an und die Agenten stiegen aus, um uns anschließend wie Holzstöcke herauszuheben. Sie legten uns drei auf einen flachen Handwagen, der so groß war wie ein Doppelbett, und zwar auf den Rücken – erst Greta, dann mich und dann Dawkins. Der Breitschultrige baute sich hinter dem Wagen auf und schob uns hinter der Legion und ihrem restlichen Team her eine Rampe hinunter, die in einen großen und ziemlich alt wirkenden Raum führte.

Obwohl ... groß ist vermutlich nicht ganz der richtige Ausdruck. Ich sollte eher sagen: *hoch*. Die roten Backsteinwände ragten bestimmt fünfzehn, zwanzig Meter in die Höhe. Fast jeder Quadratzentimeter des Fußbodens war mit schiefen Kistenstapeln, Kabelrollen, gebündelten Eisenstreben, Kartons und anderem Zeug zugestellt. In einer Ecke türmten sich bergeweise in Plastik eingeschweißte Stoffballen.

Der einzelne Scheinwerfer, der von der Decke herabbaumelte, hüllte das Ganze in hartes Licht und warf tiefe Schatten.

Das musste der Raum sein, wo mein Dad Ms Sustermann festgehalten hatte. Aber wenn die Sinistra Negra ihn rausgeworfen hatte, warum hatte er sich dann ausgerechnet einen ihrer Stützpunkte dafür ausgesucht?

„Sehr schön habt ihr das eingerichtet. Gefällt mir!", sagte Dawkins.

Die Legion kam zu unserem Handwagen. „Sprich ruhig weiter. Es gibt Dinge, die schlimmer sind als der Tod, das ist dir sicher klar. Was würde wohl passieren, wenn wir dich mit Gewichten beschwert in den Fluss werfen würden? Du würdest jahrelang – jahrzehnte-, jahrhundertelang – im Flussbett liegen, könntest dich nicht bewegen, könntest nicht sterben und nicht leben."

„Gebadet habe ich ja schon immer gerne", erwiderte Dawkins. „Dann sind wir also in der Nähe eines Flusses?"

Die Legion schob ihre Hand unter Dawkins' Hemd und riss das Glas der Wahrheit von seiner Halskette ab. „Das behalte ich, falls du nichts dagegen hast." Dann wiederholte sie das Ganze bei mir und stutzte nur kurz, als sie die klobige Halskette berührte. „Was ist das denn?"

„Das tragen jetzt alle", erwiderte ich. „In der Schule, meine ich."

„Mode", stieß sie angewidert hervor. Sie ließ die Kette sinken und durchsuchte Greta. „Wieso hat das Mädchen kein Wahrheitsglas bei sich?"

„Meine Mom", beeilte Greta sich zu sagen. „Ich habe es ihr gezeigt, als Beweis dafür, dass ich mir die Wächter des Lichts nicht bloß ausgedacht habe. Und dann hat sie es behalten."

Die Legion schnalzte mit der Zunge. „Du musst lernen, mit

deinen Wertgegenständen vorsichtiger umzugehen!" Dann wandte sie sich an Dawkins und mich. „Wisst ihr, was? Ich behalte das Mädchen am besten in meiner Nähe." Sie gab zwei Agenten – dem Glatzkopf, den sie Nummer drei nannte, und der rothaarigen Frau – ein Zeichen, und die beiden schnappten sich Greta und setzten sie auf einen Metallstuhl. „Falls irgendetwas Ungewöhnliches geschieht, lasse ich sie von einem meiner Mitarbeiter aufschlitzen. Wie hört sich das an?"

„Unangenehm", sagte ich. „Ich möchte gar nicht wissen, was Sie sich für *uns* ausgedacht haben."

„Ach, nichts Aufregendes. Ihr dürft ganz entspannt in einer Zelle auf Miss Birks Rückkehr warten." Sie hob die Hand und der Breitschultrige schob uns durch einen Torbogen über eine Rampe hinauf in einen Korridor. Dort stellte er den Wagen links neben einer offenen Stahltür ab, packte Dawkins und warf ihn in das dunkle Loch.

Es dröhnte, als ob irgendetwas Schweres umgefallen wäre, und Dawkins stieß einen lauten Schmerzensschrei aus.

Der Breitschultrige wandte sich zu mir und wollte mich ebenfalls packen, aber ich hatte mich schon aufgesetzt. „Ich schaff das alleine, ganz bestimmt", sagte ich. „Kein Stress, ehrlich. Alles gut." Ich setzte die Füße auf den Boden, stand auf und hüpfte um ihn herum durch die Tür.

Er knallte die Tür hinter mir ins Schloss, drehte den Schlüssel um und verschwand.

Es war vollkommen dunkel, sodass ich nicht das Geringste sehen konnte. „Jack?", sagte ich fragend. „Alles in Ordnung?"

„Nein", erwiderte Dawkins mit schmerzerfüllter Stimme. „Er hat mich auf einen Haufen mit irgendwelchem rostigem Schrott geworfen, und der ist dann auf mich draufgefallen."

„Tut mir leid", sagte ich. Und dann, in der Hoffnung, dass das Bluetooth-Ding immer noch funktionierte: „Sammy?"

„Wieso denn Sammy? Der ist doch gar nicht da."

„Ich hab immer noch Diz' Bluetooth-Halskette um."

„Ach so."

Jetzt ertönte ein leises Fiepen aus der Dunkelheit. „Was war das denn? Gibt es hier etwa Ratten?"

„Das war *ich*. Die rostigen Teile haben ein paar scharfe Kanten. Ich versuche, meine Plastikfesseln damit durchzuschneiden."

„Hier hat mein Dad auch Ms Sustermann gefangen gehalten, stimmt's?", sagte ich. „Aber die Sinistra Negra hat ihn doch verstoßen. Warum ist er dann hierhergekommen?"

„Vielleicht wollte er ja seine Trophäe abliefern und hat erst, als er hier war, festgestellt, dass er die falsche Sustermann mitgenommen hatte."

Ein leises *Knack!* ertönte, dann raschelte es und Dawkins ließ sein Zippo aufflammen. „Pass auf", sagte er. „Du bleibst an der Tür. Ich schmelze erst meine Fußfesseln durch, dann komme ich zu dir und befreie dich."

Er beugte sich nach vorne, sodass er mit seinem Körper die Flamme verdeckte. „Heiß, heiß, *heiß!*", sagte er. „Dass sie die Dinger aber auch so festzurren müssen. Ich hätte beinahe meine Hose angezündet."

Er hielt das brennende Feuerzeug mit ausgestrecktem Arm und bahnte sich einen Weg durch den herumliegenden Schrott. „Ts, ts, ts! So viel Müll!"

„Wo sind wir hier?", fragte ich ihn, als er sich hinter mich kniete. Ich spürte die Hitze der Flamme an den Innenseiten meiner Handgelenke.

„Zieh mal deine Hände auseinander, Ronan. Und ... jetzt."

Ich riss die Arme nach oben und warf die aufgetrennte Plastikfessel beiseite.

„Und jetzt die Füße." Er kniete sich wieder hin.

„Ah! Ah! Ah!"

„'tschuldigung. Das sind bloß ein paar winzige Verbrennungen an den Knöcheln. Nicht der Rede wert." Dann stand er auf und reckte das Feuerzeug in die Höhe, sodass wir den ganzen Raum sehen konnten. Es war ein Betonbunker mit gewölbter Decke, randvoll mit riesigen verrosteten Flaschenzügen, vierzig oder fünfzig Kartons mit der Aufschrift *Verpflegung* und Trinkwasserkästen.

Dawkins machte einen der Verpflegungskartons auf und holte eine verbeulte Dose heraus. „Dicke Bohnen, igitt. Na ja, wenigstens haben wir genügend Wasser." Er griff nach einer Flasche, die aussah wie eine Gaskartusche, und nahm einen großen Schluck. „Hm, schmeckt nach Blech."

„Ich glaube, es gibt nur diese eine Tür", sagte ich und hob einen Nagel vom Fußboden auf.

Dawkins leuchtete mit seinem Zippo die Mauer rund um die Stahltür ab. „Die Angeln und die Riegel sind draußen, auf der anderen Seite. Und der Rahmen ist aus dickem Stahl. Aber ursprünglich war das hier bestimmt nicht als Gefängnis gedacht, darum wird das Schloss vermutlich nicht das allerbeste sein."

Ich ging in die Hocke und spähte durch das Schlüsselloch. „Vielleicht kann ich es damit überlisten." Ich zeigte ihm den Nagel. In Wilson Peak hatte Gretas Dad uns wochenlang beigebracht, wie man Schlösser knackt, doch Greta war die Einzige, die das wirklich beherrschte. „Aber dazu brauche ich etwas, was ich als Spanner verwenden kann."

Dawkins strich mit der Hand über den Fußboden und reichte mir dann einen schmalen, flachen Metallstreifen – ein Stahlband, wie es zur Sicherung von schweren Kisten verwendet wird. „Meinst du, das geht?"

„Kann sein." Ich schob das Stahlband mitsamt dem Nagel in das Schlüsselloch. „Es könnte eine Weile dauern. Ich bin schließlich nicht Greta."

Er lehnte sich gegen die Tür und ließ sich auf den Boden sinken, das Zippo in der Hand, während ich mit dem Nagel im Schlüsselloch herumscharrte und den Schließmechanismus suchte. Irgendwann sagte ich dann: „Was war denn eigentlich mit all diesen hypnotisierten Menschen in der Glashütte los?"

„Ich möchte lieber nicht weitererzählen", sagte Dawkins, aber dann gab er praktisch im selben Moment doch noch nach. „Wir hatten keine Ahnung, wo wir da hineingeraten waren, darum haben wir getan, was alle Kinder tun, wenn sie überfordert sind: Wir haben einen Erwachsenen um Hilfe gebeten."

Eine Fontäne aus Sternen

Monsieur Vidocq wollte uns zuerst nicht glauben.

„Hunderte von Toten, sagt ihr?", erkundigte er sich am Morgen nach unserer Entdeckung und kratzte sich dabei seine dicken pelzigen Koteletten.

„Sie nicht tot. Sie lebendig waren, das man sehen konnte", sagte Fabrice. „Sie geatmet haben."

„Sie waren am Leben, und sie hatten trotzdem nichts dagegen, dass ihr ihre Taschen durchsucht habt?" Er legte die Hand auf die Papiere, die wir den Leuten in dem Raum abgenommen hatten. Nur wenige hatten richtige Ausweise dabei, aber bei vielen hatten wir Quittungen oder Visitenkarten oder andere Papiere gefunden, auf denen ihre Namen standen.

„Sie waren hypnotisiert", sagte ich. „Wie verzaubert."

Er blickte mich mit zusammengekniffenen Augen an. „*Verzaubert?*"

„Das Ehepaar, das wir suchen", sagte Mathilde jetzt und faltete ein bestimmtes Blatt Papier auseinander, „ist auch darunter."

Sie reichte ihm einen Lieferschein für eine gewisse Madame Adrien. Darauf waren auch die Adresse und ihre Unterschrift zu erkennen.

„Das hat in ihrer Tasche gesteckt", sagte Mathilde. „Sehen Sie? Sie hat es am Tag ihres Verschwindens unterschrieben."

„Und ihr Mann?", fragte Vidocq, während er den Lieferschein studierte.

„Der stand neben ihr." Und noch bevor Vidocq fragen konnte, woher sie das wusste, fügte Mathilde hinzu: „Sie trugen zusammenpassende Eheringe."

Vidocq klopfte erneut auf den Stapel mit den Dokumenten, dann zog er ein frisches Blatt Papier aus einer Schublade. Er tunkte seinen Füller in das Tintenfass und fing an, die Namen abzuschreiben. „Falls diese vollkommen absurde Geschichte sich als wahr erweisen sollte", sagte er nebenbei, „müssten all diese Menschen problemlos in den Vermisstenakten der Sûreté zu finden sein."

Ich war erst seit zwei Tagen dort und hatte meine Mission bereits erfüllt. Die Beamten der Sûreté würden bestätigen, dass es sich um die Vermissten handelte, Mathilde war wieder in Sicherheit und ich konnte nach London zurückkehren.

. . .

„Es war niemand in diesem Raum", sagte Vidocq am nächsten Tag, nachdem er sich zu uns an den Tisch gesetzt hatte.

Die Namen hatten tatsächlich alle zu vermissten Personen gehört, weshalb er und seine Freunde von der Sûreté die Glasbläserei durchsucht hatten, während wir in einem Café gesessen und gewartet hatten.

„Aber sie waren dort!", beharrte Mathilde.

„Vielleicht", sagte Vidocq und gab dem Kellner ein Zeichen. „Aber jetzt nicht mehr. Da war nichts, außer einem riesengroßen Haufen Scherben." Er hob eine Augenbraue. „Anscheinend sind vor einigen Nächten ein paar Vandalen dort eingebrochen und haben die Arbeit von drei Monaten zerstört."

„Das ist alles?", sagte ich. „Eine Sackgasse?"

„Nicht ganz." Vidocq nahm einen Schluck von seinem Espresso. „Als wir mit den Leuten von der Glashütte am Tisch saßen, um mit ihnen über die Vorwürfe zu sprechen, ist mir eine Stellenanzeige an der Wand aufgefallen."

Ich nahm einen Schluck von meinem Kaffee …

„Sie suchen eine junge Frau für den Empfang."

… und ich spuckte die ganze Ladung über den Tisch.

Fabrice wischte alles mit seiner Serviette sauber. „So eine Verschwendung! Der schöne Kaffee!"

Ich beachtete ihn gar nicht. „Sie wollen doch nicht etwa Mathilde da hinschicken."

„Genau das habe ich vor", erwiderte Vidocq. „Im Gegensatz zu dir findet sie sich nämlich immer gut zurecht."

„Aber das ist … gefährlich", protestierte ich. Statt die Glashütte nur zu beobachten, würde Mathilde jetzt sogar dort arbeiten. Ich hatte meine Mission also keineswegs erfolgreich beendet. Ich hatte alles nur noch viel schlimmer gemacht.

„Wieso du bist plötzlich so weiß in Gesicht?", bemerkte Fabrice. „Gerade drei Tage, und schon er ist verknallt!"

„*Imbécile*", sagte Mathilde, stand auf und warf sich ihren blonden Zopf über die Schulter. „Monsieur Vidocq, ich mach mich jetzt fertig." Sie nahm ihren Mantel und ging.

„Ich bin *nicht* verliebt in sie", beharrte ich gegenüber Fabrice und Vidocq. „Ich kenne sie ja kaum."

Sie lachten, weil sie wussten, was ich nicht wusste: dass ich sie – und mich selbst – belogen hatte.

. . .

Bei unserer Rückkehr war Mathilde nicht im Büro.

Als wir die Eingangstreppe emporstiegen, kam uns ein Bauernmädchen mit hängenden Schultern und einer Nachricht in der Hand entgegen. Das schmutzige braune Haar fiel ihm ins Gesicht, sodass es nicht sah, dass ich ihm einen Sous für den Botendienst in die Hand drücken wollte.

„Mademoiselle", sagte ich. „Das ist für Sie."

„Dawkien …" Sie hob den Blick. „Du bist so ein blinder Narr."

Sie hatte recht.

Vidocq klatschte erfreut in die Hände. „Wir werden dich *Sophie* nennen!" Er holte einen befreundeten Fälscher, der ihr die nötigen Papiere anfertigte, bestach einen städtischen Angestellten aus seinem Bekanntenkreis, der einen Eintrag im Geburtsregister vornahm, und gab einem älteren Paar am Montmartre Geld und Anweisungen für den Fall, dass irgendjemand in ihrer armseligen Bruchbude auftauchte und sich nach ihrer Tochter Sophie erkundigte.

Wenige Tage später trat Sophie ihre Stelle in der Glashütte an. Sie sollte genau beobachten, was dort alles vor sich ging, sich Notizen machen und diese dann im Abfall verstecken, der Nacht für Nacht von einem Müllwagen abgeholt wurde.

„Und dann kommt ihr ins Spiel", sagte Vidocq zu Fabrice und mir. „Ihr werdet nämlich die Müllmänner sein."

Schmutzige, anstrengende Arbeit wartete also auf uns. Müllmänner mussten von Sonnenuntergang bis Sonnenaufgang schuften und stanken genau wie das, was sie abtransportierten – hauptsächlich Pferdemist, den die Straßenfeger in großen Haufen am Straßenrand zusammengekehrt hatten.

„Er will bestrafen uns", sagte Fabrice in unserer ersten Nacht, „weil du hast gewagt, um Mathilde zu werben!"

„Ich habe nicht um sie geworben", erwiderte ich. „Ich weiß ja nicht einmal, wie man das macht. Was steht auf dem Zettel?"

Den hatten wir zusammengeknüllt im hohlen Griff des Mülleimers gefunden, genau wie verabredet. Fabrice konnte den Code entziffern, den Mathilde verwendet hatte.

Am Nachmittag ist die Kundschaft anders. Die Leute, die dann in die Werkstatt kommen, kaufen nichts. Stattdessen zeigen die Burques ihnen den Ofen der Feuersbrunst *– wie ihn einer der Glasbläser nennt. Das ist ein Brennofen, so groß wie ein ganzes Zimmer, der ausschließlich für ein „spezielles Projekt" verwendet wird. Doch er will mir nicht sagen, was es ist.*

„Das klingt interessant, aber es nicht geht um die Vermissten", sagte Fabrice.

„Das wissen wir ja noch nicht", erwiderte ich. „Wir wissen noch überhaupt nichts."

„Das kann ich bezeugen", sagte unser Kutscher, ebenfalls ein Mitarbeiter von Vidocq. „Sonst wüsstet ihr, dass wir uns sputen müssen, wenn wir bis Sonnenaufgang fertig sein wollen."

. . .

In der nächsten Woche handelte die Nachricht wieder von diesem *Ofen der Feuersbrunst*.

Der Glasbläser schwört, dass in diesem Brennofen ausschließlich Menschen *verbrannt werden. Und dann sind sie tot?, habe ich ihn voller Entsetzen gefragt. Aber er sagte Nein. „Sie melden sich freiwillig, schwitzen die ganze Nacht da drin und kommen wieder heraus, lebendig, aber …" Dann hat er den Mund aufgemacht und die Augen verdreht. „… wie Kühe ohne Verstand!" Dazu hat er gelacht. Aber warum? Seine Antwort klang geheimnisvoll. „Jeder Mensch trägt einen winzigen Glastropfen zu Madame Burques' prachtvoller Maske bei." Ich weiß nur noch nicht, was das für eine Maske ist.*

Mir war klar, dass sich da irgendetwas Schreckliches zusammenbraute, schon seit wir die vielen Hundert Hypnotisierten gesehen hatten. Aber dieser Ofen der Feuersbrunst, in dem Menschen für irgendeine Maske gebacken wurden …?

„Sie müssen sie da rausholen", sagte ich zu Vidocq.

„Ich muss gar nichts", erwiderte er und überflog ihren neuesten Bericht. „Und du hast mir nicht zu sagen, was ich tun soll. Mathilde ist nicht in Gefahr, sie sucht nur nach Beweisen, damit wir diesen Monsieur Burque und seine Madame festnehmen können."

. . .

Die nächste Nachricht klang noch alarmierender.

Ich habe heimlich die Nachtschicht beobachtet. Ein Kunde wurde aus dem Ofen der Feuersbrunst herausgeführt und dann eine Mokkatasse voll geschmolzenem Glas herausgeholt. Das war der „eingegossene" Tropfen. Er wurde später zu einer hauchdünnen Glaskugel geblasen. Sie schimmerte in der dunklen Glashütte und trug eine Art Gesicht – wie ein Dämon. Ein Dämon, der sich bewegte! *Dann wurde die Kugel in eine Form gepresst, in Wasser getaucht und zum Abkühlen in ein Regal gestellt. Zum Schluss bekam sie einen Stempel mit der Nummer 334.*

Da ich Vidocq nicht davon überzeugen konnte, Mathildes Mission abzubrechen, blieb mir nichts anderes übrig, als es selbst in die Hand zu nehmen. Ich nahm mir also vor, am nächsten Tag dort aufzutauchen und dafür zu sorgen, dass sie gefeuert wurde.

„Wenn ich mir ansehe deine dämliche Gesicht …" Fabrice legte die Stirn in Falten und spitzte die Lippen. „… dann ich weiß genau, dass du irgendein idiotisches Idee dir ausdenkst."

„Ich denke mir überhaupt nichts aus!", erwiderte ich. „Ich denke bloß … an unsere Arbeit."

„Nicht einmal ich nehme dir das ab, Bürschchen", sagte der Kutscher und ließ die Peitsche knallen. „Aber wenn du schon über die Arbeit nachdenkst, kannst du doch auch gleich damit anfangen, oder?"

Im Morgengrauen leerten wir unsere Fuhre auf den Müllplatz. Ich warf meine Schaufel auf den Wagen und wusste, dass das meine letzte Schicht gewesen war. Dann legte ich mich in Vidocqs Hinterzimmer ins Bett und machte mich an die Vorbereitungen.

. . .

Als ich um zwei Uhr nachmittags vor der Glashütte stand, war sie verriegelt. Ich ging um das Gebäude herum und klopfte an jede Tür, bis schließlich ein Fenster geöffnet wurde und eine ältere, elegante Dame mich bat wegzugehen.

„Ich möchte jemanden besuchen", sagte ich. „Sophie? Ich bin … ihr Verlobter. Jacques."

Die Frau lächelte mich an und sagte: „Ich fürchte, ich muss Sie enttäuschen, Jacques, aber Sophie hat heute Nachmittag freibekommen. Sie erwartet Sie vermutlich bereits in ihrer Pension. *Au revoir!*"

Sie machte das Fenster zu und ich stand stumm davor und starrte es an. Es lief überhaupt nicht so, wie ich es geplant hatte.

Während ich noch überlegte, was ich als Nächstes tun sollte, hörte ich ein leises Zischen. Ich sah mich um, konnte jedoch nicht feststellen, woher es kam. Es zischte erneut und meine Verwirrung wurde noch größer. Ich hoffte inständig, dass niemand mir dabei zusah, wie ich mich auf offener Straße immer wieder im Kreis drehte.

Da traf mich ein Stein am Kopf. Ich fiel zu Boden und fasste an die Stelle, wo der Stein mich getroffen hatte. Ich spürte Blut. „*Autsch!*", sagte ich und schaute mich noch einmal um.

Schließlich hob ich den Blick und sah nach oben.

Mathilde starrte mit wutentbrannter Miene zu mir herab. Und trotz der Entfernung konnte ich ihr geflüstertes „*Imbécile!*" sehr gut verstehen.

. . .

Kaum war ich zu ihr aufs Dach geklettert, fing sie an, mich mit ihren Fäusten zu bearbeiten.

„Nicht so stürmisch!", sagte ich. „Sonst hören sie dich womöglich."

„Bestimmt nicht", erwiderte sie. „Dazu ist es da unten viel zu laut. Wieso bist du hier? Was willst du? Wieso hast du nach mir gefragt?"

„Weil etwas Schreckliches geschehen wird. Und weil ich nicht will, dass dir etwas zustößt."

„Du bist wie ein treues Hündchen. Süß, aber dumm." Sie rutschte vorsichtig auf dem Bauch vorwärts, bis sie durch das Oberlicht nach unten spähen konnte. Ich legte mich neben sie.

„Jetzt passiert es", sagte sie. „Sie nehmen alle Masken heraus, siehst du?"

Sämtliche Werkbänke unter uns waren abgeräumt worden, und jetzt lagen hauchdünne, kaum sichtbare Gesichter aus Glas darauf. Hunderte.

„Was haben sie denn vor?", fragte ich Mathilde.

„Das werden wir gleich sehen, nicht wahr?" Sie nahm meine Hand und drückte sie fest.

Und dann sahen wir stundenlang dabei zu, wie Arbeiter in Schürzen und mit Schutzhandschuhen jeweils zwei Glasmasken aufeinanderlegten und sie so lange erhitzten, bis sie miteinander verschmolzen waren. Anschließend wiederholten sie den Vorgang und dann wieder und immer wieder. Als die Sonne unterging, hatten sie alle Glasgesichter zu einer einzigen, sehr stabil wirkenden Maske zusammengefügt. Sie schimmerte blutrot.

„Und was machen sie jetzt?", fragte mich Mathilde.

Einer der Arbeiter berührte die Maske immer wieder mit einem Stab aus weiß glühendem Glas und zog ihn anschließend weg, sodass ein dünner Faden an der Maske hängen blieb.

„Haare", sagte ich. „Er macht ihr Glashaare."

Als er damit fertig war, nahm er die Maske und senkte sie behutsam in einen Wasserbottich. Eine Dampfwolke hüllte ihn ein.

Nachdem sie sich verzogen hatte, trug er die Maske zu einem älteren Paar.

„Die Burques?", fragte ich.

„Mm-hmm", machte Mathilde.

Der Arbeiter kniete sich vor ihnen nieder und streckte ihnen die Maske entgegen. Die Frau deutete auf ihren Mann, und der nahm sie und hielt sie vor sein Gesicht.

Mathilde hielt den Atem an. „Frisst die Maske ihn etwa auf?"

Die Maske bewegte sich, wand sich hierhin und dahin und legte sich über sein Gesicht, als wäre sie ein lebendiges Wesen.

„Nein", sagte ich. Der Mann schien keine Schmerzen zu haben. Er hatte die Arme in die Luft gereckt, als ob er jubeln wollte. „Sie ... verändert sich nur irgendwie."

Alle paar Sekunden erzitterte die Maske, und jedes Mal tauchte ein anderes Gesicht aus ihren glasigen Falten auf, fast so, als wäre ihre Oberfläche flüssig. Aus runden Gesichtern wurden hagere, aus spitzen Nasen dicke. Große Augen verschwanden unter dichten Brauen. Ein ganzes Heer von Gesichtern zog wie Schatten über die Maske hinweg.

„Das sind sie alle", flüsterte Mathilde. „Die Vermissten. Irgendwie sind sie in diesem Ding da drin. Deshalb haben sie ihre Körper in dem Lagerraum abgestellt ... sie brauchten sie nicht mehr."

Der Mann unter uns senkte die Arme und legte die Finger der rechten Hand an die Schläfe. Da öffnete sich ein Spalt auf der Stirn der Maske und ein drittes Auge wurde sichtbar. Es schimmerte absinthgrün.

„Was ist denn das?" Mathilde kniete jetzt vor dem Oberlicht und drückte ihre Augen dicht an das Glas, um besser sehen zu können.

„Wir haben genug gesehen", sagte ich. „Komm, lass uns Monsieur Vidocq holen."

Ich stand auf, als der Mann unter uns durch die Maske hindurch seine Hand anblickte. Dann schwenkte er die Hand hin und her, als würde sie einen Schatten werfen, drehte sich um und blickte nach oben, genau dorthin, wo Mathilde stand. Es war dunkel und er konnte uns garantiert nicht sehen, da war ich mir absolut sicher.

Und doch sah er uns.

Er zeigte nach oben und rief etwas, was ich nicht hören konnte.

Mathilde erschrak, sprang auf, verlor das Gleichgewicht und fiel … durch das Glasfenster des Oberlichts hinunter.

Ich wollte sie noch festhalten, packte ihr altes graues Kleid von hinten, doch es zerriss nur und ich wurde mit ihr in die Tiefe gerissen.

Sie hatte Glück und landete in dem Wasserbottich, in dem die Glasbläser ihre Arbeiten abkühlen ließen. Ich aber nicht.

. . .

Als ich wieder zu mir kam, saß ich gefesselt auf einem Holzstuhl, der auf einer der Werkbänke stand. Ich blutete aus zahllosen kleinen Schnitten, und mein linker Arm hing kraftlos wie ein leerer Hemdärmel von meiner Schulter herab. Wahrscheinlich hatte ich mir ein paar Knochen gebrochen. Mathilde saß vollkommen durchnässt, äußerst aufgebracht und ebenfalls an einen Stuhl gefesselt auf einem anderen Tisch mir gegenüber.

„Wer bist du, Jacques? Falls das überhaupt dein richtiger Name ist", sagte die Frau, die mich vorhin weggeschickt hatte – Madame Burque. Sie sprach ein makelloses Englisch. „Unsere liebe Sophie möchte uns nicht verraten, weshalb sie hier ist, und sie hat keine Ahnung, *was* sie ist, aber ich wette, du weißt das genau." Sie war wunderschön, diese Madame Burque. Und als sie näher kam und mir die Hand auf die Wange legte, sah sie sehr gütig aus. Sie fragte mich: „Gehörst du zu den Wächtern des Lichts?"

„Nein ... was immer das sein soll", erwiderte ich.

„Du bist wirklich ein miserabler Lügner, Jacques." Sie lächelte. „Aber ich möchte dir danken. Wir wussten nicht, ob unsere Maske, *le percepteur*, tatsächlich wie erhofft funktionieren würde. Doch jetzt wissen wir es."

Sie griff nach der rötlich schimmernden Maske. Nachdem ihr Mann sie abgesetzt hatte, hatte sie aufgehört sich zu bewegen. „Bis jetzt war es der Sinistra Negra nicht möglich gewesen, das Licht der Reinen zu sehen." Sie hob die Maske. „Jeder Mensch auf dieser Welt kann das Schimmern einer reinen Seele ganz sacht in seiner Nähe spüren. Keiner weiß, weshalb er sich zu diesem reinen Wesen hingezogen fühlt oder ihm vertraut, aber trotzdem ist sein Bewusstsein in der Lage, seine spezielle Aura wahrzunehmen. Wir haben diese Fähigkeit aus den Seelen der Menschen herausdestilliert und sie miteinander verschmolzen. Jetzt machen Hunderte von Seelen das sichtbar, was das bloße Auge alleine nicht erkennen kann."

„Bravo!", sagte ich. Mein linker Arm war zu nichts zu gebrauchen, aber den rechten hatte ich mittlerweile fast freibekommen.

Sie lachte und nahm einen dünnen, weiß glühenden Glasstab aus einem Brennofen. „Du bist tatsächlich einer der Wächter des Lichts. Wie schade, dass du deinen Freunden nicht mehr von unserem Erfolg berichten kannst. Mein Mann war sehr verwundert, als er, nachdem er die Maske aufgesetzt hatte, seinen eigenen Schatten sehen konnte. Bis er nach oben blickte und sah, dass *sie* die Lichtquelle war!" Mit einer langen Zange stieß sie den Glasstab in den Brennofen und zog ihn wieder heraus, er hatte nun eine lange Spitze. Dann tauchte sie ihn in das Kühlwasser. „Und nun zum zweiten Teil unseres Experiments!"

„Und der wäre?", sagte ich. Mein rechter Arm war mittlerweile frei.

„Nun, die Tötung der Reinen natürlich!" Mit der Zange knipste sie die kleine Blase am vorderen Ende des Stabes ab, sodass nur eine messerscharfe Spitze übrig blieb. „Zuerst sie, und dann du."

„Dawkien?", rief Mathilde. „Was redet sie da?"

„Nicht!", schrie ich und schaukelte auf meinem Stuhl vor und zurück. „Das ist nicht …"

Aber Madame Burque drehte sich einfach um und hob den Glasstab wie einen Speer.

„Augen zu!", rief ich auf Französisch, und Mathilde gehorchte, genau in dem Moment, als Madame Burque ihr den Glasspeer ins Herz stieß.

Mathilde zerrte mit aller Kraft an ihren Fesseln, stöhnte, sackte nach vorne und starb.

Ich wollte mich mit einem lauten Schrei auf Madame Burque stürzen, aber alles, was dabei herauskam, war, dass ich mitsamt meinem Stuhl von der Werkbank fiel und auf dem Betonfußboden landete, direkt auf meinem gebrochenen Arm. Der Schmerz war überwältigend, aber ich schaffte es trotzdem, die Augen offen zu halten, und deshalb sah ich sie: die Funken, die aus Mathildes Körper hervorkamen und zum Himmel aufstiegen.

„Die Sterne!", flüsterte Madame Burque. „Wie wunderschön!"

Sie, ihr Mann und die beiden Arbeiter betrachteten staunend den stillen Strom aus Tausenden hellen Lichtpartikeln, der aus Mathilde hervorquoll und eine wunderschöne funkelnde Säule bildete. Die Sternen-Fontäne stieß durch die Oberlichter zum nächtlichen Himmel, wo sie sich wie die Zweige eines mächtigen Baumes teilte und als gesprenkelte Strahlen in lauter verschiedene Richtungen davonschoss.

Noch nie im Leben hatte ich etwas so Wundervolles gesehen.

Und gleichzeitig etwas so Furchterregendes.

Dann rollte Mathildes Kopf nach hinten und ein Energiestoß ging von ihr aus. Es war kein Geräusch, kein Licht, kein Wind – aber doch irgendwie alles gleichzeitig.

Ich hatte Glück, dass ich schon auf dem Fußboden lag und unter eine Werkbank gerollt war. Alle anderen wurden von der ungebremsten Wucht erfasst, die Mathildes Seele bei ihrem Abschied entfaltete.

Madame Burque und ihr Mann landeten an der Wand hinter mir, während die beiden Arbeiter in die andere Richtung geschleudert wurden. Jedes einzelne Stück Glas im ganzen Gebäude zersplitterte in tausend Scherben.

Es dauerte einige Minuten, bis ich erkannte, dass mein Stuhl bei meinem Sturz kaputtgegangen war und ich mich befreien konnte. Ich stand auf und sah mich um. Das Innere der Glashütte sah aus wie ein Schlachtfeld nach einer Explosion. Die Burques und ihre Helfer schienen auch tot zu sein, wie Mathilde, die immer noch gefesselt vor mir auf ihrem Stuhl hing.

Ich hatte Tränen in den Augen und konnte nur unter größter Mühe die Knoten erkennen, aber irgendwann hatte ich sie schließlich doch losgebunden. Dann barg ich sie in meinen Armen und trug sie nach Hause.

Am Rande des Wahnsinns

„Sie war tot?", fragte ich ihn. „Richtig tot?"

„Ja, Ronan, richtig tot. Und das war eine Katastrophe, in vielfacher Hinsicht. Der vorzeitige Tod einer reinen Seele hat immer Auswirkungen – es kommt zu Naturkatastrophen und anderen, von Menschen verursachten Unglücken, die ich hier gar nicht alle aufzählen will. Mathildes Tod war da keine Ausnahme."

„Das ist ja … furchtbar", sagte ich.

„Ja, das stimmt", sagte Dawkins. „Das war das erste und das einzige Mal, dass ich die Sternenbrücke gesehen habe, die in den Schriften der Wächter erwähnt wird. Die sechsunddreißig Reinen sind miteinander verbunden, und wenn einer von ihnen stirbt, dann spüren das die anderen fünfunddreißig."

„Was spüren sie?"

Er zuckte mit den Schultern. „Wer weiß? So etwas wie einen Stromschlag? Einen Anflug von Traurigkeit? Das Gefühl, dass gerade irgendwo auf der Welt ein Licht erloschen ist? Was immer sie auch empfinden mögen, die Ursache dafür ist der Tod einer reinen Seele."

Ich ließ den Kopf gegen die schmutzige Tür sinken und sagte: „Das tut mir wirklich sehr, sehr leid, Jack."

„Danke, Ronan. Es ist schon lange her, aber dein Mitgefühl bedeutet mir trotzdem viel." Dann tippte er gegen das Schloss. „Und jetzt mach dich wieder an die Arbeit."

„Hat man denn wenigstens die Menschen aus der Glasbläserei wiedergefunden?", fragte ich.

„Nein. Die Leichname sind nie wieder aufgetaucht – weder die der zahllosen Unschuldigen, die ihre Seelen für den Perzeptor geopfert haben, noch die der Arbeiter, die diese grauenvolle Maske hergestellt haben. Und auch von den Burques fehlt jede Spur."

Jetzt gab irgendetwas im Schlosszylinder nach und der Nagel, den ich in der Hand hielt, ließ sich drehen. Ich packte das Metallband noch fester, wackelte mit beidem hin und her und drehte sie behutsam herum.

Das Schloss gab ein schrilles Kreischen von sich.

Dawkins hob die Augenbrauen und drückte vorsichtig die Klinke nach unten.

Sie gab nach.

„Danke, Ronan!", sagte er und streckte mir die geöffnete Handfläche entgegen.

„Danke, Greta, wolltest du wohl sagen", erwiderte ich. „Schließlich hat sie mir gezeigt, wie das geht."

„Nein, ich wollte *danke, Ronan,* sagen. Schließlich hast du die Tür aufgemacht."

Vorsichtig streckten wir den Kopf nach draußen. Der flache Handwagen stand immer noch da, gleich neben einer Reihe von Kisten. Sie waren an der Wand des Korridors aufgestapelt, der zum großen Saal führte.

„Niemand zu sehen!", flüsterte ich.

„Stimmt", erwiderte Dawkins. „Mal schauen, ob es nicht einen besseren Standort für uns gibt."

Wir hielten uns im Schatten der Kisten und krochen weiter, bis wir freie Sicht in den großen Hauptraum hatten.

In der Wand gegenüber dem Haupteingang war eine Metallschleuse geöffnet worden, durch die schwaches orangefarbenes Licht hereinfiel. Wir konnten die Legion und ihre Sinistra-Negra-Agenten erkennen. Etwas abseits saß Greta gefesselt auf einem Stuhl, und neben ihr stand der riesenhafte Kerl, der uns in den Bunker gesperrt hatte. Er hielt seinen Säbel in der Hand.

„Die Kartons, die da neben Greta stehen", sagte Dawkins, „die kann ich als Deckung nutzen, bis ich ganz in ihrer Nähe bin. Aber wenn ich einfach reinstürme, ist dieser Trottel mit dem Schwert gewarnt, bevor ich sie retten kann."

„Du könntest also eine Ablenkung gebrauchen", sagte ich.

„Und zwar eine gewaltige Ablenkung", erwiderte Dawkins. „Etwas vollkommen Idiotisches und Lautes. Etwas am Rande des Wahnsinns."

Ich konnte nichts dagegen tun, ich musste einfach grinsen. „Was hattest du dir denn vorgestellt?"

Er betrachtete den Handwagen neben unserer Zelle. „Du hast doch mal Baseball gespielt, oder? Bist du ein guter Werfer?"

. . .

Der Handwagen rührte sich nicht von der Stelle.

Dawkins hatte die alten Verpflegungskartons aus dem Bunker in U-Form darauf gestapelt, sodass ich mich dahinter verstecken konnte. „Du hockst dich auf den Wagen und rollst einfach mitten hinein", erklärte er mir. „Gut geschützt hinter diesen Kartons."

„Geschützt?", wiederholte ich.

„Relativ geschützt, wenigstens ein, zwei Minuten lang. Und sobald du das hintere Ende des Saals erreicht hast, springst du vom Wagen runter und versteckst dich irgendwo." Er griff nach einer fünfzig Jahre alten Dose Kondensmilch. „Das entspricht vom Gewicht und von der Größe her noch am ehesten einem Baseball. Was anderes hab ich nicht gefunden. Auf deiner Fahrt quer durch den Saal zielst du damit auf diesen großen Scheinwerfer."

„Aber dann können sie mich doch sehen", wandte ich ein.

„Natürlich, Ronan", sagte Dawkins. „Genau das ist ja mit dem Wort ‚Ablenkung' gemeint. Also, wenn wir Glück haben, triffst du den Scheinwerfer und wir bekommen ein paar Minuten schönster Dunkelheit, um Greta zu befreien und sie hier rauszuschaffen."

Es war nicht gerade der beste Plan der Welt, aber so viele

Möglichkeiten hatten wir ohnehin nicht. Und nur wenig Zeit. Darum reckte ich die Daumen nach oben, sagte: „Ich bin so weit", und sah ihm nach, wie er den Gang entlanghuschte und hinter der nächsten Ecke verschwand.

Erst dann merkte ich, dass der Wagen viel zu schwer war. Ich konnte ihn überhaupt nicht bewegen.

Ich versuchte es noch einmal und stemmte mich mit aller Kraft gegen den Handgriff, so lange, bis meine Turnschuhe den Halt verloren und wegrutschten.

Dawkins würde jeden Moment in Position sein, und dann zählte er auf mich. Ich musste die anderen ablenken. Also blieb mir keine andere Wahl, als die oberste Kartonreihe abzubauen. So hatte ich zwar weniger Deckung, aber vielleicht war ich ja schnell genug, sodass das keine Rolle spielte.

Ich ging also nach vorne und wollte gerade den ersten Karton herunterheben, als ich das schwarze Seil entdeckte, das fast unsichtbar unter die Vorderkante der Kartons gerutscht war. Das eine Ende war vorne am Handwagen befestigt, und als ich daran zog, kam am anderen Ende eine große Schlaufe zum Vorschein, die ich mir problemlos um die Hüfte legen konnte. So konnte ich den Wagen ziehen, wie ein Ochse seinen Karren.

Ich trat in die Schlaufe, hob sie auf Gürtelhöhe und beugte mich nach vorne.

Der Wagen schaukelte leicht hin und her.

Ich versuchte es noch einmal, mit meinem ganzen Gewicht.

Der Handwagen rollte zwei, drei Zentimeter nach vorne und blieb wieder stehen.

Wieder und wieder stemmte ich mich gegen das Seil, bis der Wagen ein wenig Fahrt aufgenommen hatte und von alleine weiterrollte.

Von da an wurde es immer leichter, und es dauerte nicht lange, bis ich gar keine Kraft mehr aufwenden musste. Die Schlaufe lag um meine Taille und ich trabte schon beinahe. Der Handwagen hinter mir wurde schneller und schneller und näherte sich bereits der Rampe am Ende des Korridors, als mich ein plötzlicher Gedanke durchzuckte: Der Wagen würde auf der Fahrt über die Rampe ja noch einmal schneller werden. Und ich lief direkt davor!

Also versuchte ich abzubremsen, doch die Kartons auf der Vorderseite des Wagens stießen bereits gegen meine Schulter.

Ich hatte keine andere Wahl. Ich musste schneller laufen.

Wodurch natürlich auch der Wagen schneller wurde.

Als wir die Rampe erreicht hatten, rannte ich bereits um mein Leben. Der schwere Handwagen war mir auf den Fersen.

Es war völlig utopisch geworden, den Scheinwerfer auszulöschen, da ich gar nicht mehr an die Dosen auf dem Wagen herankam. Aber trotzdem musste ich irgendwie versuchen, die Aufmerksamkeit der Sinistra Negra von Greta und Dawkins abzulenken.

Also tat ich das Naheliegendste.

„Hilfe! Hilfe! Hilfe!", brüllte ich. „Ich kann nicht mehr bremsen!"

. . .

Ob sie sich wohl zu mir wandten? Mich mit gezückten Schwertern verfolgten? Ich hatte keine Ahnung. Ich hatte Angst mich umzudrehen, hatte Angst zu stolpern und überrollt zu werden.

Stattdessen erreichten mein Handwagen und ich den Fuß der Rampe und rasten weiter – direkt auf zwei hohe Kistenstapel zu, die fünfzehn Meter entfernt an der Wand standen.

Mir blieben vielleicht noch drei Sekunden, bevor ich wie ein Käfer zerquetscht wurde.

Nach der Hälfte der Strecke sah ich einen schmalen Schatten zwischen den beiden Kistenstapeln. Eine Lücke.

Ich fing an, nach links zu ziehen und versuchte, die Lücke anzusteuern.

Die Reaktion des Handwagens bestand darin, in die andere Richtung auszuscheren und mich nach rechts zu zerren.

Und dann waren wir da.

Ich sprang mit einem Satz in die Lücke, während der Handwagen sich dicht hinter mir in das Holz bohrte und dabei Kartons und Verpackungsmaterial in alle Richtungen schleuderte.

Zum Glück waren die Kisten in drei Reihen hintereinander aufgestapelt, sodass der Handwagen seinen Schwung schon in der zweiten Reihe weitgehend verloren hatte.

Ich blieb zwischen ein paar Kisten liegen und rang keuchend um Atem. Eine einzelne Dose Kondensmilch kam in meine Richtung gerollt und stieß sachte gegen meinen Fuß.

Greta!

Ich hätte doch eigentlich den Scheinwerfer zerschießen

sollen. Also griff ich nach der Dose, befreite mich aus der Seilschlaufe und stand auf.

In diesem Augenblick stürzten die Kistenstapel, die durch den Einschlag des Handwagens bereits bedenklich ins Schwanken geraten waren, in sich zusammen.

Die Lücke, in der ich stand, war so schmal, dass keine Gefahr bestand, durch herabfallende Gegenstände getroffen zu werden, aber ich hörte, wie überall im Raum Kisten zu Boden stürzten, wie Holz splitterte und Bretter brachen. Und dazu jede Menge Geschrei. Es galt wahrscheinlich mir.

Zwischen den hintersten Kisten und der Wand war gerade Platz genug für einen mageren Dreizehnjährigen, also packte ich die Gelegenheit beim Schopf und schob mich vorsichtig nach draußen.

Dabei stieß ich gegen einen geöffneten, grauen Sicherungskasten an der Wand.

Ich ließ die Hand über die Schalter gleiten.

„Licht aus", flüsterte ich und sorgte dafür, dass es schlagartig dunkel wurde.

. . .

Allem Anschein nach hatten die Sinistra-Negra-Agenten keine Taschenlampen mitgebracht. Oder sie konnten sie in der plötzlichen Dunkelheit nicht finden.

Ich arbeitete mich weiter nach vorne, duckte mich und spähte um die Kistenberge herum. Im orangefarbenen Schimmer der geöffneten Schleuse entdeckte ich drei schemenhafte Gestalten.

„Zwei! Vier!", schrie die Legion. „Ihr nehmt euch das Mädchen und den Aufseher vor. Fünf und Drei, zu mir. Wir sorgen dafür, dass der kleine Strongheart seinen Unfall nicht überlebt."

Die Gestalten kamen genau auf mich zu.

„Ich hoffe, du hast dir nicht allzu sehr wehgetan, Evelyn Strongheart", rief die Legion. „Mach doch mal piep, damit wir dich ausgraben können."

Ich hatte ganz bestimmt nicht vor, meine große Klappe aufzureißen, aber wenn sie unbedingt etwas hören wollte … Ich griff nach der Kondensmilch.

Dann schleuderte ich die Dose in die Richtung, wo der Handwagen eingeschlagen hatte. Die Dose prallte mehrfach gegen irgendwelche harten Gegenstände und gab dabei sehr zufriedenstellende Geräusche von sich.

„Ich kann dich hören, Evelyn", sagte die Legion und schlug eine andere Richtung ein. „Du entkommst mir nicht, und das weißt du auch. Evangeline Birk ist auf dem Weg hierher, und sie bringt viele meiner Brüder mit … zu viele, um sich vor ihnen zu verstecken."

Ich trabte durch den Saal und duckte mich hinter die Kartons, in deren Schutz Dawkins sich an Greta angeschlichen hatte.

Jetzt stieß ich mit jemandem zusammen.

Eine Hand legte sich über meinen Mund.

„Wir sind's", flüsterte Dawkins mir zu. „Das war genial!"

Greta kauerte neben ihm, ein Schwert in der Hand. „Das war *Schwachsinn!*", flüsterte sie.

„Zwei? Vier?" Die Stimme der Legion klang aufgeregt. „Ich habe den Kontakt zu euch verloren! Was ist passiert?"

Dawkins zeigte auf die beiden Sinistra-Negra-Agenten, die bewusstlos vor uns auf dem Boden lagen. „Der Zirkus, den du veranstaltet hast, war wirklich ausgesprochen hilfreich", sagte er und reichte mir ein Schwert samt Gürtel. „Das wirst du brauchen, wenn wir zum Haupteingang rausgehen."

Eine laute Klingel ertönte.

„Ein Alarm?", fragte ich und schnallte mir das Schwert um.

„Glaub ich nicht", flüsterte Dawkins. „Der hätte ja schon längst ausgelöst werden müssen."

„Sie ist da!", rief die Legion. „Jetzt sind wir zwanzig. Vor uns könnt ihr euch unmöglich verstecken, Wächter des Lichts."

„Wir müssen einen anderen Weg nach draußen finden", flüsterte Dawkins. „Und zwar schnell."

„Fünf, Drei, machet die Tore weit, auf dass ihr Evangeline Birk und ihre Armee der wahren Gläubigen willkommen heißet. Die Zeit der Heimsuchung ist gekommen!"

Die Feuerbrücke

Der Saal wurde in grelles Licht getaucht, als drei schwarze Lieferwagen hereinfuhren. Sinistra-Negra-Agenten in schwarzen Anzügen sprangen aus den Fahrzeugen. Es mussten mindestens zwanzig sein. Zum Schluss trat eine groß gewachsene, blasse weißhaarige Frau heraus, die mehrere prachtvolle rot-goldene Umhänge trug.

Sie blieb kurz stehen, um mit jemandem zu reden – wahrscheinlich mit der Legion – und stellte sich dann mit erhobener Hand direkt ins Scheinwerferlicht. Alle Agenten gingen auf die Knie.

„Drei unserer Feinde verstecken sich hier in der Dunkelheit. Sucht sie und bringt sie ans Licht." Sie klatschte in die Hände. „Los!"

„Evangeline Birk", flüsterte Dawkins. „So sehen wir uns wieder."

„Wieso denn *wieder?*", wunderte ich mich.

„Da entlang!" Er zeigte auf die geöffnete Schleuse. „Dann können sie uns zwar kurz sehen, aber wir haben keine andere Möglichkeit."

Wir hockten hinter einem großen Haufen umgekippter Kisten, knapp zehn Meter von der Öffnung entfernt. Im orangefarbenen Lichtkegel der Schleuse lag der Metallstuhl am Boden, an den Greta gefesselt gewesen war, und durchgeschnittene Plastikfesseln rundherum.

„Jack", sagte ich. „Der Stuhl."

„Ein bisschen zu primitiv für meinen Geschmack", erwiderte er. „Was ist damit?"

„Du sollst ihn als *Wurfgeschoss* benutzen", sagte ich. „Zur Ablenkung."

„Gute Idee." Dawkins nickte. „Beim Aufprall werden sie kurz die Köpfe drehen, aber wirklich nur kurz. Also müsst ihr sofort, wenn ihr den Krach hört, losrennen!"

„Ich bin bereit", flüsterte Greta und ging in die Hocke wie ein Sprinter.

„Ich auch." Ich richtete den Blick nach vorne.

Dawkins stürmte los, schnellte vorwärts, ließ sich fallen und schlitterte die letzten drei Meter auf dem Rücken weiter. Mit einer Hand packte er den Stuhl und drückte ihn an seine Brust, während er über den Fußboden bis ganz an die hintere Wand rutschte.

Dann kam er auf die Füße, packte den Stuhl an der Lehne und drehte sich wie ein Hammerwerfer um die eigene Achse.

Ein Mal, zwei Mal, drei Mal, jede Drehung schneller als die davor, bis er nur noch ein verwischter Schemen war. Bei der vierten Umdrehung spürte ich sogar den Luftzug.

Dann blieb er abrupt stehen, und der Stuhl war nicht mehr zu sehen.

Dawkins hatte ihn weggeschleudert.

Mit einem lauten *Klonk!* prallte er gegen die hintere Wand. Anschließend musste er mit etwas anderem zusammengestoßen sein, da es über eine Minute lang kollerte und krachte und klingelte und klapperte.

Inzwischen waren wir längst verschwunden.

Die Luke führte in einen niedrigen, schmalen Tunnel, dessen Wände aus leuchtend orangefarbenem Stoff bestanden. Wir huschten dicht hintereinander hindurch, erst Greta, dann ich, dann Dawkins. Dabei mussten wir uns geduckt und sehr vorsichtig vorwärtsbewegen – der Boden aus bräunlichem Eisen war kaum mehr als dreißig Zentimeter breit und an beiden Seiten abgerundet. Alle zweieinhalb Meter zog sich eine Reihe dicker, wulstiger Nieten quer darüber.

„Wo sind wir eigentlich?", flüsterte ich den anderen zu.

„Keine Ahnung, aber es geht bergauf", sagte Dawkins. Das war mir in diesem Moment auch aufgefallen. „Zum Glück. So können sie uns von der Schleuse aus nicht mehr sehen."

„Jungs", sagte Greta. „Krisco! Dieser Künstler, der die Brooklyn Bridge eingepackt hat! Da sind wir!"

Ich musste an unsere Fahrt über die Brücke denken, und an das orangefarbene Licht, das in unser Taxi gefallen war.

„Der Metallsteg, auf dem wir gerade laufen? Das ist eines der Tragseile. Und die beiden dünneren Seile da oben, die den Stoff halten? Die nennt man Hilfsseile. Am besten benutzen wir sie als Geländer. Und dass es so hell ist, das liegt an den vielen Lichtern auf der Brücke."

„Dann waren wir also gerade … im Ankersaal", sagte Dawkins. „Dort, wo die gewaltigen Tragseile mit Tonnen von Stahl und Beton im Boden verankert sind. Das erklärt auch diese riesigen Stoffballen, die wir da unten gesehen haben – das ist die Seide für diesen Krisco."

Greta hieb gegen die weiche Wand aus Stoff. „Dann sind wir jetzt also mitten in diesem dämlichen Kunstprojekt."

„Ich dachte, du findest es cool", sagte ich. Mir war schlagartig schummerig zumute.

„Vorhin schon, aber jetzt nicht mehr. Jetzt stecken wir hier drin fest, während uns die Sinistra Negra im Nacken sitzt."

. . .

Das Tragseil unter meinen Füßen fühlte sich genauso stabil an wie der Erdboden, und dank der Seide, die uns umgab, musste ich auch nicht daran denken, wie hoch wir hier waren. Ich ließ einfach die Hände über die Geländerseile gleiten, die links und rechts verliefen, und ging Greta hinterher. Die Steigung war gut zu bewältigen und die Nietenreihen alle zweieinhalb Meter gaben einen sicheren Halt.

Schnell und schweigend kletterten wir immer höher.

Vielleicht lag es ja daran, dass ich tief im Innersten immer noch ein bisschen Höhenangst verspürte, oder daran, dass ich direkt vor mir eine Reine hatte, jedenfalls ging mir ununterbrochen Dawkins' Geschichte von Mathildes Tod durch den Kopf.

Selbst wenn wir Greta unbeschadet in Sicherheit bringen konnten – was würde dann passieren? Früher oder später würde mein Dad der Sinistra Negra alles erzählen, und dann würde Greta ihr Leben lang in Gefahr schweben. Sie und ihre Eltern würden das Leben, das sie sich aufgebaut hatten, aufgeben und wieder ganz von vorne anfangen müssen. Gleichzeitig mussten sie jederzeit damit rechnen, dass irgendein durchgeknalltes Sinistra-Negra-Mitglied sie erkennen und angreifen würde. Und wenn das geschah, würde Greta einen ähnlich grausamen Tod erleiden wie Mathilde.

Das war doch kein Leben. So eine Existenz hätte ich nicht einmal dem fiesesten Schläger an meiner Schule gewünscht, und meiner besten Freundin schon gar nicht.

In diesem Augenblick fiel mir auf, dass die Steigung immer steiler wurde.

„Wir sind kurz vor dem Pfeiler!", rief Greta nach hinten, während ich aus dem Seidentunnel in die stürmische Nacht hinaustrat. Neben mir flatterten lose Stofffetzen im Wind und warfen zuckende Schatten auf die orangefarbene Wand vor mir. Es sah fast so aus, als stünde der Pfeiler in Flammen.

„Na, toll", sagte ich. Diese ganze Flucht bekam immer mehr Ähnlichkeit mit meinem persönlichen Albtraum.

Die Seidenhülle führte genau zu der Stelle, wo das Tragseil

hinter den Backsteinen des Pfeilers verschwand, der ebenfalls in orangefarbene Seide gehüllt war.

Ich sah jetzt zum allerersten Mal, wie hoch wir waren.

Fast fünfzig Meter unter uns führten sechs Fahrspuren in beide Richtungen, und noch einmal vierzig Meter tiefer spiegelte sich das Mondlicht im Wasser des East River.

„Ronan!", rief Dawkins hinter mir. „Du *musst* weitergehen!"

„Ich kann nicht", sagte ich, während meine Beine steif wurden und mein Magen sich verkrampfte, genau wie in dem Traum mit meinem Vater.

„Wir können oben rübergehen!", rief Greta.

„Hör mir gut zu, mein Freund", sagte Dawkins. „Du schaust jetzt einfach nur geradeaus. Keine zwei Meter entfernt siehst du eine Leiter. Wenn du die erreicht hast, kann dir nichts mehr passieren."

Ich gehorchte und sah, wie Greta sich an die Sprossen klammerte, mir zuwinkte und „Komm schon!" rief.

Dann musste ich noch einmal an das Leben denken, das sie vor sich hatte. Irgendjemand musste dafür sorgen, dass ihr das erspart blieb. Und wer sollte das sein, wenn nicht ich?

Ich setzte mich also wieder in Bewegung, und ehe ich michs versah, hatte ich die gesicherte Leiter erreicht, die vom Tragseil hinauf zur Spitze des turmartigen Pfeilers führte.

„Ich bin direkt hinter dir", sagte Dawkins.

Also blieb mir gar nichts anderes übrig als zu klettern.

Wenige Augenblicke später hatte ich die oberste Ebene des Pfeilers erreicht, und mir stockte der Atem. Die Fläche war viel kleiner, als ich erwartet hatte – vielleicht zehn Meter in Längsrichtung und knapp dreißig Meter breit. In der Mitte war ein zickzackförmiges Eisengeländer zu sehen. Zusammen mit dem Flaggenmast in der Mitte war es das Einzige, was nicht in Seide gewickelt war.

Auf allen vieren legte ich die fünf Meter bis zu dem Geländer zurück. Die Seide fühlte sich seltsam weich und rutschig an. Dann drehte ich mich auf den Rücken. Ich hatte eigentlich mit einem Sternenhimmel gerechnet, bekam aber nur dicke schwarze Gewitterwolken zu sehen.

Kurz darauf standen Greta und Dawkins neben mir. Sie starrten nach links, zur Mitte des Pfeilers.

„Was soll das denn sein?" Gretas Stimme klang ratlos.

Ich stemmte mich auf die Füße und drehte mich um, weil ich wissen wollte, was sie meinte.

Genau in der Mitte der Dachfläche stand der Fahnenmast mit dem wild im Wind flatternden Sternenbanner. Aber am Fuß des Mastes häuften sich alle möglichen Dinge, die mir auf meiner Krabbeltour zum Geländer nicht aufgefallen waren: Handwagen voller Elektronik – Monitore und andere Geräte, die aussahen, als gehörten sie eigentlich in ein Krankenhaus. Und rings um den Flaggenmast stand ein Wald aus spitzen Metallstäben, insgesamt sechzig oder achtzig Stück. Jeder Stab war mindestens zweieinhalb Meter lang. Sie bildeten konzentrische Kreise und waren über Kabel mit einem silbernen Rechteck aus Metall verbunden, das wie ein hochkant stehendes Bettgestell aussah.

„Ich weiß zwar nicht genau, was das ist", sagte Dawkins, „aber ich bezweifle stark, dass es etwas Gutes zu bedeuten hat."

Ich habe die allerschlechteste Idee meines Lebens

„Das muss irgendwie mit dieser Heimsuchungsgeschichte zusammenhängen, von der die Hand gesprochen hat", sagte Dawkins. Dann stemmte er sich gegen den Wind und ging auf das Gewirr am Fuß des Fahnenmastes zu.

„Müssen wir nicht weiter?", rief Greta ihm zu.

„Haltet Wache!", rief er zurück. „Ich will bloß sehen, ob ich der Sinistra Negra mit ihren finsteren Plänen einen Knüppel zwischen die Beine werfen kann."

„Ich helfe Jack!", sagte ich zu Greta.

„Ganz sicher?"

„Ja, klar. Ich kann mich ja an der Stange festhalten." Und so zog ich mich an dem Eisengeländer entlang bis zu Dawkins. Er war mittlerweile mit seiner Untersuchung des Bettgestells und der Kabel fertig und hatte damit begonnen, die vier großen Metallkisten, die danebenstanden, zu durchwühlen.

„Wozu haben die diese ganze medizinische Notfallausrüstung hier heraufgeschafft? Nicht nur einen Defibrillator, sondern auch …" Er hob ein Reagenzglas nach dem anderen hoch und las das Etikett. „Epinephrin – das ist eine andere Bezeichnung für Adrenalin –, Atropin, Adenosin und dann einmal quer durchs ganze Alphabet … aber wozu?"

Er wandte sich der zweiten Kiste zu. „Igitt", sagte er dann und knallte den Deckel wieder zu. „Lauter Waffen." Er schleppte sie zu mir. „Die schmeißen wir in den East River."

„Meinst du wirklich, dass wir dafür Zeit haben?"

„Wir müssen herausfinden, was sie vorhaben", erwiderte Dawkins. „Du hast die Sinistra-Negra-Agenten ja bereits kennengelernt. Die meisten sind Vollidioten. Und das bedeutet, dass hier höchstwahrscheinlich irgendwelche Zeichnungen oder Montageanleitungen herumliegen. Sonst wären die Pfeifen, die das ganze Zeug da zusammengeschustert haben, bestimmt nicht klargekommen."

Ich warf Greta einen Blick zu. Sie formte mit Daumen und Zeigefinger ein O: *Okay.*

„Ich kann mich natürlich auch täuschen … Nein, da haben wir's ja." Er zog ein paar zusammengefaltete Blätter aus der dritten Kiste. Hastig überflog er die erste Seite, dann die zweite, und warf den Metallstäben und dem rechteckigen Rahmen einen erneuten Blick zu.

Er stand ruckartig auf, stopfte die Papiere in seine Jackentasche und zeigte nervös auf Greta. „Wir müssen sie so schnell wie möglich von hier wegschaffen."

„Wieso?", wollte ich wissen. „Was ist das für eine Vorrichtung?"

„Ich habe dir doch erzählt, dass die sechsunddreißig Reinen miteinander verbunden sind, stimmt's?"

„Sie können es fühlen, wenn eine von ihnen stirbt", sagte ich.

„Das da …" Er zeigte auf die Vorrichtung. „… ist dazu gedacht, den Tod einer Reinen auf die anderen fünfunddreißig zu übertragen. Sie wollen die eine reine Seele als Fenster benutzen, um zu allen anderen durchzudringen und sie allesamt auszulöschen."

„Aber wie …?" Ich wich erschrocken einen Schritt zurück.

„Das hier sind Blitzableiter, Ronan, und das da Transformatoren. Die Sinistra Negra wird einen Gewittersturm aufziehen lassen und die Blitze – sämtliche Blitze – hierher leiten, sodass sie auf die Reine treffen, die sie in dieses Gestell geschnallt haben. Das Herz der Reinen wird aufhören zu schlagen und sie wird sterben, und dann wird ihr Tod über die Sternenbrücke, von der ich dir erzählt habe, auf die anderen fünfunddreißig übertragen."

„Und dann müssen sie *alle* sterben?"

„Vielleicht nicht sofort", erwiderte Dawkins und trat gegen einen der Blitzableiter. Allerdings war der im Stein festgeschraubt und ließ sich nicht einfach wegschlagen. „Aber sobald die Reine tot ist, wird die Sinistra Negra sie wiederbeleben, damit sie sie wieder und wieder umbringen können, so lange, bis die anderen fünfunddreißig Reinen allein durch diese ungeheure Wucht des Leids ebenfalls sterben."

„Dann haben sie wohl von Anfang an nur eine einzige Seele gebraucht", sagte ich. „Darum ist Dad also das Risiko eingegangen und hat unser Haus abgefackelt. Er hat gehofft, dass meine Mom ihm verrät, wer die Reine ist, die sie beschützen soll." Ohne das Geländer loszulassen, packte ich mit der anderen Hand den Griff der Kiste und zerrte sie in Gretas Richtung.

Dawkins nahm das andere Ende in die Hand. „Wir werden auch weiterhin alles tun, was in unserer Macht steht, um Greta zu schützen. *Alles.* Aber falls sie Greta in ihre Gewalt bekommen und die Wahrheit über sie herausfinden ... dann müssen wir sie schonen."

„Wie meinst du das?", wollte ich wissen.

„Wir dürfen nicht zulassen, dass sie sie so quälen. Wir dürfen nicht zulassen, dass sie sie immer wieder töten."

„Stimmt", sagte ich. „Das wäre grässlich. Sie ist meine beste Freundin."

„Und außerdem dürfen wir nicht zulassen, dass sie Greta benutzen, um alle anderen Reinen zu töten." Dawkins blieb stehen und gab der Kiste einen Ruck, sodass ich mich zu ihm umdrehen musste. Er starrte mich regungslos an. „Versprich mir eines, Ronan: Falls sie Greta gefangen nehmen, bringst du sie um, bevor sie sie in dieses Gestell da schnallen können."

„Ich soll Greta *umbringen?*" Ich warf ihr einen hastigen Blick zu. „Das könnte ich niemals ..."

„Niemand von uns möchte, dass sie stirbt, aber wir dürfen das nicht zulassen. Wir müssen unserer Aufgabe als Wächter des Lichts gerecht werden."

Der Wind hier oben war stürmisch, und als ich ihm antwortete, standen mir Tränen in den Augen. „Okay. Ich verspreche es dir. Aber können wir jetzt endlich von hier verschwinden, damit ich das *nicht* tun muss?"

Mit der freien Hand winkte Dawkins Greta zu und rief: „Wird Zeit, dass wir uns anderen Sehenswürdigkeiten zuwenden!" Seine Stimme klang beinahe unbekümmert, aber die Anspannung stand ihm deutlich ins Gesicht geschrieben.

„Was sind denn das da für Dinger?", wollte Greta wissen, als wir an der Vorrichtung vorbeikamen.

„Keine Ahnung", erwiderte Dawkins. „Anscheinend irgendein Forschungsprojekt der Sinistra Negra."

„Und in der Kiste?"

„Sind noch mehr Tesla-Gewehre", sagte ich.

Dawkins und ich stellten die Kiste ab, und dann schob er sie mit dem Fuß so weit vor, dass sie über den Rand kippte. Wir warteten nicht ab, bis wir sie auf das Wasser klatschen hörten.

„Vorwärts!", bellte Dawkins.

Ich konnte Greta nicht anschauen, als sie die Leiter nahm, die auf der anderen Seite des Pfeilers bis zum Tragseil hinunterführte.

Sie hingegen warf mir ständig besorgte Blicke zu. „Tut mir wirklich leid, Ronan – aber für dich mit deiner Höhenangst wird das ziemlich schwierig werden."

„Wird schon gehen", sagte ich und schüttelte den Kopf.

„Zumindest geht es jetzt bergab." Sie drückte mir die Schulter, wie meine Mom es getan hätte. „Halt dich gut an den Seilen fest und schau auf meinen Rücken, dann sind wir im Nullkommanichts wieder unten auf der Straße."

„Okay, ich bin so weit", murmelte ich.

Greta lächelte noch einmal und begann mit dem Abstieg. Und dann, nach einem letzten Blick zu Dawkins, folgte ich ihr.

. . .

Der Abstieg war erheblich leichter als der Aufstieg, vor allem weil Krisco diesen Teil der Brücke noch nicht eingepackt hatte und wir daher aufrecht gehen konnten, anstatt uns durch einen Tunnel aus orangefarbener Seide zu kämpfen. Was aber auch Nachteile hatte, weil ich dadurch ganz genau sehen konnte, wo wir waren und was wir hier taten – nämlich dass wir in zig Metern Höhe ein steiles, schmales, windumtostes Drahtseil entlangkraxelten.

Ich hielt mich an den Seilen fest, starrte auf die Spitzen meiner Turnschuhe und verschwendete keinen einzigen Gedanken an die Sinistra-Negra-Agenten, die mittlerweile vermutlich dahintergekommen waren, wie unsere Fluchtroute aussah. Bestimmt waren sie schon auf dem Weg durch den Seidentunnel, um uns wieder einzufangen.

Aber ich konnte an nichts anderes denken als an das Versprechen, das ich Dawkins gegeben hatte. Und dass ich ihn angelogen hatte.

Denn ich würde Greta niemals töten können. Nicht einmal, um sie vor noch Schlimmerem zu bewahren. Das wusste ich, und gleichzeitig war mir klar, dass ich damit versagte, sowohl als Wächter des Lichts wie auch als Freund, und dieses Wissen machte mich schwach.

Und, na gut, von mir aus … vielleicht habe ich auch ein bisschen geweint. Meine nassen Wangen wurden jedenfalls ganz kalt vom Wind und ich konnte mir nicht einmal das Gesicht abwischen, weil ich niemals, wirklich niemals die Seile losgelassen hätte.

Wir waren schon halb wieder unten und die Neigung wurde spürbar sanfter, je näher wir der Straße kamen. Noch fünf Minuten, dann waren wir in Sicherheit.

Da ich immer noch auf meine Füße starrte, stieß ich plötzlich mit Greta zusammen. Sie war stehen geblieben.

„Pass doch auf", sagte sie, als ich mit dem rechten Fuß ausrutschte und auf dem Knie landete.

Dawkins packte mich am Kragen. „Ich hab dich, Ronan!"

Da bemerkte Greta mein tränenüberströmtes Gesicht. „Ach, du meine Güte, Ronan, es tut mir leid. Du musst ja Todesangst haben!"

„Nein!", entgegnete ich. „Ich meine, ja, ich …" Ich wusste beim besten Willen nicht, was ich sagen sollte.

„Warum halten wir an?", erkundigte sich Dawkins.

„Die Straße", sagte Greta und duckte sich, sodass wir über ihren Kopf hinweg nach unten sehen konnten.

Der Anblick gefiel mir ganz und gar nicht: Zwei Gestalten kamen uns am Seil entgegen. Es waren zwei Männer, und einen erkannte ich auch auf diese Entfernung sofort. – Meinen Dad.

„Hier oben ist es zu wackelig, um einen Schwertkampf zu riskieren", sagte Dawkins. „Deshalb folgender Vorschlag: Wir klettern möglichst schnell wieder nach oben und nehmen eines der Seile auf der anderen Seite des …"

„Das funktioniert auch nicht", unterbrach ihn Greta und nickte nach rechts.

Auf den anderen drei Tragseilen, die von unserem Pfeiler aus nach unten führten, hatte sich das restliche Team meines Vaters verteilt: Je ein Mann auf den beiden Mittelseilen, und zwei auf dem von uns aus gesehen äußersten.

„Also gut." Dawkins drehte sich um. „Dann gehen wir eben wieder zurück, bis zu der Stelle, wo das Tragseil in den Ankersaal mündet. Dort schneiden wir die Seide durch und klettern auf die Straße."

„Und was, wenn die Legion und Birk und die Sinistra Negra uns entgegenkommen?", wandte ich ein.

„Die Wurst wird erst gegrillt, wenn die Kohle heiß ist", erwiderte Dawkins. „Los jetzt."

. . .

Beim zweiten Mal war die Kletterpartie über die Leiter auf das Dach des Pfeilers ein Kinderspiel. Ich wusste, was mich dort oben erwartete und dass mir keine Gefahr drohte, wenn ich einigermaßen aufpasste.

Wir überquerten also die Pfeilerspitze und kletterten auf der anderen Seite wieder auf das Tragseil zurück.

„Ich spiele den Kundschafter", sagte Dawkins und zückte seine Machete. „Sollten wir auf dem Weg nach unten jemandem begegnen, möchte ich gerne der Erste sein. Ich beeile mich. Ihr kommt nach, und zwar so schnell und so sicher wie möglich. Ronan, du zuerst, dann Greta."

Er wirbelte herum und galoppierte das Drahtseil hinunter, bis er in dem Tunnel aus orangefarbener Seide verschwunden war.

„Er hat sich nicht mal festgehalten", sagte Greta und klammerte sich noch fester an die Seile.

„Furchtlosigkeit ist keine Kunst, wenn du weißt, dass du nicht sterben kannst." Ich beugte mich leicht nach vorne und machte mich auf den Weg nach unten.

„Ich bin direkt hinter dir, Ronan", sagte Greta und tippte mir sanft auf die Schulter.

Wir waren noch keine fünf Meter weit im Tunnel, da sah ich, wie jemand im Vollsprint auf uns zugerast kam: Dawkins.

„Zurück!", schrie er uns entgegen. „Sie kommen!"

„Aber mein Dad!", schrie ich zurück.

„Wir nehmen das Seil auf der anderen Seite des Pfeilers", sagte Dawkins, als er bei uns war. „Lieber kämpfe ich gegen zwei seiner Leute als gegen die sechs Sinistra-Negra-Agenten, die uns entgegenkommen."

Also machten wir uns zum dritten Mal in dieser Nacht auf den Weg zu der Leiter am Pfeiler. Als wir aus der Seidenhülle hervorkamen, flatterten die losen Tuchenden im Sturm – und ich hatte eine Idee.

Eine schreckliche Idee. Ich befürchtete, dass mir gleich schlecht werden würde.

„Und wenn es noch einen anderen Weg nach unten gäbe?", fragte ich die anderen.

„Raus damit!", blaffte Dawkins mich an.

Ich zog mein Schwert, stellte mich direkt neben die Seidenverpackung und durchschnitt eine der Stoffbahnen. Das eine Ende segelte sofort hinunter in Richtung Wasser, aber das andere Stück erschlaffte. Ich griff danach und fing an, es Armlänge um Armlänge einzuholen. „Das ist doch eine einzige, lange Stoffbahn, die um die Brücke herumgewickelt wurde, oder?" Die Seide glitt sirrend über die Handlaufseile und sammelte sich zu unseren Füßen. „Wie wäre es, wenn wir uns daran festbinden und, ähm ..." Ich konnte nicht anders. Ich musste mich abwenden und fing unwillkürlich an zu würgen.

„Und springen!", krähte Dawkins. „Das ist oberbescheuert – wundervoll! Gut möglich, dass die Seide bis ins Wasser hinunterreicht. Und da diese Bahn hier um die anderen gewickelt ist, müsste der Sturz eigentlich sogar ein bisschen abgebremst werden." Dawkins steckte seine Machete in die Scheide und war mir mit beiden Händen behilflich. „Wir landen einfach im Wasser und schwimmen ans Ufer."

„Wie Bungee-Jumping", sagte Greta. „Super Idee, Ronan."

Eine Minute später lag ein Riesenhaufen Seide zwischen uns auf dem Tragseil. Dawkins machte Greta in der Mitte fest. „Das da ist dein Anker", sagte er und tippte ihr an die Hüfte. „Aber wenn du einigermaßen aufrecht bleiben willst, musst du das

Ende hier um dein Bein schlingen und dann über den Rücken nach oben ... so." Er zog weitere zehn Meter durch und band auch mich fest, und dann noch einmal zehn Meter, um sich selbst festzuknoten. „Ich bin das Fallgewicht ganz unten", sagte er augenzwinkernd.

Dann kletterten wir einer nach dem anderen unter dem Seil hindurch, stellten uns auf die Kante und lehnten uns nach draußen, während wir uns mit nach hinten gestreckten Armen am Seil festhielten.

„Wieso machen wir das eigentlich ständig?", wollte ich wissen. „Immer hüpfen wir irgendwo runter."

„Bei drei springe ich", sagte Dawkins, ohne mich zu beachten. „Und ihr kommt eine Sekunde später nach. Hört sich das gut an?"

Ob sich das gut anhört? Nein, es hörte sich grauenhaft an. Aber ich schluckte und erwiderte: „Okay", obwohl ich noch nie in meinem ganzen angsterfüllten Leben etwas so wenig gewollt hatte wie das hier.

„*Eins*", zählte Dawkins.

„Los geht's!", sagte Greta. Ihre Stimme klang richtig aufgeregt, als wäre ein Todessprung von der Brooklyn Bridge etwas, wonach sie sich schon seit Ewigkeiten gesehnt hatte.

„*Zwei*." Dawkins ging in die Hocke, ließ eine Hand los und lehnte sich so weit wie möglich nach vorne.

„*Drei!*", rief er und sprang los.

Es war ein weiter Satz, bestimmt sechs Meter weit in die Dunkelheit, und er zog eine Luftschlange aus orangefarbener

Seide hinter sich her, die an mir befestigt war, was ich beinahe vergessen hätte. Doch dann spannte sich die Seide.

„Ronan!", rief Greta. „Spring!"

Und ich kniff die Augen zusammen und sprang.

In die Tiefe

Als ich ungefähr sieben Jahre alt war, streckte ich, wenn ich mit meiner Mom im Auto unterwegs war, gerne den Kopf zum Fenster heraus. Der Fahrtwind auf meinen Wangen, das Dröhnen in meinen Ohren … Ich dachte immer: So muss es sein, wenn man fliegt.

„Ich bin Superman!", rief ich meiner Mom zu.

„Nein, du bist ein Hund!", schimpfte sie dann jedes Mal. „Zieh den Kopf wieder rein, Ronan, bevor irgendwas dagegenprallt."

Ein Sturz aus großer Höhe fühlt sich jedenfalls ganz ähnlich an. Windig, laut, und irgendwie war mir klar, dass meine Mom das nicht gut finden würde.

Vielleicht wäre alles gar nicht so schlimm gewesen, wenn ich auf Dawkins' Anweisungen gehört und mich an der Seide festgehalten hätte. Das tat ich aber nicht, und deshalb wirbelte ich wie wild im Kreis, während ich in die Tiefe stürzte, sodass die Welt ganz verschwommen wirkte. Ich machte die Augen auf und sah die halb eingepackte Brücke, die Lichter der Stadt, die dunkelmetallisch gekräuselten Wellen des Flusses an mir vorübersausen, hörte das Knattern des Stoffes im Wind, das weit entfernte Hupen und Dröhnen der Autos und ein lautes Kreischen.

Das war natürlich ich. Sobald mir das klar geworden war, machte ich den Mund zu.

Gelegentlich sah ich auch Greta, die über mir baumelte, oder Dawkins weiter unten. Er hatte seine Arme und Beine weit ausgebreitet und sah aus wie eine Spinne, die auf einer Seidenstoffbahn reitet. Dann passierten wir die Fahrbahn, aber die Bremswirkung des verknoteten Stoffes war praktisch gleich null.

Ob der Stoff bis zum Wasser hinabreichen würde?

Dieses Mal hast du's echt geschafft, dachte ich. *Endlich hast du etwas so Dämliches gemacht, dass du dich selbst und Greta und alle anderen Menschen damit umbringen wirst!*

Und dann straffte sich die Seide und machte *zoinggg!*

So schrecklich der Sturz auch gewesen war, dieser ruckartige Stopp irgendwo im Nichts war noch schrecklicher.

Die Schlaufe um meine Hüfte zog sich zusammen, während meine Arme und Beine und mein Kopf noch weiter fallen wollten. Ich klappte wie ein Taschenmesser zusammen, sodass die Seide sich in meine Taille fraß. Es war ein Gefühl, als würde ich in zwei Teile geschnitten.

Ein Stück weiter oben hörte ich Greta stöhnen. „Uuaahh!"

Ich blickte hinauf. Sie hing etwa sechs, sieben Meter unter der Brücke, während die Autos über sie hinwegbrausten. Dawkins hingegen baumelte langsam kreisend ungefähr fünfundzwanzig Meter über dem Wasser. Ich hing zwischen den beiden. Wir drehten uns sanft im Wind.

„Der Stoff ist nicht lang genug, Ronan", rief Dawkins.

Ich hatte solche Schmerzen, dass ich ihm keine Antwort geben konnte.

„Wir müssen hochklettern, zur Fahrbahn!", fügte er hinzu.

Ein Seil hochzuklettern ist nicht weiter schwierig ... aber Seide ist kein Seil. Seide ist rutschig. Es war mitten in der Nacht, wir waren ohnehin zu Tode erschöpft, und als ich einen Blick auf das Wasser tief unten wagte, packte mich eine übermächtige Todesangst.

„Kein Problem!", sagte ich und krallte meine Fäuste in die Seide.

Der Stoff ruckte und ich wurde ein Stück nach oben gezogen.

„Äh, Jack?", sagte ich. „Da passiert irgendwas."

Gleich anschließend ging es noch einmal zwei Meter höher.

„Sie holen uns ein, wie Fische an der Angel!", rief Dawkins mir zu.

„Jungs?", schrie Greta, als wir mit einem Mal rund drei Meter nach oben rutschten. „Ich kann die Straße schon sehen, aber ich komm nicht ran!" Die Träger, auf denen die Fahrbahn ruhte, waren ein, zwei Meter von ihr entfernt.

„Schaukeln!", rief Dawkins und fing an, wie ein Brustschwimmer Arme und Beine zu bewegen.

Ich probierte es auch, aber bis unsere Bewegungen bei Greta angekommen waren, waren wir schon wieder sechs Meter höher geschwebt, und sie hing weit über der Fahrbahn. Dann glitten wir gleichmäßig und ohne Halt immer höher.

„Schneid mich los", sagte Dawkins.

„Das ist doch viel zu hoch."

„Ich werd's überleben", erwiderte er. „Irgendwann. Und dann hole ich Hilfe."

Ich zog mein Schwert und machte einen Schlitz in die Seide unter mir.

„Und Ronan!", rief Dawkins mir noch zu. „Dein Versprechen!"

Mein zweiter Hieb durchtrennte den Stoff endgültig und Dawkins stürzte in die Tiefe. Das Seidenband flatterte hinter ihm her.

„Geronimo!", rief er.

Dann verlor ich ihn aus dem Blick, und kurze Zeit später ertönte ein lautes Klatschen.

„Ronan!", rief Greta mir zu. „Wo ist Jack?"

„Hilfe holen!", brüllte ich zurück, obwohl das wohl eher ein frommer Wunsch war.

Jetzt gab es nur noch einen Menschen, der die Sinistra Negra aufhalten konnte. Und dieser eine war ich.

. . .

Viel zu schnell wurde ich von fünf Sinistra-Negra-Agenten unter dem Handlaufseil hindurchgezogen. Dann hoben drei von ihnen mich hoch und trugen mich wie ein Möbelstück weg. Sie brachten mich bis zur Leiter und reichten mich dann an andere Agenten weiter, die mich auf der Pfeilerspitze in Empfang nahmen.

Ich hatte das Team der Legion erkannt, noch bevor sie mich auf den Bauch gedreht, mir die Arme auf dem Rücken gefesselt und mich neben Greta auf die Füße gestellt hatten.

„Hallo", sagte Greta. Der Wind wehte ihr die Haare quer über das Gesicht.

„Hallo", sagte ich. „Alles okay?"

Sie zuckte mit den Schultern. „Es ist ungefähr vier Uhr morgens, ein riesiges Gewitter zieht auf und wir sind auf der Spitze der Brooklyn Bridge einem Haufen Irrer in die Hände gefallen. Also, ich würde sagen, alles in allem geht es mir gar nicht so schlecht."

Wir standen neben der Leiter, nur ein paar Zentimeter von der Pfeilerkante entfernt. Der glatzköpfige Pizzaesser war hinter mir und hatte mir die Hände auf die Schultern gelegt. Die dunkelhaarige Frau hatte sich mit vor der Brust verschränkten Armen neben ihm aufgebaut und starrte geradeaus. Die Hände der rothaarigen Agentin lagen auf Gretas Schultern, während der Fahrer der Legion, ein Bodybuilder mit Ziegenbärtchen und tätowiertem Hals, in unmittelbarer Nähe alles beobachtete.

Einschließlich der vier Agenten in unserem Rücken zählte ich insgesamt sieben Angehörige der Sinistra Negra auf unserem Pfeiler. Mein Dad und seine Leute waren nicht dabei. Sie hätten eigentlich schon längst hier sein müssen, darum nahm ich an, dass sie irgendwo in der Nähe auf der Lauer lagen.

„Lass mich mit ihnen reden, und sobald du die Gelegenheit hast, siehst du zu, dass du verschwindest."

„Vergiss es, Ronan", erwiderte Greta. „Ich lasse dich auf gar keinen Fall allein."

Die groß gewachsene, weißhaarige Frau mit den rot-goldenen Umhängen kam mit ausgestreckten Armen auf uns zu, als wollte sie uns in ihrem Heim willkommen heißen. Ich sah, dass sie alt war, also, richtig alt – eine von denen, über die groß berichtet wird, wenn sie sterben, weil sie noch mit eigenen Augen gesehen haben, wie das Rad erfunden wurde oder so was in der Art. Sie war dünn, aber alles andere als gebrechlich. Ich fand sie irgendwie furchterregend.

Die alte Frau lächelte uns an. „Wie schön, dass wir uns endlich persönlich begegnen, Evelyn Strongheart. Ich bin Evangeline Birk." Sie sprach, genau wie Dawkins, mit einem leichten, kaum wahrnehmbaren Akzent.

„Ich habe schon von Ihnen gehört", sagte ich. „Sie stehen in der Sinistra Negra sogar noch über meinem Dad."

„Dein Vater ist *gar nichts*", spie Evangeline Birk hervor. Das Lächeln verschwand schlagartig von ihrem Gesicht und sie fletschte die Zähne. Dann schauderte sie kurz und lächelte wieder. „Obwohl ich zugeben muss, dass du ihm wirklich sehr ähnlich bist."

„Zum Glück nur äußerlich!" Ich lachte, als hätte ich gerade

einen Witz gemacht. „Ansonsten komme ich mehr nach meiner Mom und nicht nach diesem Sinistra-Negra-Sklaven."

Birk starrte mich lange Zeit regungslos lächelnd an. Mir wurde bewusst, was das Furcht einflößende an ihr war: Sie blinzelte nicht. Kein einziges Mal.

„Er hat uns auf direktem Weg zu dir geführt, nachdem er dich jahrelang vor uns versteckt hat", sagte sie schließlich, „und dafür bin ich ihm dankbar."

Jahrelang vor uns versteckt. Sie hielt *mich* für eine reine Seele. Warum sonst hätte mein Dad unter so vielen Opfern versuchen sollen, mich aufzuspüren? Warum sonst hätte er das Risiko eingehen sollen, eine zweite reine Seele – Flavia – auf dem Glass-Anwesen zu verlieren? Und genau so war es ja auch gekommen. Mit einem Mal wurde mir klar, dass nur mein Dad wusste, was Greta wirklich war. Er hatte dieses Geheimnis bisher noch niemandem offenbart.

„Mein guter alter Dad", sagte ich. „Ich habe ihm eine Menge zu verdanken."

„Kinder sind schrecklich langweilig." Birk wandte sich an die Legion. „Ausrüstung vorbereiten und die Teams am Ufer verständigen. Bei Sonnenaufgang muss alles fertig sein."

Sie stellte sich an die Kante des Pfeilers und blickte auf das Lichtermeer von Manhattan. „Nun endlich tragen die vielen Jahre harter Arbeit Früchte. Die Zeit der Heimsuchung ist gekommen!"

„Was soll das eigentlich heißen?", fragte ich.

„Das bedeutet, dass ein neuer Tag anbricht, Evelyn Strongheart. Dass die alte Welt zu Ende geht und eine neue, bessere an ihre Stelle tritt. Und du ... du sitzt bei alledem in der ersten Reihe!"

„Eines würde mich schon noch interessieren", schaltete sich Greta ein.

„Sei still!", flüsterte ich ihr zu. „Überlass das Reden mir."

Birk bedachte Greta mit einem verächtlichen Lächeln. „Was möchtest du wissen?"

„Diese ganze Sache mit dem Ende der Welt", fuhr Greta fort. Sie kam langsam in Schwung, wie damals im Debattierklub an der Schule. „Soweit ich es beurteilen kann, ist die Sinistra Negra doch auch Teil dieser Welt. Wenn Sie also die ganze Welt vernichten, vernichten Sie dann nicht auch sich selbst?"

„Nein", erwiderte Birk. „So wie die Arche die wenigen Gottesfürchtigen vor der Sintflut bewahrt hat, so werden auch wir in einer Arche Zuflucht finden, während die große Feuersbrunst das Antlitz der Erde von allem Unrat reinigt."

„Das hört sich gut an", sagte ich. „Hören Sie, ich bin derjenige, hinter dem mein Dad die ganze Zeit her war. Ich bin der, den er Ihnen ausliefern wollte. Und jetzt haben Sie mich. Also tun Sie, was immer Sie tun müssen, aber bitte zwingen Sie meine Freundin nicht, das alles mit ansehen zu müssen."

„Wie unglaublich rührend." Evangeline Birk zog eine Augenbraue in die Höhe. „Legion? Es ist Zeit für die Untersuchung."

„Sofort", erwiderte die Legion. Dann zählte sie die Metallkisten und hob verwirrt den Kopf. „Eine Kiste fehlt."

„Das war ich", erklärte ich achselzuckend. „Sie war voller Gewehre, da habe ich sie in den Fluss geworfen."

Birk beugte sich nach vorne und packte mich mit Daumen und Zeigefinger am Kinn. „Es dauert wirklich nicht mehr lange, Evelyn Strongheart."

„Bitte, Miss Birk. Ich möchte lieber Ronan genannt werden."

In ihrem Rücken beugte die Legion sich jetzt über die vierte Metallkiste – die Dawkins gar nicht geöffnet hatte – und holte einen schwarzen Kasten hervor. Den trug sie zu ihrer Gebieterin, ging vor ihr in die Knie und reichte ihr den Kasten mit ausgestreckten Armen.

Evangeline Birk drehte mir den Rücken zu, sodass ich nicht sehen konnte, wie sie den Deckel aufklappte und etwas herausholte.

Als sie sich wieder zu uns wandte, hielt sie eine Maske in der Hand, die ich bis jetzt erst einmal gesehen hatte, und zwar bei meinem Vater: Es war die rötlich schimmernde Schattenmaske mit den vielen Gesichtern, der so genannte Perzeptor.

„*Le percepteur*", sagte Evangeline Birk und jetzt endlich erkannte ich auch ihren Akzent. Französisch. Vor mir stand jene Madame Burque, die Mathilde getötet hatte.

„Dann wollen wir euch beide einmal genauer betrachten."

Die Heimsuchung

Ich spannte alle Muskeln und machte mich bereit. Bei der nächsten Gelegenheit würde ich mich auf Evangeline Birk stürzen.

Was ganz offensichtlich eine ziemlich bescheuerte Idee war.

Erstens waren meine Hände immer noch auf dem Rücken gefesselt, sodass mir nicht viel anderes übrig blieb, als ihr einen Kopfstoß zu verpassen. Zweitens hatte ein Sinistra-Negra-Agent mir von hinten die Hände auf die Schultern gelegt, während ein zweiter direkt neben ihm stand, und sie waren beide bewaffnet. Ich würde nicht einmal in Evangeline Birks Nähe gelangen, ganz zu schweigen davon, dass ich sie daran hindern konnte, die Maske aufzusetzen.

Also sprang ich eben nach hinten.

Damit hatte der glatzköpfige Pizzaesser nicht gerechnet. Er stieß ein leises *Umpf!* aus und ließ meine Schultern los.

Ich fiel auf die Knie und rollte mich herum, sodass ich ihn jetzt vor mir hatte.

Er fuchtelte mit den Armen in der Luft herum, versuchte das Gleichgewicht wiederzuerlangen und geriet dabei zu dicht an die Pfeilerkante.

Die dunkelhaarige Frau packte ihn an der einen Hand und die Rothaarige, die Greta bewachte, an der anderen. Dann erstarrte er über dem Abgrund, die Füße gegen die Kante gestemmt, während er von seinen Kolleginnen festgehalten wurde.

Er sah mich an und kniff die Augen zusammen.

Ich holte mit angezogenen Beinen Schwung und rammte ihm beide Füße voll gegen die Knie.

Seine Beine flogen nach hinten und er fiel mit verdutztem Gesicht in die Tiefe.

Da seine Kolleginnen ihn nicht rechtzeitig losgelassen hatten, wurden sie ebenfalls mit nach unten gerissen.

Ich vergeudete keine Zeit damit, mir innerlich erst einmal auf die Schulter zu klopfen, sondern sprang auf, drehte mich um und stürmte direkt auf Evangeline Birk zu.

Ein kleiner Teil meines Bewusstseins bekam auch die anderen Dinge mit, die um mich herum passierten: Greta versuchte sich aus dem Griff des ziegenbärtigen Fahrers der Legion zu befreien, trat ihm auf die Füße und schrie irgendetwas. Und auf der gegenüberliegenden Seite des Pfeilers ließ der hünenhafte, blonde Schläger der Legion alles stehen und liegen und stürmte auf mich los.

Meine ganze Konzentration war jedoch auf Evangeline Birk

gerichtet. Sie ließ die Schattenmaske in den Kasten fallen und wich einen Schritt zurück, während sich die Legion mit gezücktem Schwert schützend vor sie stellte. „Es wird mir ein Vergnügen sein, dich in Stücke zu schneiden, Strongheart!"

Ich rannte ungebremst auf sie zu. Als ich nur noch ein, zwei Meter von ihr entfernt war, ließ ich mich fallen und schlitterte wie ein Baseballspieler kurz vor der Markierung weiter, sodass ich unter dem Schwert der Legion hindurchrutschte, und zwar auf ihrer linken Seite.

„Daneben!", rief die Legion.

Dabei hatte ich gar nicht auf sie gezielt.

Mein rechter Fuß traf den Kasten mit dem Perzeptor genau in der Mitte. Er rutschte wie ein viereckiger Eishockeypuck über die Seide und segelte dann in hohem Bogen über die Kante in Richtung Wasser.

Birk stieß ein verblüfftes und ausgesprochen wütendes Geräusch aus.

„Tut mir leid", sagte ich. „Aber ich kann dieses Ding einfach nicht ausstehen."

„Das glaube ich dir sofort", erwiderte Birk. Dann wandte sie sich an die Legion: „Tötet ihn."

„Mit dem größten Vergnügen." Die kleine dunkelhaarige Frau fing an zu grinsen und schwang ihr Schwert.

Aber bevor sie zuschlagen konnte, rollte ich mich zur Seite.

Und prallte gegen die dunklen Lederschuhe des großen Blonden aus dem Team der Legion. Er bückte sich, packte mich mit der einen Hand am Hemd und mit der anderen am Gürtel und hob mich hoch über seinen Kopf. Ich wand mich, schlug und trat in alle Richtungen, bis er die drei Meter zur Dachkante zurückgelegt hatte. Jetzt hatte ich freie Sicht auf die fast fünfzig Meter darunter verlaufende Fahrbahn. Selbst um diese Zeit – es war vier Uhr morgens – herrschte dort jede Menge Verkehr. Er beugte die Arme, machte sich zum Wurf bereit.

„Stopp!", rief Greta.

„Ja, stopp", sagte auch Birk. Sie seufzte. „Ich habe es mir anders überlegt. Bringt ihn nicht um."

Er verharrte, hielt mich mit bebenden Armen immer noch hoch über seinem Kopf und überlegte wahrscheinlich, ob er seiner Gebieterin gehorchen oder mich trotzdem hinunterwerfen sollte. Schließlich drehte er sich seufzend um und ließ mich aus Brusthöhe auf das Dach fallen, gar nicht weit von den kreisförmig angeordneten Blitzableitern entfernt. Ich starrte sie und den silbrig glänzenden Metallrahmen in der Mitte an. Wahrscheinlich würde ich demnächst an dieses Ding geschnallt werden.

So lag ich einen Augenblick lang da und überlegte, was ich als Nächstes unternehmen konnte, bis Birk und die Legion zu mir traten.

„Ich schicke einfach ein paar Taucher los, um den Perzeptor zu suchen", sagte Birk, legte den Kopf schräg und zuckte mit den Schultern. „Er ist praktisch unzerstörbar."

„Die Wächter des Lichts werden Sie aufhalten", sagte ich. „Sie müssen jeden Augenblick hier sein. Wahrscheinlich haben sie die Brücke schon besetzt."

„Wir wissen beide, dass das ziemlich unwahrscheinlich ist", erwiderte Birk. „Aber keine Angst – ob ich den Perzeptor nun habe oder nicht, ändert nichts daran, dass die Heimsuchung stattfinden wird." Sie ließ den Blick zwischen mir und Greta hin und her wandern, bis sie einen Entschluss gefasst hatte. „Vielleicht bist du ja doch wertvoll. Legion, befiel deinem Mann, das Mädchen festzubinden."

„Warten Sie ... was? Wieso denn das?" Ich setzte mich auf.

„Eine winzig kleine Planänderung, Evelyn Strongheart. Ich werde die Vorrichtung zuerst an dem Mädchen testen."

Der Hüne stellte mir einen seiner Riesenfüße auf den Brustkorb und drückte mich wieder zu Boden.

„Aber sie hat doch gar nichts gemacht!", sagte ich.

„Jeder hat Schuld auf sich geladen, Evelyn", erwiderte Evangeline Birk kichernd.

Der Fahrer mit dem Ziegenbärtchen warf sich Greta über die Schulter.

„Hier entlang", sagte die Hand, und dann schlängelten sich die beiden zwischen den Blitzableitern hindurch bis zu dem Silberrahmen in der Mitte. Greta schlug die ganze Zeit um sich und brüllte wie am Spieß.

Ich bewegte mich auch ein bisschen, aber der Hüne verstärkte den Druck auf meinen Brustkorb, sodass ich kaum Luft bekam. Ich konnte nichts anderes tun als zusehen.

In jeder Ecke des Rahmens war eine Lederschlaufe befestigt. Die Legion und der Ziegenbart banden Greta damit an Händen und Füßen fest.

„Was macht ihr denn da?", schrie Greta. Durch den heulenden Wind konnte ich sie kaum verstehen. „Was ist das für ein Gerät? Was passiert mit mir? Ronan?"

Und dann wickelten die Legion und der Agent ihr Metallbänder um die Arme, die Beine, den Hals und den Kopf. Diese Bänder waren vermutlich an die Transformatoren angeschlossen, von denen Dawkins gesprochen hatte, und die wiederum an die sechzig oder achtzig Blitzableiter.

„Gar nichts wird dir passieren, Greta!", rief ich ihr zu, und dann sagte ich, etwas leiser, zu Evangeline Birk: „Warum wollen Sie sie sterben lassen? Sie hat Ihnen nichts getan!"

„Aber ich will doch gar nicht, dass sie stirbt", entgegnete sie. „Ich will sie wieder und wieder töten, damit jeder ihrer Beinahe-Tode um die ganze Welt getragen wird, und zwar über die Sternenbrücke, die alle Reinen miteinander verbindet."

„Aber sie ist doch gar kein Reine", sagte ich. „Wirklich nicht."

„Das wird sehr schnell offenbar werden, und dann wird sie umsonst gelitten haben." Birk drohte mir mit dem Finger. „Aber ich vermute, dass sie doch eine Reine ist und dass du deshalb meinen Perzeptor weggetreten hast. Weil du, Evelyn Strongheart, nämlich ein wahrer Wächter des Lichts bist." Sie lächelte. „Um das zu erkennen, brauche ich *le percepteur* gar nicht."

„Sie irren sich!", sagte ich.

„Schon möglich. Aber sollte das der Fall sein, dann bist *du* an der Reihe, sobald wir mit ihr fertig sind."

Jetzt traten die Legion und der Agent aus dem Blitzableiterwald hervor, und Birk sagte zu ihr: „Die Hände sollen die Stürme sammeln und zu uns schicken. Wir sind bereit."

. . .

Als Nächstes kamen zwei weitere Sinistra-Negra-Agenten aufs Dach geklettert. Sie machten sich an den Geräten zu schaffen, drehten an irgendwelchen Knöpfen und Schaltern und sprachen mit Evangeline Birk, wobei sie immer wieder auf ein Kabel oder einen Metallstock zeigte, während ich die ganze Zeit unter dem Fuß des blonden Riesen lag.

Er war der reinste Felsbrocken. Ein Profi-Footballspieler im Nadelstreifenanzug. Er war bestimmt über zwei Meter groß und wog drei Zentner – die sich gerade fast vollständig auf mein Brustbein konzentrierten.

Niemals würde ich mich aus dieser Lage befreien können.

Am Himmel wurde es jetzt bereits langsam heller – nicht mehr lange, dann würde die Sonne aufgehen. Nicht dass sich unsere Lage dadurch irgendwie verbessert hätte. Am Horizont ballten sich Gewitterwolken zusammen. An ihren dunklen Unterseiten zuckten bereits die ersten Blitze auf. In Kürze würden die Agenten am Flussufer die Blitze hier auf diesen Pfeiler lenken, wo Greta ihnen hilflos ausgeliefert war.

Die Stromschläge würden sie töten.

Die Sinistra Negra würde sie wiederbeleben.

Und dann würde das ganze Spiel von vorne losgehen.

Ich hatte Dawkins versprochen, dass ich Greta lieber umbringen würde als zuzulassen, dass sie so gefoltert wurde, aber ich hatte keine Chance.

Als ich trotzdem noch einmal versuchte aufzustehen, beugte sich der blonde Riese nur noch weiter nach vorne. Ich keuchte und röchelte, bis Greta irgendwann rief: „Aufhören! Sie bringen ihn ja um!"

In diesem Augenblick landete ein gezackter, violetter Blitz nur wenige Zentimeter neben dem Kopf des Blonden.

„Lasst meinen Sohn in Ruhe!"

Mein Dad stand neben der Leiter, die vom Tragseil auf das Pfeilerdach hinaufführte. Er hatte ein Tesla-Gewehr in der Hand.

Der Hüne machte einen Schritt zur Seite, und mit einem Mal bekam ich wieder Luft.

Evangeline Birk breitete die Arme aus. „Haupt Strongheart, was für eine Überraschung! Sie kommen gerade rechtzeitig zum Beginn der Heimsuchung."

Hinter meinem Dad tauchte jetzt einer seiner Agenten auf, ein bärtiger Kerl mit einem Schwert in der Hand. Gleichzeitig erreichten auch die vier weiteren Teammitglieder meines Vaters, die über die anderen Tragseile gekommen waren, die Pfeilerspitze. Sie waren allesamt bewaffnet.

„Nehmt ihnen die Waffen ab", sagte Dad und zeigte auf Birk, die Legion und die drei übrigen Sinistra-Negra-Agenten. Schweigend nahmen seine Agenten das Schwert der Legion und zwei Tesla-Gewehre entgegen. Der ältere Mann, der in der

U-Bahn die Hauptstimme gesungen hatte, tastete meinen riesigen blonden Quälgeist ab. Aber er hatte keine Waffe bei sich. Die brauchte er auch gar nicht.

„Was erhoffen Sie sich von alledem?", wollte Birk wissen.

„Wir sollten unsere Streitigkeiten begraben und uns gemeinsam auf die Veränderungen freuen, die unmittelbar bevorstehen."

„Deshalb bin ich nicht hier", sagte mein Dad und kam uns über die orangefarbene Seide entgegen.

Ich lag immer noch am Boden und der blonde Riese stand neben mir. „Aber du bist doch niemals gekommen, um mich und Greta zu retten."

„Natürlich nicht." Er lachte.

Greta war so weit weg, dass sie uns nicht hören konnte. Keine Ahnung, was sie dachte, als sie uns reden sah, oder wie sie es sich erklärte, dass mein Dad so tat, als hätte ich einen Witz gemacht.

„Greta *retten?*" Er tat so, als müsste er sich die Tränen aus den Augen wischen. „Nein, ich bin hier, um sicherzustellen, dass sie ihre Aufgabe auch wirklich erfüllt. Sie ist ein Werkzeug, ein Mittel zum Zweck ... sobald ich das Kommando über diese Operation übernommen habe."

Evangeline Birk legte den Kopf schräg. „Was wollen Sie denn damit sagen, Haupt Strongheart? Ich bin natürlich dankbar dafür, dass Sie uns auf dieses Mädchen aufmerksam gemacht haben. Aber warum geben Sie Ihrem Team nicht endlich Anweisung, die Waffen abzulegen? Es ist noch nicht zu spät, um entstandenen Schaden wiedergutzumachen."

„Oh, aber für *Sie* ist es zu spät." Er deutete mit dem gestreckten Zeigefinger auf sie. „Vier, bitte töten Sie Miss Birk."

Der Sänger aus der U-Bahn wandte sich von meinem blonden Riesen ab, hob den Säbel und näherte sich mit langsamen Schritten der weißhaarigen Alten.

„Nein!" Evangeline Birk stand mit dem Rücken am Mittelgeländer. „Die Agenten-Teams unten am Flussufer gehorchen Ihnen nicht. Sie warten auf *meinen* Befehl. Ohne mich rufen sie die Gewitterstürme nicht herbei, und dann geschieht hier überhaupt nichts."

„Glauben Sie ihr nicht", sagte der U-Bahn-Sänger. „Sie hören auf *mich*, nicht auf sie."

„Was?" Mein Dad stutzte. „Was ist denn in Sie gefahren, Vier?"

Die Legion, wusste ich. *Die Legion hatte das Agenten-Team meines Vaters übernommen.*

Hinter mir ergriff nun der blonde Riese das Wort. „Birk hat hier nichts mehr zu sagen. Wir folgen jetzt der Legion."

Der Bärtige neben meinem Vater sagte: „Wir hören auf das Kommando der Legion."

Und dann sagten alle Sinistra-Negra-Agenten im Chor: „Die Legion ist es, die mit den Teams spricht, also ist die Legion auch die Einzige, die uns führen kann."

Mein Dad wich erschrocken zurück. „Und wer von euch ist die Legion?"

„Wir alle", sagte jeder Agent auf dem Brückenpfeiler. Langsam kamen sie näher und bildeten einen Kreis um meinen Dad und Evangeline Birk. Sie hatten ihre Schwerter gezückt. Niemand schien sich mehr für Greta oder mich zu interessieren.

„Wir wollen den Weg freimachen für die Legion. Darum müssen wir Birk töten", sagte der tätowierte Ziegenbart. „Und Strongheart auch."

„Da ist sie, Strongheart!", rief Birk und zeigte zu der Stelle neben den Leitern, wo die Legion regungslos verharrte. Sie hatte die Augen geschlossen und schien beinahe in Trance zu sein. „Sie ist diejenige, die Sie töten müssen!"

„Zu spät." Die Legion schlug die Augen auf und sprach in ein Handy. „Hier oben ist alles bereit. Der Befehl wurde erteilt. Die Heimsuchung möge beginnen!"

Und fast im selben Moment verdichteten sich die Gewitterwolken über unseren Köpfen. Der Wind wurde noch stärker.

Ich wusste, dass ganz in der Nähe, in Manhattan und Brooklyn am Flussufer entlang Hunderte von Teams der Sinistra Negra all ihre Kräfte auf den Himmel konzentrierten und das Wetter ihrem Willen unterwarfen. Deshalb hatten sie sich seit dem Frühjahr hier gesammelt: um den gewaltigsten Gewittersturm zu erzeugen, den New York je erlebt hatte, einen Gewittersturm, der stundenlang einen Blitz nach dem anderen auf die Brooklyn Bridge abfeuern sollte.

Um meine beste Freundin immer und immer wieder zu töten.

Ich musste doch irgendetwas tun können, um Greta dieses Schicksal zu ersparen!

Und plötzlich wusste ich auch, was – das Allererste, wovor

Dawkins mich gewarnt hatte, das Geheimnis, das ich unter gar keinen Umständen preisgeben durfte.

„Greta!", rief ich ihr zu. „Es geht um *dich! Du* bist die Reine!"

So geht die Welt zu Ende

Während ich so dagelegen und zugehört hatte, wie mein Dad und Evangeline Birk sich gegenseitig anzickten, war mir etwas eingefallen, was Dawkins mir gleich bei unserer ersten Begegnung damals im Zug von New York nach Washington erklärt hatte: Eine reine Seele darf niemals erfahren, was sie ist, weil dieses Wissen ihr tiefstes Innerstes verändern würde. Ihre Reinheit wäre dahin und sie hätte ihre wesenhafte Unschuld für immer verloren.

Aber da sowieso kaum jemand etwas von den sechsunddreißig reinen Seelen weiß, ist diese Gefahr nicht so groß.

Allerdings hatte es in der Geschichte der Welt auch noch nie eine Reine wie Greta Sustermann gegeben. Sie war eine besserwisserische Nervensäge, die auch tatsächlich alles besser wusste. Im Gegensatz zu allen anderen Reinen zuvor wusste sie genau, was es bedeutete, eine Reine zu sein.

„Du bist die Reine! Meine Mom und dein Dad ... sie waren dafür da, *dich* zu beschützen."

„Das ist doch nicht dein Ernst!", rief Greta und lachte dabei nervös. „Du machst Witze."

„Sie begreift nicht, was du sagst, du Narr", sagte Evangeline Birk. Aber dann sah sie, wie mein Dad sein Tesla-Gewehr auf mich anlegte. „Oder doch? Wie das?"

„Zwing mich nicht, dich zu töten, Evelyn", sagte mein Vater. Der bärtige Agent, der von der Legion beeinflusst war, ließ seinen Arm nach oben schnellen und schlug meinem Dad die Waffe aus der Hand.

„Oh, mein Gott", sagte Greta und sah sich um: der Rahmen, der Wald aus Blitzableitern, die starren Blicke der Sinistra Negra. „Ihr seid alle nur meinetwegen hier? Das ist doch lächerlich ... oder nicht?"

„Irgendjemand muss ihn aufhalten!", brüllte mein Dad. „Evelyn, du hältst auf der Stelle den Mund!" Er zeigte auf den Blonden. „Du da. Knall ihm deinen Stiefel an den Schädel." Als der Blonde keine Anstalten machte, wandte mein Vater sich an die Legion. „Kapierst du denn gar nicht? Sorg dafür, dass mein Sohn keinen Ton mehr sagt!"

„Greta, du weißt, dass ich recht habe!", brüllte ich. „Schau in dein Herz. Und *beeil dich!*"

Außer sich vor Wut brüllte mein Dad die Legion an: „*Worauf wartest du denn noch?* Irgendjemand muss ihm das Maul stopfen. Ihn von der Brücke werfen! Unternimm endlich was, du Transuse!"

„Tötet sie", sagte die Legion.

„Na, endlich", erwiderte mein Dad. „Aber beeilt euch, bevor es zu spät ist."

„Birk und Strongheart", fuhr die Legion fort. „Erledigt sie auf der Stelle."

„Kapierst du eigentlich *gar nichts?*", brüllte Dad. Er rammte dem bärtigen Agenten seinen Ellbogen an den Kopf, riss ihm das Tesla-Gewehr aus der Hand und stürmte los, mitten hinein in den Wald aus Blitzableitern.

„Komm schon, Greta", flüsterte ich.

Greta hatte die Augen fest zusammengekniffen und murmelte irgendetwas vor sich hin.

„Nur wegen dir hat mein Dad deine Mom entführt. Nur wegen dir hat Agatha sich vollkommen verändert. Nur wegen dir! Alles das, nur wegen dir!"

Hör auf mich, dachte ich. *Du weißt, dass ich die Wahrheit sage.*

„Ach, du meine Güte. Das leuchtet mir ein." Sie riss die Augen auf. „Es stimmt!" Sie wurde am ganzen Körper von Krämpfen geschüttelt, dann schien sämtliche Spannung von ihr abzufallen. Ihr Kopf sank leblos nach vorne auf ihre Brust.

„Greta!" Ich wollte aufstehen, aber der blonde Riese hinderte mich daran, indem er mir seine Stiefelspitze an die Schläfe stieß.

Mein Vater war bei ihr, streckte die Hand aus und legte zwei Finger an ihre Halsschlagader.

Und dann begann es.

Eine Fontäne aus weißen Funken sprudelte aus Gretas leblosem Körper hervor. Sie war bestimmt über hundert Meter hoch.

Greta sah aus wie die größte Wunderkerze der Welt. Eine Million umherschwirrender Lichtpunkte, ein Wirbel aus funkelnden Teilchen, ein Strom aus glitzernden Sternen quoll lautlos aus ihr hervor.

Noch nie im Leben hatte ich etwas so Wundervolles gesehen. Und gleichzeitig etwas so Furchterregendes.

Ich blinzelte die Tränen weg und zwang mich, weiter zuzusehen.

Was hatte ich getan? Hatte ich sie umgebracht?

„Die Sterne!", schrie Evangeline Birk. „Es ist zu spät!"

Hoch über unseren Köpfen teilte sich der glitzernde Lichterstrom in schmale Arme, verzweigte sich wie die Äste eines Baumes in zahllose unterschiedliche Richtungen. Fünfunddreißig Menschen irgendwo auf der Welt spürten in diesem Augenblick einen stechenden Schmerz, ohne zu begreifen, was er zu bedeuten hatte.

Der Sternenstrom versiegte langsam und tröpfelte nur noch sachte.

Als Nächstes brach ein Energiestoß aus Greta hervor.

Das Licht war so grell, dass es richtig schmerzte. Hätte mir nicht der Schuh dieses Schlägertypen das halbe Gesicht verdeckt, wäre ich wahrscheinlich auf der Stelle erblindet. Kurz nach dem grellen Licht hörte ich plötzlich einen furchtbaren Krach, weil der Fuß des blonden Riesen schlagartig verschwunden war, und spürte einen kräftigen Wind. Ich hielt mir die Ohren zu, aber da war es bereits zu spät: Ein Dröhnen ertönte, so laut, als hätte etwas die ganze Welt verschlungen.

Es hielt etliche Sekunden lang an, dann war alles vorüber. Ich setzte mich auf und blickte mich um.

Greta war immer noch in den rechteckigen Rahmen gespannt, aber wir befanden uns jetzt ganz allein auf dem Brückenpfeiler, der in Seide gewickelt war. Alle anderen waren einfach weggeweht worden. Nur der Fuß des Hünen hatte mich vor demselben Schicksal bewahrt.

Ich schauderte und starrte Greta an.

Sie war von einem sanften Schimmer aus hellen Funken umgeben, der langsam wuchs und sich immer weiter ausbreitete. Zunächst ähnelten seine Umrisse noch Gretas Gestalt, doch dann wurde er immer größer und größer, umfasste den Brückenpfeiler und irgendwann sogar die ganze Brücke. Schließlich zerplatzte er in hunderttausend Lichtfunken, die nach oben zu fallen und zu verglühen schienen.

Sie ist aus Sternen gemacht, dachte ich.

Als ich schließlich auf die Beine kam, stellte ich fest, dass ich mich geirrt hatte. Nicht alle waren vom Pfeilerdach geweht worden. Evangeline Birk lag vor mir auf dem Boden und klammerte sich an das Geländer in der Mitte des Pfeilers. Ein paar ihrer Geräte lagen ebenfalls noch da, und ich begann, in einer der Metallkisten zu wühlen.

„Eure Tat ändert gar nichts", krächzte sie, als sie mich sah. „Ich werde sie trotzdem töten."

Greta war gar nicht tot? Verblüfft hüpfte ich hoch, drehte mich zweimal um die eigene Achse und kauerte mich dann wieder vor die Kiste. „Zuerst das Wichtigste", sagte ich.

„Was bist du denn so froh?", keifte Birk.

„Ruhe", erwiderte ich. In der zweiten Kiste fand ich endlich ein Teppichmesser.

„Sie sind unterwegs", sagte Birk. „Du weißt, dass ihr niemals entkommen werdet. Aber wenn du mir hilfst, ist euch mein Mitleid gewiss."

Ich streckte ihr die scharfe Klinge entgegen. „Ruhe, habe ich gesagt!"

Sie presste die Lippen aufeinander und ich wandte ihr den Rücken zu.

Seltsamerweise standen die meisten Blitzableiter noch. Die Druckwelle hatte ihnen nicht geschadet. Lag es daran, dass sie so dünn waren?

Greta hing leblos an ihren gefesselten Handgelenken in dem Metallrahmen. Sie sah aus, als wäre sie tot. Ich nahm die Metallbänder ab, die um ihre Arme, Beine und ihren Kopf lagen, und schnitt anschließend die Lederfesseln an ihren Fußgelenken durch. Zum Schluss befreite ich ihre Handgelenke.

Sie sackte nach vorne, direkt in meine Arme, und Mannomann ... sie war irre schwer. Ich musste sie auf dem Boden ablegen, weil ich nicht wusste, wie ich sie überhaupt tragen sollte.

Die meisten Blitzableiter standen zwar noch, aber ein gerader Pfad führte mitten hindurch. An dieser Stelle waren alle Metallstäbe umgeknickt.

Mein Dad. Die Druckwelle hatte ihn weggeschleudert und dabei hatte er alle Blitzableiter umgemäht, die ihm im Weg waren. Ich folgte dem Pfad der Zerstörung bis zur nördlichen Kante des Brückenpfeilers.

Dort angekommen, erlebte ich eine Überraschung. Ich sah zwei Hände, die sich an einen verdrehten Seidenfetzen klammerten.

Ich ließ mich auf alle viere nieder und krabbelte bis ganz an den Rand. Und dann sah ich ihn.

„Ronan!", japste er und lachte.

Es war das erste Mal, dass er mich Ronan nannte, seit ... seit ich denken konnte. Eine lange Zeit.

„Mein Junge, bin ich froh, dich zu sehen. Hilf mir doch mal hoch, ja?"

Ich wollte gerade die Hand ausstrecken, als ich plötzlich das Gefühl hatte, dass das keine gute Idee sein könnte. „Warte kurz, ich hole mal ein Seil."

Ich kroch wieder zurück und sah mich um. Die meisten Sachen der Sinistra Negra waren weggeweht worden, und ich konnte weit und breit kein Seil entdecken. Aber dafür hingen jede Menge Kabel zwischen den Blitzableitern.

Es dauerte nur wenige Minuten, dann hatte ich, was ich brauchte. Ich band das eine Kabelende am Mittelgeländer fest, machte eine Schlaufe in das andere und ging zurück zur Kante.

„Leg dir die Schlaufe um die Schultern", sagte ich zu meinem Dad. „Zur Sicherheit. Falls du abrutschst."

„Ich rutsche nicht ab, Evelyn", erwiderte er, packte das Kabel mit der rechten Hand und wickelte es um seinen Unterarm.

Währenddessen sagte ich: „Du kennst doch dieses Damaskoskop, oder?"

„Ja, Evelyn, natürlich weiß ich, was das Damaskoskop ist."

„Es funktioniert", sagte ich. „Es funktioniert wirklich." Ich empfand etwas Neues für meinen Dad, etwas, was ich seit Ewigkeiten nicht für ihn empfunden hatte. Hoffnung vielleicht. „Es kann alles Böse aus einem Menschen herausbrennen. Ich habe es mit eigenen Augen gesehen! Agatha Glass ist auf diese Weise von einem durch und durch bösen zu einem durch und durch guten Menschen geworden. Bei dir könnte es auch funktionieren. Du könntest wieder werden, was du einmal warst … ein guter Mensch."

„Evelyn", sagte mein Dad, während er das Kabel auch um seinen anderen Arm wickelte und sich dreißig Zentimeter höher zog. „In mir ist gar nichts Böses, was man herausbrennen müsste." Er zog sich noch einmal dreißig Zentimeter höher. „Ich tue das, was ich tue, weil es das Richtige ist."

„Dad", sagte ich und brachte mich außer Reichweite. „Das, was du tust, ist *falsch*."

„Ich kann dir aus tiefster Überzeugung nur das eine sagen, mein Junge: Ich habe nichts getan, weswegen ich mich schämen müsste."

„Aber du wolltest Greta umbringen", sagte ich.

Du wolltest mich umbringen.

Wäre ich ein wahrer Wächter des Lichts gewesen, dann hätte ich ihm wahrscheinlich ins Gesicht getreten und ihn in den sicheren Tod geschickt. Oder ich hätte das Kabel durchgeschnitten, an dem er sich gerade nach oben zog. Oder sonst etwas unternommen, um zu verhindern, dass er sich in Sicherheit brachte.

Weil er ein böser Mensch war, und das wusste ich auch, und zwar schon seit sehr langer Zeit.

Aber er war auch mein Vater, und mir wurde klar, dass es bestimmte Dinge gibt, die ich eben einfach nicht übers Herz bringe. Darum setzte ich mich hin und sah zu, wie er sich auf das Pfeilerdach hangelte.

Er lag mit dem Oberkörper bereits auf der Dachfläche und wollte gerade das eine Bein nach oben schwingen, als in meinem Rücken Schritte ertönten und er den Kopf hob.

„Nicht unbedingt der Empfang, auf den ich gehofft hatte", sagte er. Seine Stimme klang müde.

Ich drehte mich um und sah meine Freunde, meine Familie hinter mir stehen – meine Mom, die mich mit Blicken durchbohrte, wahrscheinlich weil sie vor Sorge fast wahnsinnig geworden war; Mr Sustermann, der bereits auf dem Weg zu Greta war; Ogabe, noch riesenhafter als der blonde Hüne, der mich mit seinem Schuh zu Boden gedrückt hatte; Diz mit ihrer Sonnenbrille und den pinkfarbenen Haaren, aus denen der Wind ein einziges, zerzaustes Knäuel gemacht hatte; und Dawkins, immer noch klitschnass, aber mit einem riesigen, strahlenden Lächeln im Gesicht, genau wie damals bei unserer ersten Begegnung.

„Wieso habt ihr denn so lange gebraucht?", wollte ich wissen.

„Ich war erst mal eine Runde schwimmen." Dawkins lachte.

„Schließlich habe ich angenommen, dass du alles unter Kontrolle hast."

Dann streckte Dawkins meinem Vater die Hand entgegen und sagte: „Mr Strongheart, darf ich Ihnen behilflich sein?"

„Nein, danke", erwiderte mein Dad. „Leb wohl, mein Junge."

Damit ließ er das Kabel los und fiel in die Tiefe.

Die neue Welt

In der achten Klasse habe ich in Gemeinschaftskunde einmal einen Aufsatz über einen Verhaltensforscher namens Harry Harlow geschrieben, der jede Menge Experimente mit kleinen Rhesusaffen durchgeführt hat. Ich habe dafür eine Zwei plus bekommen, was total ungerecht war, aber das ist eine andere Geschichte.

Jedenfalls hat er darüber geforscht, wie die Bindung zwischen Babys und ihren Müttern funktioniert. Oder, wie bei einem besonders fiesen Experiment, die Bindung zwischen Babys und einem mit Stoff überzogenen Drahtgestell, das die Babys für ihre Mutter hielten. Dieses Drahtgestell hat die Babys in unregelmäßigen Abständen mit spitzen Stacheln gepikst.

Aber ganz egal wie oft die Babyaffen gepikst wurden, sie sind immer wieder zu diesem Drahtroboter, zu ihrer vermeintlichen Mutter zurückgekommen. Weil sie sich – das war Harlows

Schlussfolgerung – nach einer Mama sehnten, eine Mama brauchten, und weil dieser piksige Apparat die einzige Mama war, die sie kannten.

Ich weiß noch, dass es mir damals, als ich das alles gelesen habe, das Herz gebrochen hat.

Und als mein Dad jetzt von der Brücke fiel, da brach es mir auch das Herz.

Nur so kann ich mir erklären, dass ich laut „Nein!" geschrien, mit den Fäusten auf die orangefarbene Seide auf dem Pfeilerdach eingeschlagen und meinen Kopf über die Kante gestreckt habe. Ich stellte mir vor, wie er nach oben schauen und mein Gesicht sehen würde, genau wie in meinem Traum, nur umgekehrt.

Aber trotz alledem wusste ich tief im Innersten, dass mein Dad ein grässlicher Mensch war. Ein böser Mensch. Der schlimmste von allen vielleicht sogar. Das alles wusste ich. Und trotzdem musste ich weinen.

Er dauerte eine Weile, bis ich merkte, dass meine Mom mich in den Arm genommen hatte und mich festhielt. Vielleicht hatte sie ja Angst, dass ich ihm hinterherspringen wollte.

„Ist schon okay, Mom", sagte ich. „Ehrlich."

„Gut, weil ... für mich ist das alles kein bisschen okay", erwiderte sie mit schwermütiger Stimme. „Es tut mir so leid, Ronan. Niemand sollte mit ansehen müssen, wie sein eigener Dad ..."

„Ist er wie die anderen Sinistra-Negra-Agenten auch?", wollte ich wissen. „Wird er auch wieder lebendig werden?"

„Ich fürchte, nein, mein Kleiner", sagte sie. „Zumindest nicht, soweit wir wissen. Aber wir können immer noch die Spinatwachtel mit den weißen Haaren dahinten fragen."

Sie zeigte auf Evangeline Birk, die nicht nur an Händen und Füßen gefesselt, sondern auch geknebelt worden war.

„Ich würde ihr kein Wort glauben", sagte ich.

Meine Mom lachte, doch es hörte sich so künstlich an, dass wir beide die Augenbrauen hochzogen. Und dann lachte sie echt. „Früher war es mal so, dass man ein Haupt abgeschlagen hat und an seiner Stelle sieben neue gewachsen sind. Aber diese Madame Birk steht noch über den Häuptern." Meine Mom drückte ihre Stirn an meine. „Sie ist das eigentliche Herz der Sinistra Negra. Wenn wir sie einsperren, wird ihre Organisation mindestens eine Generation lang orientierungslos sein."

„Werden die anderen sie nicht suchen?", hakte ich nach.

„Wer weiß? Aber wenn ja, dann sind wir darauf vorbereitet."

„Sie ist das Monster, das den Perzeptor geschaffen hat", sagte Dawkins, während er sich neben uns stellte. „Aber ich schätze mal, das hast du dir schon gedacht, Ronan."

Ich nickte. „Apropos Perzeptor – den habe ich da hinuntergekickt. Der müsste jetzt irgendwo im Wasser liegen."

Noch nie hatte ich Dawkins breiter grinsen sehen als jetzt. „Ist das dein Ernst? Er ist wirklich weg?"

Und noch bevor ich ihn daran hindern konnte, packte er mich unter den Achseln und hob mich wie ein Baby in die Luft. „Gut gemacht, Ronan Evelyn Strongheart! Sehr gut gemacht, wirklich!", brüllte er.

„Lass mich runter!", sagte ich. „Mir wird schlecht."

„Zufälligerweise weiß ich aber, dass du nichts mehr gegessen hast, seit du dich das letzte Mal übergeben hast, und das war vor neun Stunden. Ich habe also nichts zu befürchten."

Er ließ mich aber trotzdem wieder herunter.

„Schon seit ich siebzehn bin, möchte ich diese Schattenmaske zerstören", sagte er.

„Birk behauptet, dass sie unzerstörbar ist", erwiderte ich.

„Diese Herausforderung nehme ich an", erwiderte Dawkins. „Ich suche das Ding und dann wollen wir mal sehen, ob sie recht hat."

„Bin ich froh, dass du da bist", sagte ich.

„Ronan", erwiderte er und klopfte mir dabei auf die Schulter. „Dich und Greta wohlauf vorzufinden, war der schönste Moment meines Lebens." Und als er mein verdutztes Gesicht sah, fügte er hinzu: „Ja, genau, sie ist wohlauf. Natürlich nicht gerade in Hochform, klar – sie ist schließlich, wie es so schön heißt, kräftig durch die Mangel gedreht worden –, aber sie lebt, genau wie die fünfunddreißig anderen Reinen auch, und, tja, das haben wir alles dir zu verdanken."

Ich beugte mich zu ihm und flüsterte: „Ich habe mein Versprechen gebrochen, du weißt schon, das mit Greta. Ich ... ich habe ihr gesagt, dass sie eine Reine ist!"

„Und das war ein brillanter Schachzug, Ronan. Einer, der mir niemals eingefallen wäre, weil es ja eigentlich undenkbar war, dass sich eine Reine unserer Truppe anschließen würde. Bis jetzt wurde noch nie eine Reine ... wie soll ich sagen ... ‚aufgeweckt', weil bis jetzt noch nie eine Reine begriffen hat, was sie eigentlich war." Er umarmte mich und drückte kräftig zu. „Du hast ihr das Leben gerettet, Ronan. Vielen Dank."

„Wie bist du überhaupt hier hochgekommen?", fragte ich ihn, während ich mich losmachte. „Als ich die Seide durchgeschnitten habe, bist du …"

„… tief gefallen. Aus dieser Höhe ist die Wasseroberfläche hart wie Beton. Ich habe mir … nun ja, ziemlich viele Knochen gebrochen. Ich glaube sogar mehr, als ich tatsächlich besitze. So hat es sich wenigstens angefühlt."

„Tut mir leid."

„Muss es nicht. Es war notwendig", erwiderte er. „Und ich hatte Glück, weil unsere Freunde gesehen haben, wie ein Körper mit einem langen, orangefarbenen Seidenschwanz ins Wasser gefallen ist."

„Irgendwie wusste ich, dass das Jack sein musste", sagte Ogabe. „Nennt es meinetwegen Intuition, obwohl es wahrscheinlich eher was damit zu tun hat, dass er unterwegs ‚Geronimo!' gebrüllt hat."

„Es war das einzig Angemessene."

„Und woher wusstet ihr, dass ihr zur Brücke kommen müsst?", fragte ich Ogabe. „Die Hand hat euch doch die Handys abgenommen."

„Das stimmt, aber Sammy hatte euer Signal schon vorher lokalisiert und die Richtung herausbekommen."

„Alle Anzeichen deuteten auf die Brücke hin", sagte Sammy und schob sich hinter Ogabe hervor. „Der Katz-O-Graf, der den Kater im Fluss bei der Brücke lokalisiert hat, und die Richtung, in die der Lieferwagen, in den sie euch gesteckt hatten, gefahren ist. Wir haben eben Glück gehabt."

„Deshalb haben wir drei Dutzend Wächter aus dem Ruhestand reaktiviert und sie gebeten uns zu helfen, die Ankersäle auf beiden Seiten zu durchsuchen", fuhr Ogabe fort. „Und ihr wisst natürlich, was wir dort entdeckt haben."

Ich lachte. „Und ich habe die Birk noch gewarnt, dass ihr wahrscheinlich schon hier seid. Aber sie hat mir nicht geglaubt."

„Wisst ihr, was wirklich unglaublich ist?", sagte Sammy. „Dass wir hier auf der Spitze der Brooklyn Bridge stehen!" Wir hoben den Blick. Die Wolkendecke hatte erste Löcher bekommen, die Sonne brach durch und tauchte New York in ein wunderschönes Licht.

„Unglaublich, das trifft es ziemlich gut", sagte ich.

Dann versammelten wir sechs uns um Greta und ihren Dad – ich, Dawkins, meine Mom, Ogabe, Sammy und Diz.

Greta hatte dunkle Ringe unter den Augen und konnte sie nur mit Mühe offen halten, doch sie war bei Bewusstsein und sah ganz aus wie sie selbst. Was ich damit sagen will: Sie machte einen ausgesprochen wütenden Eindruck.

„Ich bin also eine *Reine*?", sagte sie zu mir und Sammy. „Ernsthaft jetzt?"

„Die Vergangenheitsform trifft es besser", schaltete Dawkins sich ein. „Du *warst* eine Reine."

„Und wieso habt ihr mir das nicht gesagt? Ihr seid meine besten Freunde!"

„Greta, du weißt doch ganz genau, wieso sie es dir nicht sagen konnten", meinte ihr Dad.

„Ja, ja, Reine dürfen nicht wissen, was sie sind, bla, bla, bla. Aber wenn ich so etwas wüsste, Ronan, dann wärst du doch der Erste, dem ich es anvertrauen würde."

„Das ergibt leider gar keinen Sinn, Schätzchen", sagte Mr Sustermann.

„Doch", sagte ich. „Das ergibt sogar sehr viel Sinn. Du hast recht, Greta. Es tut mir leid."

Greta nickte. „Entschuldigung akzeptiert. Und danke, dass du sie von dem abgehalten hast, was sie mit mir machen wollten. Was genau war das eigentlich?"

Dawkins wackelte mit den Fingern. „Ach, bloß so eine typische Sinistra-Negra-Albernheit. Warum sollten wir uns damit aufhalten? Lasst uns lieber diesen windigen Backsteinhaufen verlassen und uns ein anständiges Frühstück besorgen."

„Ich könnte jetzt schon den einen oder anderen Pfannkuchen verdrücken", sagte Sammy. „Und dazu ein paar Eier. Ein paar Scheiben Speck wären auch nicht zu verachten."

„Samuel", sagte Dawkins. „Du sprichst mir aus der Seele."

„Was zu essen wäre wirklich schön", murmelte Greta. „Und schlafen. Aber hat Ronan mit seiner großen Klappe nicht gerade das Ende der Welt eingeleitet?"

„Vielen Dank!", sagte ich.

„Na ja, ich rede jedenfalls nicht um den heißen Brei herum", erwiderte Greta.

Ogabe sagte: „Ja, stimmt, Ronan hat gerade eine der sechsunddreißig reinen Seelen vertrieben, und das heißt, dass die Welt im Moment aus dem Gleichgewicht ist …"

„Na, super", sagte ich und schlug die Hände vors Gesicht. „Dann bin ich also schuld daran, dass in der Welt alles drunter und drüber geht."

„… aber ganz so einfach ist es nun auch wieder nicht", beendete Ogabe seinen Satz.

„Wieso denn nicht?", fragte meine Mom.

„Weil so etwas bisher noch nie vorgekommen ist", fuhr Ogabe fort. „Noch nie zuvor ist eine reine Seele aufgeweckt worden."

„Soll das heißen, dass ich gar keine Seele mehr habe?", fragte Greta.

„Du hast nach wie vor eine Seele, Greta", erklärte Ogabe. „Nur die Reinheit, die bislang ihre äußere Schicht gebildet hat, die ist nicht mehr da. Vorher hat deine bloße Anwesenheit ausgereicht, um die Menschen in deiner Umgebung ein klein wenig besser zu machen. Doch jetzt …" Er breitete die Arme aus und zuckte mit den Schultern.

„Jetzt *was?*", fragte Greta.

„Jetzt bist du einfach ein ganz normales Mädchen."

„Damit kann ich leben", sagte Greta. „Wenn ich wählen könnte, dann wäre ich sowieso am liebsten ganz normal."

„Aber was ist mit ihrer reinen Seele passiert?", wollte ich wissen.

„Das ist das große Geheimnis!", antwortete Ogabe. „Was macht eine reine Seele, wenn sie auf diese Weise aufgeweckt wird? Wartet sie auf die Wiedergeburt, wie diejenigen, deren Träger vor der Zeit ermordet wurden? Oder wird sie sofort in einem neuen Körper, in einem neuen Menschen wiedergeboren?"

„Das lässt sich wahrscheinlich nicht so leicht herausfinden", sagte ich.

„Ganz im Gegenteil", erwiderte Ogabe. „Der Große Architekt kann eine gewisse Anzahl von Wächtern des Lichts zusammenrufen, und die können den Sternenglobus ins Leben rufen. Darauf ist der genaue Aufenthaltsort der sechsunddreißig Reinen zu erkennen."

„Ihr redet ganz schön oft von diesem Architekten. Wer ist das denn eigentlich?", fragte ich.

„Früher war es mal eine Frau", sagte Diz mit einem Blick zu Ogabe. „Aber jetzt ist es ein Mann."

„Während ihr euch an dem Wettbewerb um den Gläsernen Fehdehandschuh beteiligt habt", sagte Ogabe, „war ich der Großen Architektin dabei behilflich, aus ihrer Rolle zu schlüpfen. Sie hat mir ihre Aufgaben anvertraut, und außerdem die Geschichte der Wächter des Lichts, das Wissen über ihre Überlieferungen und die Fähigkeit, reine Seelen aufzuspüren, ganz egal an welchem Punkt dieser Erde sie sich gerade aufhalten."

„Und das geht mit diesem Sternenglobus, den du gerade erwähnt hast?", erkundigte sich Greta. „Und wann soll das stattfinden?"

„Heute Abend", antwortete Ogabe. „Dank der Ereignisse der vergangenen Stunden haben wir so viele Wächter des Lichts hier in New York versammelt wie zuletzt irgendwann in den Siebzigerjahren ... mehr als genug jedenfalls, um ein klares Bild vom Globus hervorrufen zu können."

„Dann habe ich die Welt vielleicht doch nicht in den Untergang gestürzt", sagte ich. „Glück gehabt."

„Ach, jetzt hör schon auf." Sammy verdrehte die Augen. „Wir haben alle Glück gehabt. Wir haben das gemeinsam geschafft."

„Genau", sagte Greta. „Wir haben alle Glück gehabt."

Der Sternenglobus

An diesem Abend versammelten sich die Wächter des Lichts im Madison Square Garden.

„Lass mich raten", sagte ich zu Dawkins. „Ein ehemaliger Wächter arbeitet hier als Hausmeister."

„Quatsch", erwiderte Dawkins und richtete den Strahl seiner Taschenlampe auf die steilen Betonstufen, die auf den Boden der Halle hinabführten.

„Oder die Halle gehört einem ehemaligen Wächter?", schlug Sammy vor, während er ununterbrochen den Kopf hin und her drehte. „Sie ist jedenfalls ganz schön groß!"

„Ich wünschte, wir hätten Mitglieder, die über solche Mittel verfügen", sagte Dawkins. „Nein, wir haben uns diesen Ort ausgesucht, weil hier heute Abend keine Veranstaltung stattfindet und wir einen großen Raum brauchen, wo wir ungestört sein können."

„Und wie sind wir dann hier reingekommen?", wollte ich wissen.

„Sagen wir einfach, dass es keine Tür gibt, die den Schlossknackerkünsten von Vater und Tochter Sustermann widerstehen könnte."

Vor uns gingen Agatha, Greta und ihre Eltern die Treppe hinunter. Ihre Mom wirkte immer noch ein wenig durcheinander von allem, was Mr Sustermann ihr erzählt hatte, aber sie waren gemeinsam hergekommen, und mit einem kurzen Blick hatte ich gesehen, dass sie sich sogar an den Händen hielten.

Ich war bisher erst einmal hier gewesen – zusammen mit meinem Dad, bei einem Basketballspiel. Damals war die Halle hell erleuchtet und voller Menschen gewesen. Diesmal blieben die Lichter aus, und wir waren nur ungefähr vierzig.

Sechs der Wächter kannte ich – Dawkins, meine Mom, Mr Sustermann, Ogabe, Diz und die alte Dame aus Wilson Peak, die von allen nur „Das McDermott" genannt wurde. Aber die anderen fünfunddreißig sahen aus, als wären sie zufällig hier hereingeraten. Da waren ein asiatisch aussehender Mann mit Kochschürze, eine Nonne, ein Bauarbeiter, zwei Feuerwehrleute, eine Frau, die bestimmt ein Model war, und eine alte Dame, die aussah wie eine Oma. Dann noch drei Frauen in Büroanzügen und drei Männer mit Schulhausmeister-Overalls. Und dann noch mehr Leute, mehr jedenfalls, als ich aufnehmen konnte. Einige schienen einander zu kennen, aber die meisten standen nur herum und warteten auf Ogabes Kommando.

Dawkins brachte uns zu einer Bank, wo bereits Agatha und

Gretas Mom saßen. „Normalerweise ist das eine streng geheime Zeremonie", sagte er, „aber ihr wisst sowieso schon so viel, dass es sinnlos wäre, euch im Dunkeln zu lassen." Er schaltete seine Taschenlampe aus. „Im übertragenen Sinn, meine ich."

„Was passiert denn jetzt?", wollte Sammy wissen, nachdem Dawkins die Lampe wieder angeknipst hatte.

„Wir vierzig bilden einen großen Kreis und legen uns dann unsere Wahrheitsgläser an den Kopf." Dawkins tippte sich mit dem Finger an die Stirn.

„Das Siegel!", sagte ich. Ich wusste, dass jeder Wächter des Lichts ein Mal auf der Stirn trug, das für das bloße Auge unsichtbar war, einen winzigen Knoten in Form von mehreren, ineinander verschlungenen Flammen. Nur ein Wahrheitsglas konnte dieses Siegel sichtbar machen.

„Ganz genau", bestätigte Dawkins. „Das Flammensiegel ist nicht nur das Zeichen für die lauteren Absichten der Wächter des Lichts. Es dient außerdem als Lichtquelle und kann durch das Glas der Wahrheit ein Bild entstehen lassen."

„Ein Bild von diesem Sternenglobus-Dingsbums?", wollte Greta wissen. „Und wozu braucht ihr dann all diese Leute?"

„Weil das Bild aus einem einzigen Siegel nicht scharf genug ist. Der Große Architekt könnte es nicht lesen. Jeder Wächter verfügt zwar über das ganze Bild, aber nur unscharf, irgendwie verwackelt. Nur wenn genügend viele davon übereinandergelegt werden, bekommt das Bild die nötige Schärfe. Ihr werdet es gleich sehen."

Das hörte sich so ähnlich an wie bei der Schattenmaske der

Sinistra Negra, in der der „reine Blick" vieler Menschen zusammengefasst worden war, um die Reinen dieser Welt sichtbar zu machen. Ich musste an die leeren Körperhüllen denken, die Dawkins und Mathilde in jener Glashütte entdeckt hatten, und dachte: Im Gegensatz zur Schattenmaske muss für den Sternenglobus niemand sein Leben opfern.

„Wir sind fast so weit, Jack!", rief Ogabe jetzt.

„Ausgezeichnet! Wenn ihr mich dann bitte entschuldigen wollt", sagte Dawkins zu uns und gesellte sich zu den anderen. In der Dunkelheit der riesigen Arena wirkten sie ganz klein und weit weg.

„Du bist jetzt frei, Greta. Du kannst tun und lassen, was du willst." Ich blickte an ihr vorbei zu ihrer Mom und Agatha. „Du kannst die Wächter des Lichts verlassen und wieder in dein altes Leben zurückkehren."

Sie runzelte die Stirn. „Wie kommst du darauf, dass ich das will? Und wenn ich genau dieses Leben hier weiterführen möchte?"

„Aber du bist jetzt keine Reine mehr", schaltete sich Sammy ein. „Du musst keine Angst mehr vor der Sinistra Negra haben."

„Sammy, ich habe mich doch nicht den Wächtern des Lichts angeschlossen, weil ich eine Reine war, sondern weil ich die Arbeit der Wächter bewundere. Und weil ich glaube, dass sie der Welt etwas Gutes tun. Das glaube ich nach wie vor."

„Dadurch, dass du keine Reine mehr bist, wird für uns vieles einfacher", sagte ich. „Zum Beispiel müssen wir dich jetzt nicht mehr anlügen."

„Oder dich gewinnen lassen, bloß weil du was Besonderes bist", fügte Sammy hinzu.

„Das ist nicht wahr", erwiderte Greta. „Ihr habt mich noch nie bei irgendwas gewinnen lassen. Und sag nicht, ich sei was *Besonderes.*"

„Okay, okay", sagte ich. „Du hast gewonnen. Wir behaupten nicht mehr, dass du etwas Besonderes bist."

Sie knuffte mich, aber ich lachte nur, deshalb knuffte sie mich noch einmal.

„He, Leute", sagte Sammy und zeigte nach vorne. „Es geht los."

Die vierzig Wächter des Lichts fassten sich an den Händen und bildeten einen großen Kreis mit Ogabe im Mittelpunkt. Während sie das taten, brabbelte er ununterbrochen in einer Art Singsang vor sich hin, der sich anhörte wie eine Beschwörungsformel. Und dann legten sich die Wächter der Reihe nach ihre Wahrheitsgläser an die Stirn, wo deutlich sichtbar das Siegel aufflammte.

Jetzt wurde über Ogabes Kopf langsam eine Kugel aus violetten Lichtfäden erkennbar. Sie hatte einen Durchmesser von etwa zwanzig Metern und sah noch sehr schwach und verschwommen aus. Doch jedes Mal, wenn der nächste Wächter sein oder ihr Wahrheitsglas an die Stirn legte, wurde die Kugel ein wenig heller und klarer.

„Das ist die Erde", flüsterte Sammy.

Mittlerweile waren zwanzig Wächter an der Projektion beteiligt, und die Kontinente waren schon deutlich sichtbar. Bei fünfundzwanzig konnten wir zerklüftete Küstenlinien und Inselketten in Form von dunklen Punkten erkennen. Als schließlich alle Wächter dabei waren, bot sich uns ein Blick auf die Erde wie aus dem Weltall.

Dann legte sich auch Ogabe sein Wahrheitsglas an die Stirn, und die Flammen tauchten auf.

Sie waren klein – wie die Flamme von Dawkins' Zippo –, nur weiß und grell und heller als der Rest der Erdkugel. Ich war mir zwar nicht ganz sicher, aber es sah so aus, als wären es ziemlich genau fünfunddreißig Stück.

Ogabe streckte seine freie Hand in die Luft und fing an, die Kugel zu drehen. Als Nächstes spreizte er die Finger und machte die Kugel dadurch größer, um sich an jede der winzigen Flammen heranzuzoomen.

Ich glaube, er wollte sie identifizieren.

Dann hielt er inne und blickte zu mir herüber.

„Ronan", sagte er. „Komm zu uns!"

„Ich?", sagte ich und legte die Hand an das Wahrheitsglas, das jetzt wieder an der Kette unter meinem Hemd baumelte. „Aber ich bin doch kein Wächter des Lichts." *Oder doch?*

„Und trotzdem trägst du das Feuersiegel", sagte Ogabe.

Ich fasste mir an die Stirn, als könnte ich es fühlen.

„Da oben auf der Brücke muss eine Veränderung eingetreten sein", sagte Ogabe. „Jedenfalls trägst du das Zeichen, das dich zu einem der Unsrigen macht. Und im Augenblick könnten wir deine Hilfe wirklich gut gebrauchen."

„Nun geh schon, Ronan", sagte Sammy.

„Keine Sorge", meinte Greta. „Wir laufen dir nicht weg."
Ich ging auf den Kreis der Wächter zu, und sie machten zwischen meiner Mom und Dawkins einen Platz für mich frei.

„Jetzt trödel doch nicht so", sagte Dawkins. „Wenn ich noch länger so stehen muss, kriege ich einen Krampf im Hals."

Meine Mom legte mir die Hand auf den Oberarm.

Ich führte also mein Wahrheitsglas an die Stirn und starrte zu der leuchtenden Kugel aus Licht empor, die über unseren Köpfen schwebte.

Vielleicht lag es ja tatsächlich an meiner zusätzlichen Linse, vielleicht war es auch reiner Zufall, jedenfalls erwachte genau in diesem Moment irgendwo im Pazifik ein neues Flämmchen zum Leben.

„Da!", sagte Dawkins und zeigte mit dem Finger darauf.

„Wow!", stieß ich atemlos hervor und sah, wie die winzige, weiße Flamme sich züngelnd um sich selbst drehte. Ich blickte zu Sammy und Greta hinüber, aber sie starrten gebannt auf den Sternenglobus hoch über meinem Kopf. Zum ersten Mal seit Langem war ich stolz auf mich. Greta war immer noch hier, und ich auch, und die Welt, die sich da oben drehte, war wieder im Gleichgewicht.

Besser kann es eigentlich kaum werden, dachte ich.

Ogabe drehte den Globus mithilfe seiner Hände, zoomte näher und betrachtete das Flämmchen aufmerksam. Er sah mich lächelnd an, dann verkündete er freudestrahlend: „Meine Damen und Herren, wir haben eine neue Reine. Herzlich willkommen auf dieser Welt, Kleines!"

Dank

Die Einzelheiten über Monsieur Vidocq und das Paris Mitte des 19. Jahrhunderts habe ich Graham Robb und seinem großartigen Buch *Parisians: An Adventure History of Paris* zu verdanken. Die Geschichten in diesem Buch sind fast alle noch fantastischer als die, die ich mir hier ausgedacht habe. Und was das Beste daran ist: Sie sind *echt*.

Die folgenden Personen haben mich bei der Entstehung dieses Buches außerordentlich freundlich und großzügig unterstützt, und es kommt mir fast ein wenig schäbig vor, sie hier einfach nur aufzulisten. Trotzdem geht mein herzlicher Dank an:

Die Fluffy Pink Unicorn Preservation Society: Nicholas Tedesco, Will Hoffman, Jean-Luc Tessier, Yael Fishman, Hannah Ott und Sophia Kalandros.

Dennelle Catlett, Deborah Bass, Timony Korbar, Tanya

Ross-Hughes und Katrina Damkoehler von Amazon/Two Lions, die diesem Buch und den beiden vorangegangenen Bänden sowohl im buchstäblichen (durch die wunderschönen Einbände) als auch im übertragenen Sinn (indem sie zahlreiche Leser auf die Bücher aufmerksam gemacht haben) Glanz verliehen haben.

Kelsey Skea, eine Programmleiterin, die sich immer Zeit für ihre Autoren nimmt, und die, wie sich gezeigt hat, einer der beiden Löwen ist, nach denen der Verlag benannt wurde.

Robin Benjamin, die ganz zum Schluss dafür gesorgt hat, dass es dieses Buch tatsächlich über die Ziellinie schafft. Ich bin dankbar für ihre Hilfe.

Meine Lektorin Melanie Kroupa, die garantiert der zweite Löwe ist. Eine andere Erklärung für die grenzenlose Geduld und die aufrichtige Leidenschaft, die sie für dieses Buch und die ganze Reihe aufbringt, kann ich nicht finden.

Genevieve Herr, Emily Lamm, Stephanie Thwaites und Sam Smith von Scholastic UK – wer internationale Verbündete braucht, die ihm den Rücken freihalten, für den sind diese vier die Idealbesetzung (Genevieve zum Beispiel kann besonders gut mit dem Messer umgehen).

Ted Malawer, der mir mit seinem scharfen Verstand Resonanzboden, Ideengeber und Freund zugleich war. Seine Unterstützung war, wie die von Dan Bennett und Bruce Coville, wie immer unbezahlbar.

Beth Ziemacki und Georgiana D., für alles, immer.

© JDZ Photograph

Carter Roy kam als jüngstes von fünf Kindern in Südkalifornien zur Welt. Während seines Filmstudiums besuchte er Schreibseminare bei T.C. Boyle und verfasste Kurzgeschichten für Erwachsene, von denen einige prämiert wurden. Nach seinem Studium arbeitete er als Lektor für mehrere Verlage, bevor er sich selbstständig machte, um sich seiner großen Leidenschaft stärker widmen zu können: dem Schreiben. *Der Bund der Wächter* ist seine erste Romanreihe für Kinder. Zurzeit lebt er mit seiner Frau in Brooklyn, New York.

Ravensburger Bücher

Action wie im Kino! *The Times*

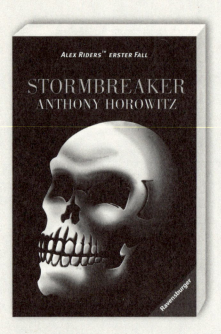

Anthony Horowitz

Stormbreaker
Alex Rider™, Band 1

Alex Rider wird zum britischen Geheimdienst zitiert. Was er dort erfährt, verändert sein Leben: Sein verstorbener Onkel war ein Top-Agent, der ihm einen ungelösten Fall hinterließ. Alex gerät in ein lebensgefährliches Abenteuer, denn Stormbreaker ist ein Projekt, das nicht nur Englands Schulen auslöschen könnte.

ISBN 978-3-473-**58289**-1

www.ravensburger.de